인생의 허무는 어디에서 오는가

도덕을 상실한 시대의 톨스토이 읽기

LEV NIKOLAYEVICH TOLSTOY

석영중 지음

위즈덤하우스

개정판 서문

삶의 의미를 찾아서

이 책 『인생의 허무는 어디에서 오는가: 도덕을 상실한 시대의 톨스토이 읽기』는 15년 전에 출간된 『톨스토이, 도덕에 미치다』의 개정판이다. 양자의 내용은 대동소이하지만 제목이 지향하는 바는 확실히 다르다. 원래 제목이 톨스토이 사상의 핵심이 도덕이라는 사실을 강조한다면 새 책의 제목은 이러한 결과를 창출한 원인을 강조한다. 요컨대, 초판이 톨스토이가 도덕을 모든 것의 본질로 삼았다는 사실에 초점을 맞춘다면 개정판은 왜 그가 그렇게 할 수밖에 없었는가에 초점을 맞춘다.

톨스토이 도덕론은 죽음에서 시작한다. 톨스토이가 그 어떤 작가보다 죽음을 두려워하고 죽음에 관해 많이 생각하고 죽음의 서사에 골몰했다는 것은 널리 알려진 사실이다. 그는 어린 시절 부모를 여의고 아버지처럼 따르던 친형도 이른 나이에 여의었고, 전장에서 수없이 많은 죽음을 목격했고, 외국에서 처형식을 목도했고, 여러 명의 자식을 먼저 떠나보냈다. 이 모든 죽음의 체험은 남달리 강한 그의 생명력과 결합하여 독특하게 톨스토이적인, 그러면서도 매우 현실적이고 보편적인 도덕론을 만들어냈다. 귀족 가문의 자제로 태어난 그는 유복한 삶이 제공하는 쾌락과 역동성과 다양성을 즐기고 생명의 환희를 구가했다. 그러나 그가 삶을 향유하는 정도가 강해질수록 죽음에 대한 사색 또한 더욱 깊어졌다. 그 누구도 피할 수 없는 죽음은 언제라도 그에게 '강도처럼' 닥쳐 그가 누리는 모든 것에 종지부를 찍을 것이었다. 그리하여 그는 자신이 누리고 즐기는 그 모든 것에도 불구하고 인생은 절대적으로 허무하다는 생각 속으로 침잠해 들어갔다. 죽음 앞에서 생은 의미를 잃었다. 돈도 명예도 사랑도 우정도 한낱 먼지에 불과했다. 죽음만이 절대적인 진실이고 나머지는 전부 허위였다. 그는 이 지독한 허무에서 벗어나기 위해 세상의 모든 종교를 학습했지만 종교조차도 그에게는 위선처럼 여겨졌다. 방황하던 그는 결국 도덕에서 답을 찾았다. 선한 삶, 정직하고 성실한 삶, 절제하는 삶만이 허무의 늪에 빠진 인간을 구원해줄 수 있는 유일한 동아줄이었다.

살면서 '인생 참 부질없다'라는 생각을 안 해본 사람은 거의 없을 것이다. 죽음을 피해갈 수 없듯이 인간은 허무를 피해갈 수 없다. 톨스토이가 소설 『안나 카레니나』를 통해 천착한 도덕은 이 보편적인 불가항력에 대한 인간의 미약하지만 강력한 저항이다. 19세기에 쓰인 소설의 도덕적 메시지가 고리타분하게 여겨지기는커녕 여전히 깊은 울림을 전달할 수 있는 이유는 서사의 힘 덕분이기도 하고 도덕의 상실이 모든 시대에 적용되는 현상이기 때문이기도 할 것이다.

고전을 새롭게 읽는 기회를 마련해주신 한수미 본부장님, 그리고 제목 하나만 가지고서도 오랫동안 고민을 거듭해주시고 개정판과 관련한 텍스트의 모든 것을 꼼꼼하게 챙겨주신 곽지희 편집자님에게 깊은 감사의 마음을 전한다.

2024년 9월

석영중

들어가는 글

톨스토이는 왜 안나를 죽였나

대학 도서관에 가면 러시아에서 출간된 톨스토이 전집이 있다. 무려 90권짜리 전집이다. 눈부신 파란색 장정. 색깔이 참 곱다. 거기서 흘러나오는 영롱한 지성의 광채 때문일까, 그 앞에 가면 괜히 주눅이 든다. '양으로 승부한다'는 말이 농담처럼 들리지가 않는다. 내용 같은 걸 따질 겨를이 없다. 한 인간이 무언가 90권이나 썼다는데 존경 말고 뭘 어떻게 하겠는가.

레프 니콜라예비치 톨스토이, 그는 참으로 위대하다. 첫째, 훌륭한 소설을 써서 위대하고 둘째, 훌륭한 가르침을 남겨서 위대하다. 이 두 가지 위대함은 쉰 살이라는 나이를 축으로 하여 전과 후로 갈라진다. 요컨대 쉰 살 이전의 톨스토이가 위대한 작가라면, 쉰 살 이후의 톨스토이는 위대한 교사다.

톨스토이는 마흔아홉 살에 그 유명한 소설 『안나 카레니나』

를 완성했다. 그 시점에서 그는 이미 『전쟁과 평화』라는 대하소설 덕분에 러시아 최고의 작가로 이름을 휘날리고 있었다. 그는 드넓은 영지의 주인이었으며, 살림꾼인 아내와 올망졸망한 아이들의 사랑과 존경을 받는 가장이었다. 경제적으로나 가정적으로나 아쉬운 게 없었다. 쉰이 채 되기 전에 인생이 제공해주는 모든 것을 가진 남자가 되어 있었던 것이다.

그런데 이게 웬일인가. 이상하게도 마음이 무섭도록 허탈해지는 게 아닌가. 찬바람만 휭휭거리는 텅 빈 가슴으로 인생에 대한 회의가 밀물처럼 몰려오는 게 아닌가. 도대체 왜 살아야 하는가. 인생의 의미는 무엇인가. 어떻게 사는 것이 제대로 사는 것인가…….

물론 예전에도 그런 생각은 많이 했지만 이번에는 상황이 달랐다. 대부분의 남자들이 겪는 '중년의 위기'라고 부르기에는 증상이 심각했다. 그는 인생의 의미를 찾기 위해 눈물을 펑펑 쏟으며 지나간 세월을 뼈아프게 반성했다. 젊은 시절의 주색잡기를 비롯하여 자신이 쓴 대작 소설들까지 모두 다 반성했다. 그러면서 그는 참되게 살기로 굳게 결심했다. 이 결심을 만천하에 알리기 위해 일종의 반성문인 『참회록』까지 썼다.

그는 『참회록』에서 이렇게 말한다. "공포와 혐오와 아픔을 느끼지 않고는 나는 그 시절을 회상할 수가 없다. 나는 전쟁에서 많은 사람을 죽였다. 죽이기 위해 남에게 결투도 신청했다. 노름 때문에 돈을 크게 탕진한 적도 있다. 농부들이 땀 흘려 수확한 것으로 무위도식하면서도 그들을 처벌했다. 간음도 했고 거짓말도 했다. 기만, 절도, 만취, 폭행, 살인 등등 내가 저지르지 않은 죄악은 거의 없었던 것 같다."

『참회록』을 기점으로 하여 위대한 예술가 톨스토이는 위대한 스승 톨스토이로 거듭난다. 평론가들은 이를 가리켜 '회심'이라 부른다. 쉽게 말해서 어느 날 마음을 확 바꿔버렸다는 뜻이다. 이때부터 톨스토이는 가급적 소설을 멀리했다. 물론 소설도 쓰긴 썼지만 이전 대작들에 비하면 규모로 보나 뭐로 보나 초라했다. 그는 술도 멀리했고 담배도 멀리했고 고기도 멀리했다. 그리고 오로지 거짓된 삶을 비판하고 민중을 교화하는 일에만 매달렸다. 인생에 관해 심오한 글도 썼고, 민중에게 삶의 의미를 깨우쳐주기 위해 쉽고 짤막한 우화들도 많이 썼다. 교회를 비판하는 글도 썼고 예술을 비판하는 글도 썼고 정부를 비판하는 글도 썼다. 좌우간 사람 사는 것과 관련된 모든 것에 관해 썼다. 덕분에 그는 '세기의 현자'니 '인류의 양심'이니 하는 말로 불리게 된다.

그러면 톨스토이를 어떻게 읽어야 할까. 90권을 몽땅 읽기는 벅차다. 솔직히 열 권도 벅차다. 그렇다고 짤막한 우화만 읽자니 무언가 놓치는 것 같고 『인생론』이니 『참회록』이니 하는 것만 읽자니 따분하기 짝이 없다. 아무튼 그는 당대 최고의 베스트셀러 소설가가 아니었던가. 그래서 이런 생각이 떠오른다. 90권을 읽는 대신 소설 한 권으로 그의 세계를 들여다볼 수는 없을까. 그의 예술과 교훈을 한꺼번에 만끽할 수는 없을까. 소설도 읽고 가르침도 얻을 수 있다면 일석이조가 아닐까.

소설을 통해 톨스토이를 알고자 하는 독자에게 『안나 카레니나』는 안성맞춤이다. 이 소설은 세계 명작 리스트에 반드시 오르는 걸작 중의 걸작이다. 그러면서도 그것은 사랑, 결혼, 종교, 윤리, 예술, 죽음, 인생에 관한 톨스토이의 생각을 거의 다 가지고 있다. 중년의 위기 이후 톨스토이가 인류에게 전하려고 했던 교훈적인 메시지는 이미 이 소설에 다 담겨 있다고 해도 과언이 아니다.

『안나 카레니나』는 한마디로 불륜에 관한 소설이다. 고위층 사모님이 남편도 자식도 다 버리고 젊은 사나이와 애정 행각을 벌이다가 일이 잘 풀리지 않자 자살한다는 것이 주된 내용이다. 톨스토이는 여주인공 안나가 달려오는 기차에 몸을 던져 자살하는 것으로 소설을 마무리 짓는다. 불륜은 물론 나쁜 사랑이다. 해서는 안 되는 일이다. 하지만 불륜에 좀 빠졌기로서니 그렇게 끔찍하게 죽일 것까지야 뭐가 있나 싶은 생각이 든다.

그러나 소설을 찬찬히 읽다 보면 작가가 여주인공을 죽인 것이 꼭 불륜 때문만은 아니라는 것을 알게 된다. 톨스토이의 나쁜 사랑은 사랑에 국한되는 것이 아니다. 그것은 나쁜 생각, 나쁜 결혼, 나쁜 공간, 나쁜 예술, 나쁜 음식 등과 엮이면서 인간의 삶 전체를 아우른다. 톨스토이는 여주인공의 죽음을 통해 상류층의 모든 것을, 요컨대 그들의 사고방식과 습관과 생활 태도, 사랑과 연애와 결혼, 그리고 심지어 예술관과 먹는 음식까지 비판한다. '잘' 살기 위해서는 그 모든 것을 버려야 한다는 것이다. 이 소설을 마친 이후 톨스토이는 실제로 그가 소설 속에서 비판했던 모든 것을 버리고 소박한 삶을 살기 위해 눈물겨운 노력을 기울인다. 그러니까 『안나 카레니나』는 결국 '어떻게 살 것인가'에 관한 소설인 셈이다.

톨스토이가 세상을 떠난 지 어느덧 100년이 훌쩍 넘었다. 그가 살아 있을 때부터 시작된 톨스토이 신화는 양에서나 질에서나 엄청나다. 나는 그 방대한 신화에 무언가를 더할 생각은 없다. 그럴 능력도 없다. 그렇다고 해서 신화에 흠집 낼 생각도 없다. 신화 깨부수기 같은 것은 내 취향이 아니다. 나는 단지 예술성 높은 명작 소설 『안나 카레니나』를 조목조목 들여다보면서 톨스토이가 부르짖었던 것들을 곱씹어보고 싶다. 그러면서 21세기에도 유효한 거장의 충고를 걸러내고 싶다.

톨스토이는 인류에게 도덕적인 삶을 전수하기 위해 스스로를 까발리고 스스로의 삶에 난도질하는 것도 서슴지 않았다. 그러다 보니 완전히 찢긴 사람이 되고 말았다.

그는 예술가였지만 예술을 미워했다.

귀족이었지만 귀족을 미워했다.

90권의 책을 썼지만 말을 믿지 않았다.

결혼을 했지만 결혼 제도를 부정했다.

언제나 육체의 욕구에 시달리면서 금욕을 주장했다.

천재적인 두뇌의 소유자였지만 지성을 증오했다.

이런 모순을 짊어지고 살아야 했으니 얼마나 고통스러웠겠는가. 그는 이 고통 속에서 몸부림치면서 올바른 삶의 방법을 모색했고 눈을 감는 순간까지 해답 찾는 일을 중단하지 않았다. 절제해야 한다, 정직하게 살아야 한다, 착하게 살아야 한다, 사랑해야 한다, 나를 위해서가 아니라 남을 위해서 살아야 한다. 이것이 그가 찾은 해답의 핵심이다.

톨스토이의 생각에 동조하든 안 하든 그것은 개인의 문제다. 어떤 이는 그의 가르침에 깊이 공감할지도 모른다. 어떤 이는 너무 원론적인 이야기라며 고개를 절레절레 흔들지도 모른다. 그러나 살면서 단 한 번이라도 삶의 의미에 의문을 던졌던 사람이라면 누구라도 그의 위대한 고통에 경의를 표할 것이다. 그리고 한 번쯤 걸음을 멈추고 진지하게 생각해볼 것이다. 어떻게 살 것인가를.

차례

1장

나쁜 사랑

2장

나쁜 결혼과 아주 나쁜 결혼

3장

좋은 결혼

4장

육식과 채식

5장

도시와 시골

6장

예술을 박멸하자

7장

죽음을 기억하자

『안나 카레니나』 줄거리와 등장인물

줄거리

1870년대 러시아. 상트페테르부르크의 고위 관리 카레닌에게는 아름답고 우아한 아내 안나와 귀여운 아들 세료자가 있다. 어느 날 안나는 모스크바에 사는 오빠 스티바의 집을 방문한다. 오빠네 가정 문제에 도움을 주기 위해서다. 안나는 모스크바 기차역에서 우연히 브론스키라는 잘생긴 귀족 청년과 마주친다. 첫 만남에서 브론스키는 안나의 매력에 사로잡힌다. 이후 두 사람은 몇 번인가 밀회를 갖다가 마침내 불륜 커플이 되어버린다. 안나의 남편 카레닌은 분노와 복수심으로 불타오른다. 그러나 브론스키의 아이를 낳다가 죽을 뻔한 아내의 모습을 보고 모든 것을 용서한다. 안나와 브론스키는 외국 여행도 하고 시골 영지에서 호사스러운 생활을 즐기기도 하지만 점차 권태기에 들어선다. 안나는 근거도 없이 브론스키를 질투하고 브론스키는 그런 안나에게 염증을 느낀다. 질투와 불안 때문에 일종의 노이로제 증상까지 보이던 안나는 마침내 달려오는 기차에 몸을 던져 자살한다.

한편 스티바의 친구 중에 레빈이라는 청년이 있다. 레빈은 스티바의 처제인 키티에게 빠져 있다. 그래서 그녀에게 청혼을 한다. 그러나 브론스키를 연모하고 있던 키티는 그의 청혼을 거절한다. 레빈은 상심하여 시골 영지로 돌아간다. 키티 역시 브론스키가 안나를 사랑하는 것을 알고는 상심하여 중병에 걸린다. 키티는 병을 치료하기 위해 외국 온천장에 갔다가 러시아로 돌아와 우연히 레빈과 마주친다. 레빈은 다시 키티에게 청혼하고 이번에는 결혼에 성공한다. 두 사람은 파국을 향해 치닫는 안나와 브론스키 커플과는 달리 서로 이해하고 아껴주는 이상적인 결혼 생활을 가꾸어나간다. 레빈은 특히 톨스토이의 분신이나 마찬가지여서 중요한 메시지는 모두 그의 입을 통해 전달된다. 소설의 말미에서 키티는 아이를 낳고 아이의 출생을 계기로 레빈은 인생의 의미를 깨닫게 된다.

등장인물

안나 카레니나(안나 아르카디예브나 카레니나): 여주인공. 상트페테르부르크 고위 관리의 부인. 무척 아름답고 생기발랄한 귀부인.

브론스키(알렉세이 키릴로비치 브론스키): 잘생긴 귀족 청년. 돈 많고 가문 좋고 씩씩한 남자. 기차역에서 안나를 만난 후 그녀와 내연의 관계를 맺게 된다.

카레닌(알렉세이 알렉산드로비치 카레닌): 안나의 남편. 안나보다 나이가 훨씬 많다. 얼굴도 별로 잘생기지 않았고 매사에 법도와 규칙만 찾는 지루한 스타일의 남자.

스티바(스테판 아르카디치 오블론스키): 안나의 오빠. 타고난 바람둥이. 술과 요리와 여자만 밝히는 쾌락주의자.

돌리(다리야 알렉산드로브나 오블론스카야): 스티바의 부인. 좋은 공작 가문의 딸이지만 스티바와 결혼한 뒤 남편 때문에 하도 속이 썩어 행복과는 거리가 먼 삶을 살아간다.

레빈(콘스탄틴 드미트리예비치 레빈): 남주인공. 스티바의 친구. 올바르고 정직하고 근면한 청년. 톨스토이의 모든 생각을 전달해주는 인물.

키티(예카테리나 알렉산드로브나 시체르바츠카야): 돌리의 동생. 예쁘장하고 참한 아가씨. 처음에는 브론스키를 연모하다가 레빈의 진실성에 감동하여 그의 아내가 된다.

1장

나쁜 사랑

LEV NIKOLAYEVICH TOLSTOY

사교계의 위선은 추악하다.

그러나 안나와 브론스키의 사랑 역시 조금도 아름답지 않다.

그들은 허위에 찬 사회와 맞서 싸우는 비련의 주인공들이 아니다.

그들은 나쁜 사회에서 '나쁜 사랑'을 저지르다가

고약한 파멸을 맞이할 뿐이다.

LEV NIKOLAYEVICH TOLSTOY

소피 마르소와 안나 카레니나

소피 마르소가 주연한 영화 「안나 카레니나」는 꽤 볼 만하다. 배경이며 음악이며 배우들의 연기며 별로 나무랄 데가 없다. 게다가 남녀 주인공의 에로틱한 사랑을 넘어서 원작의 깊은 의미를 살리려는 감독의 노력까지 엿보인다.

그러나 캐스팅은 영 아니다. 소피 마르소는 숨 막히게 아름답지만, 그녀의 청순하고 가련한 이미지, 어딘가 보호 본능을 자극하는 호리호리한 자태는 톨스토이의 안나와는 거리가 멀다.

안나는 고위 관리 카레닌의 '사모님'이다. 그녀에게는 사모님의 여유로움과 관록이 있다. 그러나 무엇보다 중요한 것은 그녀가 생생한 활력을 타고났다는 점이다. 그녀는 오빠네 가정에 일어난 평지풍파를 해결하기 위해 기차를 타고 상트페테르부르크에서 모스크바로 온다. 그리고 모스크바 역에서 우연히 잘생긴 귀족 청년 브론스키와 마주치게 된다. 이 숙명적인 만남의 순간에 브론스키를 사로잡는 것은 안나의 미모가 아닌 활력이다.

그가 뒤돌아봤을 때 그녀 역시 고개를 돌렸다. 짙은 속눈썹 때문에 강하게 빛나는 잿빛 눈은 사뭇 친근하게 그의 얼굴을 주시했다. 마치 그를 알고 있기라도 한 것처럼. 이 응시의 순간에 브론스키는 그녀의 얼굴에서 약동하는, 정숙하고 생생한 표정을 읽었다. 빛나는 두 눈과 보일락 말락 한 미소로 일그러진 빨간 입술 사이에서 과잉된 그 무엇이 그녀의 온몸으로 넘쳐흘러 그녀의 의사와는 상관없이 눈의 반짝임과 미소로 나타나는 것 같았다.

브론스키는 정숙한 귀부인의 얼굴에서 과잉된 그 무엇, 온몸에 넘쳐흐르는 생생한 활기를 간파한다. 그녀의 화사한 미소, 풍만한 자태, 물결치는 듯한 검은 곱슬머리, 이 모든 것이 생기로 넘치고 있다. 브론스키를 매혹한 것은 단순한 미모가 아니라 바로 이 같은 활력이다. 온화함 뒤에 숨겨진 채 끊임없이 발산되기를 기다리는 엄청난 활력과 '끼'야말로 안나의 트레이드마크인 것이다. 우리의 옛 어른들은 이것을 '도화살'이니 '화냥기'니 하는 말로 설명할지도 모른다. 좌우간 앞머리를 다소곳이 내린 여학생 같은 소피 마르소가 소화하기 어려운 특성이다.

톨스토이는 계속해서 안나의 힘찬 모습을 보여준다. "오라버니가 가까이 다가오자 그녀는 브론스키가 놀랄 정도로 늠름하게, 그러나 우아한 몸짓으로 왼손을 오라버니 목에 걸고 재빨리 자기 쪽으로 끌어당겨 힘차게 키스했다." 이 모습을 본 브론스키는 부지불식간에 싱긋 웃는다. 그녀의 활력이 그에게도 슬며시 전달됐다는 뜻이다.

안나가 브론스키에게 악수를 청하는 대목도 그녀의 활기를 강조한다. "그는 그녀가 내민 작은 손을 잡았다. 그리고 그녀가 정열적인 악수를 하면서 힘차고 대담하게 자기 손을 내흔든 데 대해서 뭔가 특별한 것을 대하는 듯한 즐거움을 느꼈다. 그녀는 꽤 살찐 몸을 신기하리만큼 가볍게 움직이는 재빠른 걸음걸이로 밖으로 나갔다."

안나에게서는 아무런 그늘도 찾아볼 수 없다. 그저 약동하는 생명력만이 요동치며 흘러나올 따름이다. 이 생명력은 소설의 마지막 부분에서 발생하는 안나의 죽음을 더욱더 충격적으로 만들어준다. 그토록 활기찼던 여인이 한순간 싸늘한 주검으로 변할 수 있다는 사실 자체가 경악스러운 것이다.

반면 영화 속의 소피 마르소는 처음부터 어딘지 비극적으로 보인다. 그 처연한 눈빛하며 호소력 짙은 음성하며, 마치 태어날 때부터 비극의 여주인공이었던 것 같다. 그래선지 마지막 자살

장면을 봐도 그냥 '드디어 올 것이 왔구나' 하고 넘어가게 된다.

안나를 창조한 톨스토이 역시 어느 모로 보나 매우 활기찬 사람이었다. 그는 백작 가문의 넷째 아들로 태어났다. 어린 시절에 부모를 여의고 여러 명의 후견인을 거치며 성장했지만, 그래도 경제적으로는 풍족했다. 그의 인생 체험은 무척이나 다양했다. 마음 내키는 대로 대학도 중도에 포기했고, 군대에 자원하여 카프카스 산악 지대를 누비며 다녔으며 세바스토폴 방어전에 참전하기도 했다. 상트페테르부르크 사교계를 드나들기도 했고 '야스나야 폴랴나'라는 이름의 영지에서 열심히 농사를 짓기도 했다. 그는 사냥을 즐겼고 여인을 사랑했다. 책도 엄청나게 읽었고 공부도 부지런히 했고 쓰기도 많이 썼다. 이토록 삶을 철저하게 살았던 사람이기에 쉰 살 이후 인생의 모든 낙을 부정한 채 단순하고 소박한 삶을 부르짖었다는 것이 더욱 드라마틱하게 느껴진다.

디테일에 강하다

톨스토이의 작가적 역량은 디테일 면에서 타의 추종을 불허한다. 세부적인 것, 자질구레한 것, 소소한 것을 결코 그냥 보아 넘기지 않는다. 사람의 행동거지 하나하나, 표정 하나하나, 몸짓

하나하나가 그의 펜 아래에서는 허투루 넘어가는 법이 없다. 이 디테일 전략은 소설 초반부터 기선을 제압한다. 안나는 오빠네 집에서 일어난 불화를 해결하기 위해 모스크바에 다니러 왔다가 그만 브론스키를 만나 치명적인 격정에 휘말린다. 브론스키를 만나기 전까지 안나의 삶은 순조로웠다. 결혼 생활에 큰 불만 같은 것도 없었다. 그녀는 어린 나이에 스무 살이나 연상인 카레닌과 결혼했다. 애정 같은 것은 애당초 생각도 해보지 않았다. 정계의 실세인 카레닌의 명성과 부는 그녀에게 안락한 삶을 제공해주었고, 그녀는 남부러울 것 없는 귀부인의 삶을 나름대로 잘 지속하고 있었다. 남편은 뭐랄까, 무미건조하고 근엄한 사람이지만, 그래도 남편 덕분에 풍족한 삶을 누리고 있던 터라 불평할 구석이 별로 없었다. 아들도 하나 낳았다. 지금 여덟 살인 아들은 눈에 넣어도 아프지 않을 정도로 사랑스럽다. 한마디로 순조로운 삶이었다.

그런데 모스크바에서 브론스키를 만나면서 이 평탄한 삶에 균열이 생기기 시작한다. 그녀는 정숙한 귀부인답게 브론스키에게 쏠리는 마음을 애써 감추려고 한다. 이상한 수치심과 공포마저 느낀다. 모스크바에서의 일정을 마치고 상트페테르부르크로 돌아온 시점에서 두 사람 사이에는 아무 일도 일어나지 않았다. 브론스키에게 사랑의 고백을 들었지만 점잖게 꾸짖었다. 그러나 안나가 상트페테르부르크 역으로 마중 나온 남편 카레닌을 본 순간, 그녀의 가정생활은 이제 돌이킬 수 없는 붕괴를 거치게 될 것임을 예고한다. 그것은 아주 사소한 디테일에서 시작된다. 바로 남편의 귀가 문제였던 것이다. 이 부분은 아주 유명한 대목이다.

기차가 멈추어 상트페테르부르크 역의 플랫폼에 내렸을 때, 그녀의 주의를 끈 최초의 얼굴은 남편의 얼굴이었다. '어쩌면 좋아! 어째서 저이의 귀는 저렇게 생겼을까?' 남편의 냉랭하고 당당한 풍채를 보고, 특히 지금 새삼스럽게 그녀를 놀라게 한 귀, 둥근 모자의 차양을 떠받치고 있는 귀의 연골 부분을 바라보면서 그녀는 이렇게 생각했다.

10년 동안 결혼 생활을 해오면서 안나는 한 번도 남편의 귀가 못생겼다는 생각을 한 적이 없다. 아니 귀라는 대상에 주목해 본 적조차 없다. 그런데 잘생긴 청년의 애정 고백을 듣고 난 뒤에 갑자기 아무 죄도 없는 귀가 흉물스럽게 보이기 시작하는 것이다. 다른 부위도 아니고 하필이면 귀가 그토록 거슬릴 게 뭐란 말인가. 그녀는 남편과 함께 집으로 간다. 집에서도 그녀의 신경을 건드리는 것은 남편의 귀다. 귀는 끈덕지게 그녀를 방해한다.

"뭐니 뭐니 해도 저이는 좋은 사람이야. 정직하고 친절하고 자신의 전문 분야에서는 대단한 명사야." 안나는 자기 방으로 돌아오면서 혼자 중얼거렸지만, 그 말은 마치 누군가가 남편을 비난하고 그런 사내를 사랑해서는 안 된다고 말한 데 대해 그를 변호라도 하는 듯한 투였다. "하지만 저이의 귀는 어쩌면 저렇게 툭 튀어나왔을까! 혹시 머리를 짧게 깎은 탓일까?"

귀 다음으로 중요한 디테일은 남편의 대수롭지 않은 습관이다. 카레닌은 긴장하거나 걱정거리가 있을 때면 무심결에 손가락 마디를 꺾는 습관이 있다. 평소에 아무렇지도 않게 여겨왔던 그 손마디 꺾는 소리가 새삼스럽게 귀에 거슬리기 시작한다. "아이, 제발 손가락 좀 꺾지 마세요. 전 질색이에요." 그녀는 남편의 이 습관이 싫은 것이 아니라 남편이 싫은 것이다.

브론스키와의 돌이킬 수 없는 정사를 예고하는 것 역시 작은 디테일이다. 그녀와 남편 사이에는 서로 터놓고 이야기할 수 있는 작은 기회가 찾아온다. 그러나 남편도 안나도 그 기회를 놓쳐버린다. 두 사람은 냉랭한 상태로 잠자리에 든다. 그때 안나의 귀에 들려오는 남편의 코 고는 소리는 부부관계의 종말을 위한 서곡이다.

안나가 침실로 들어섰을 때 그는 이미 누워 있었다. 그는 입을 굳게 다물고 그녀 쪽은 쳐다보지도 않았다. 안나는 자기 잠자리에 들어가 남편이 다시 말을 걸어오기를 이제나저제나 기다리고 있었다. 그녀는 남편이 입을 떼는 것을 두려워하면서도 동시에 바라고 있었던 것이다. 그러나 그는 말이 없었다. 그녀는 한동안 꼼짝 않고 기다렸지만, 그러는 동안 남편의 일을 잊어버렸다. 그녀는 다른 사내를 생각하고 있었던 것이다. 그의 모습을 그려보고 또 그의 일을 생각하자 가슴에 흥분과 크나큰 즐거움이 가득 차는 것 같았다. 그때 그녀는 돌연 규칙적이고 조용한 코 고는 소리를 들었다. 처음에 카레닌은 자신의 코 고는 소리에 놀란 듯 곧 조용해졌지만, 두어 번 숨을 쉬는 사이에 코 고는 소리는 다시금 침착하고 규칙적인 리듬을 가지고 울리기 시작했다. "늦었어, 이미 늦었어." 그녀는 미소를 띠며 중얼거렸다.

안나와 카레닌 부부의 진짜 문제는 소설 중반에 가서야 말로써 설명된다. "그인 남자가 아니에요. 인간이 아니에요. 그인 인형이에요! 아무도 몰라도 나는 알고 있어요. (…) 정말 그인 사람이 아니에요. 관청의 일을 하는 기계이지요." 요컨대 카레닌은 답답하고 냉혹하고 무정한 사내라는 뜻이다. 그리고 그런 사내와 살려니 숨이 막힐 것 같았다는 뜻이다. 글쎄…… 물론 뭔가 문제가 있었으니까 부인이 바람을 피웠을 것이다. 그러나 앞에 나오는 디테일이 너무 강렬해서 이런 설명은 김빠지게 들린다.

불륜과 위선

브론스키는 어느 모로 보나 '선수'의 조건을 죄다 갖추고 있다. 백작의 아들로 신수가 훤한 데다 연줄과 자산과 번듯한 지위까지, 여성을 사로잡는 데 필요한 장비를 모두 갖추었다. 그는 "키는 그다지 크지 않지만 탄탄한 체격을 지닌 흑발의 사내로서 아름다운 용모가 매우 침착하고 선량하며 꿋꿋한 느낌을 주었다." 안나와 브론스키의 암울한 사랑은 어느 정도 그가 '선수'이면서 동시에 선수가 지켜야 할 규칙을 지키지 않은 데서 비롯된다.

당시 상트페테르부르크의 세계는 두 부류의 인간들로 나뉘어 있었다. 하나는 "야비하고 우둔하며, 특히 우스꽝스러운 인간들"이었다. 그들은 "남편이라는 것은 일단 결혼하면 한 아내만을 지켜야 하고, 처녀는 순결해야 하며, 여자는 수줍어해야 하고, 남자는 남자답게 정조를 지키고 단호해야 하며, 또한 자녀들을 양육해야 하고 자기 노동으로 빵을 얻어야 하며, 부채는 지불해야 한다는 따위의 모든 어리석은 것을 믿고 있는, 말하자면 구태의연한 우스꽝스러운 부류의 인간들이었다."

다른 하나는 "진짜 인간들로 구성된 세계"로 브론스키가 속한 세계이기도 했다. 그들은 우아하고 대담하고 쾌활한 사내들로, 무릇 사내란 "얼굴을 붉히지 않고 모든 정욕에 몸을 맡겨야 하며, 그 밖의 것은 모조리 비웃어야 한다고 믿었다."

요컨대 브론스키의 세계에서 도덕 운운하는 것은 꼴사납고 촌스러운 일이다. '진짜 남자'는 자질구레한 도덕 나부랭이는 무시하고 용감하게 연애 사업에 정진해야 한다. 이 사교계의 규칙은 간단하다. 총각이 유부녀를 상대로 연애를 하는 것은 멋진 일이지만 아가씨와 눈물겨운 사랑 타령을 하는 것은 시대착오적인 일이다. "이 사람들의 눈에 처녀라든지 일반적으로 자유로운 위치에 있는 여자를 상대로 불운한 사랑을 하고 있는 사내는 우스꽝스럽게 보일지 모르지만, 유부녀를 쫓아다니며 간통하려고 생명을 아끼지 않는 사내의 역할은 아름답고 위대해 보일지언정 절대로 웃음거리가 될 수 없다는 것을 그는 잘 알고 있었다." 안나를 처음 만나 매혹당한 이후 브론스키는 이 사교계의 규칙을 그대로 따른다. 그는 '작업의 규칙'에서 한 치의 벗어남도 없이 행동한다.

그가 안나에게 고백하는 사랑의 말들은 어디선가 많이 들어본 소리다. 대부분의 남자들이 소설 속에서건 실생활에서건 텔레비전 드라마 속에서건 여성을 상대로 늘어놓는 진부한 이야기뿐이다. 요즘에는 이렇게 말하는 남자들도 별로 없을 것 같지만, 그래도 이런 말은 시공을 초월하여 여성에게 먹혀드는 것 같다.

그는 "정중하고 공손한 동시에 단호하고 집요한 어조"(반드시 정중하면서도 단호해야 한다!)로 말한다. "저는 당신이 하신 한마디 한마디, 당신의 동작 하나하나를 영원히 잊지 않겠습니다. 또

잊을 수가 없습니다." 그가 뇌까리는 말을 좀 더 들어보자.

"당신은 나에게 삶의 전부라는 것을 모르고 계십니까? 나는 마음의 안정이라는 것이 무엇인지 모르기 때문에 그것을 당신에게 드릴 수가 없습니다. 하지만 나의 전부, 사랑, 그것은 드릴 수 있습니다. 나는 당신과 나를 별개로 생각할 수 없습니다. 나에게 당신과 나는 하나입니다. 앞으로는 당신을 위해서도 나를 위해서도 마음의 안정이라는 것은 있을 수 없다고 생각합니다. 절망과 불행의 가능성이냐…… 아니면 행복의 가능성이냐일 따름입니다. 그 한없는 행복의……! 그것이 불가능한 일일까요?"

여자도 남자의 유혹이 싫지 않다. 그러나 유부녀인 여자는 체면치레로나마 남자의 구애를 거부할 수밖에 없다. 그래서 이럴 경우에는 언제나 아주 유용하게 쓰이는 '친구'라는 말로 사태를 얼버무린다.

"그러면 나를 위해 이렇게 해주세요. 앞으로 나에게 그런 말은 절대로 하지 말아주세요. 그저 좋은 친구가 되기로 해요." 그녀는 이렇게 말했지만 그녀의 눈은 전혀 다른 것을 말하고 있었다.

브론스키는 역시 '선수'다. 여자의 대꾸에서 황홀한 정사의 가능성을 읽어낸 그는 좀 더 확실하게 밀어붙이기로 한다. 이 역시 '작업 입문서'에 쓰여 있는 말일 것이다.

"내가 원하는 것은 단 한 가지뿐입니다. 나는 지금처럼 희망을 가지고 괴로워할 권리를 원하는 것입니다. 그러나 그것조차 안 된다면 꺼져버리라고 명령해주세요. 그러면 나는 꺼져버리겠습니다. 만일 나의 존재가 당신을 괴롭힌다면, 난 다시는 당신 앞에 나타나지 않겠습니다."

여기다 대고 기다렸다는 듯이 '아이고, 잘 생각했어요. 얼른 꺼져버리세요'라고 말했더라면 아무 문제가 없었을 것이다. 그러나 무지무지 잘생기고 다정한 연하남이 목숨을 걸고 달려드는데 어떻게 그러겠는가. 톨스토이는 이 불륜 남녀의 밀고 당기는 작업 과정을 무척 소상하게 밝힌다. 당연한 일이겠지만, 안나는 그에게 '꺼지지는 말라'고 말한 다음 악수를 하고 우아하게 사라진다. 브론스키는 그녀의 손이 닿았던 자기 손바닥에 입을 쪽 맞춘다. "그리고 오늘 밤에야말로 과거 두 달 동안보다도 더 많이 목적에 접근했다고 생각하면서 행복한 기분으로 집을 향해 걸어갔다."

그런데 문제는 브론스키가 자기 '목적'을 달성한 이후 '작업의 규칙'을 지키지 않았다는 데 있다. 그는 안나와의 불륜을 사교계 쾌남아에게 주어지는 관행적인 훈장 이상의 것으로 받아들이기 시작했고, 더 나아가 정식으로 그녀와 하나가 되고 싶다는 소망을 가지게 된다. 불행은 여기에서 시작된다.

여기서 우리는 당시 러시아 사교계의 관행에 주목할 필요가 있다. 상류층 남녀에게 정사는 공공연한 비밀이다. 누구나 살면서 한두 번쯤 벌이는 약간의 일탈이다. 그런데 당사자들이 이 비밀을 떠벌리고 정사를 '진짜' 사랑으로 밀고 갈 때 사람들은 눈살을 찌푸린다.

브론스키는 안나와의 관계를 위해 승진도 포기한 채 연대에 머무르고 있으며, 심지어 그녀와 살림을 차릴 생각까지 한다. 안나 또한 남편은 물론 전체 사교계에 자기 불륜을 까발린다. 이런 그들의 태도는 많은 사람들을 짜증나게 한다. 특히 브론스키의 어머니는 아들의 바보짓에 울화통을 터뜨린다. 어머니는 "젊었을 때 사교계의 눈부신 여주인공이었으며 결혼해서도, 특히 과부가 되어서도 갖가지 로맨스를 뿌리는 것으로 사교계에 정평이 나 있었다." 따라서 아들의 정사를 처음 알았을 때 그녀는 만족스러웠다. 그 까닭은 "그녀의 의견에 의하면, 상류사회에서 전도양양한 젊은 사내에게 정사만큼 최후의 완성을 주는 것도 없기 때문이었다."

그러나 요즈음에 와서는 브론스키 백작부인도 아들이 장래의 출세를 위해서는 아주 중요한 지위가 모처럼 자신에게 주어졌는데도 다만 카레닌 부인과 만날 수 있는 연대에 남기 위해 그 지위를 거절했고, 또 그 때문에 상사들의 불만을 샀다는 이야기를 듣고는 자기 의견을 바꿨다. 또한 이 정사에 대해 알게 된 모든 것으로 미루어 그것이 장려할 만한, 화려하고 우아한 사교계의 정사가 아니라 일종의 베르테르식 절망에 가까운 것이며, 그녀가 듣고 있는 바로는 어쩌면 아들을 어리석은 행동으로까지 끌어들일 수 있는 정열이라는 점도 그녀의 마음에 들지 않았다.

그저 남들 하는 대로 유부녀와 놀다가 말면 될 것을 브론스키가 놀음을 진짜 열정으로까지 몰아갔다는 데 문제가 있다는 것이다. '쿨'한 정사는 괜찮지만 목숨 걸고 달려드는 진짜 로맨스는 문제가 있다는 것이다. 사랑놀음이 "농담이나 장난이 아니라 뭔가 진지하고 중대한 일"이 되어서는 안 된다는 것이다. 결국 안나와 브론스키는 사교계에서 '퇴출'당한다.

그렇다면 누가 어떻게 나쁜 것인가. 안나와 브론스키 커플이 불륜을 저지른 일이 나쁜 것인가, 아니면 그 사실을 만천하에 공개한 일이 나쁜 것인가, 아니면 자신들은 더 지저분한 일을 밥 먹듯이 저지르면서 불륜 남녀를 심판하는 사교계가 나쁜 것인가.

도덕가 톨스토이는 불륜 커플도 나쁘고 사교계도 나쁘다고 대답한다. 사교계의 위선은 추악하다. 그러나 나중에 다시 살펴보겠지만 안나와 브론스키의 사랑 역시 조금도 아름답지 않다. 그들은 허위에 찬 사회와 맞서 싸우는 비련의 주인공들이 아니다. 그들은 나쁜 사회에서 '나쁜 사랑'을 저지르다가 고약한 파멸을 맞이할 뿐이다.

리틀 블랙 드레스

톨스토이의 패션 감각은 독자의 흥미를 자극한다. 그는 인물의 의상을 묘사하는 것이 아니라 의상의 본질을 파고든다. 이 작가의 관찰력은 한계를 모르는 것 같다. 동시대 작가인 표도르 미하일로비치 도스토예프스키에게는 도저히 바랄 수 없는 일이다. 톨스토이가 패션 디자이너가 됐더라면 코코 샤넬이나 이브 생 로랑보다 더 성공했을 것 같다는 생각까지 든다.

『안나 카레니나』에서 가장 기억에 남는 옷은 안나가 무도회에서 입은 블랙 드레스다. 블랙 드레스는 서구 문화에서 대략 세 가지 의미를 갖는다.

첫째, 검은색은 죽음의 색이다. 그것은 상복의 색이자 장례식의 색이다.

둘째, 검은색은 극기와 금욕의 색이다. 성직자들은 항상 검은 옷을 입는다. 서구 중세를 배경으로 하는 영화들, 이를테면 「장미의 이름』에서 수도사들이 입은 시커먼 망토 같은 옷을 떠올리면 된다.

셋째, 검은색은 매춘의 색이기도 하다. 검은 드레스에 검은 스타킹은 한때 매춘부들의 '유니폼'이었다. 예를 들어 러시아 상징주의 시인 알렉산드르 블로크는 「낯선 여인」이라는 시에서 검은 옷에 검은 모자, 그리고 검은 베일을 쓴 매춘부를 등장시킨다. 또한 미국 추리소설 작가 제임스 엘로이의 『블랙 달리아』는 항상 검은 옷을 입고 다녀서 '블랙 달리아'라는 별명을 얻었던 매춘부의 살인사건을 토대로 한다.

1920년대에 코코 샤넬이 디자인한 '리틀 블랙 드레스(일명 LBD)'는 패션의 고전이다. 단순하면서도 고혹적인 이 검은 드레스는 이후 다양한 모습으로 진화하면서 수많은 여성의 필수품처럼 되어버렸다. 지난 세기에 오드리 헵번과 에디트 피아프는 '리틀 블랙 드레스'의 영원한 매력을 굳히는 데 한몫을 단단히 했다.

그런데 『안나 카레니나』를 읽어보니 톨스토이는 샤넬보다 훨씬 먼저 '리틀 블랙 드레스'의 핵심을 꿰뚫어봤다는 느낌이 든다. 어쩌면 코코 샤넬은 『안나 카레니나』를 읽고 영감을 얻어 그 드레스를 디자인한 것이 아닐까 하는 쓸데없는 상상까지 발동한다.

안나가 모스크바에 다니러 왔을 때 무도회가 열린다. 이 무도회에는 안나와 브론스키뿐 아니라 브론스키를 내심 사랑하고 있는 공작 가문의 딸 키티가 등장한다. 온실의 꽃처럼 곱게 자란 키티는 브론스키에게 반해 있다. 브론스키도 그동안 사뭇 그윽하게 키티를 대해왔던 터라 키티는 그의 청혼을 받아들일 만반의 태세를 갖추고 있다.

그러나 무도회에서 안나와 브론스키가 춤추는 모습을 보고 키티는 즉시 사태를 파악한다. 안나가 내뿜는 마력에 가까운 매력에 브론스키가 완전히 사로잡혀 있다는 것이 분명하게 드러나기 때문이다. 쉽게 말해서 브론스키를 가운데 두고 유부녀 안나와 청초한 아가씨 키티가 벌이는 사랑싸움은 아가씨의 참패로 끝났다는 이야기다. 톨스토이는 두 사람에게 완전히 대조적인 의상을 입혀 놓음으로써 이 싸움을 시각화한다.

우선 키티의 옷을 보자. 키티는 "비상한 노력과 정성"을 들여 메이크업부터 헤어스타일까지 완벽하게 준비한다. 여러 가지 레이스와 장미꽃으로 화려하게 장식된 장밋빛 드레스를 입고, 머리에는 산더미처럼 높은 금빛 가발을 올리고 이파리가 두 장 붙어 있는 장미꽃을 꽂았다. 구두까지 장밋빛이어서 그녀는 온통 장밋빛이다(참고로 키티의 방도 오래된 인형으로 장식된 장밋빛이다. 완전히 소녀 취향이다).

그러면 안나는 어떤가. 그녀는 가슴이 깊게 파인 아주 단순한 디자인의 검정 벨벳 드레스를 입고서 상아처럼 다듬어진 풍만한 어깨와 가슴, 섬세하고 조그만 손을 가진 포동포동한 팔을 드러내고 있다. 가발을 전혀 얹지 않은 머리는 뒤로 단출하게 묶여 있으며 목에는 진주 목걸이 하나만 딱 걸려 있다. 키티는 검은 드레스를 입은 안나의 모습을 보고 비로소 안나라는 여자의 매력을 이해한다.

> 이제야 키티는 (…) 안나가 뿜어내는 매력의 진수는 그녀가 항상 화장이나 옷 치장을 초월한다는 점, 그리고 화장이나 옷 치장이 절대로 눈에 띄지 않는다는 점에 있다는 것 등을 이해했다. 화려한 레이스를 두른 검정 옷도 그녀가 입고 있으니 전혀 나타나 보이지 않았다. 그것은 단순히 액자에 불과했다. 나타나 보이는 것은 오직 단순하고 자연스럽고 화려하며 동시에 쾌활하고 생생한 그녀 자신뿐이었다.

덕지덕지 장식을 붙인 꽃분홍색 키티와 심플한 블랙 드레스의 안나. 두 사람의 대비는 숨 막히게 강렬하다. 키티가 너저분한 레이스니 꽃 장식이니 하는 것들에 파묻혀 장식을 위한 소도구처럼 보인다면, 안나는 의상을 소도구 삼아 자신을 드러낸다. 코코 샤넬이 '리틀 블랙 드레스'를 디자인했을 때 그녀의 머릿속에 있었던 콘셉트도 바로 이런 것이 아니었나 싶다.

안나의 블랙 드레스는 많은 것을 말해준다. 장례식의 검은 옷, 수도사의 검은 옷, 매춘부의 검은 옷 모두가 이 세련된 리틀 블랙 드레스에 함축되어 있다. 장식을 거부하는 단순한 옷은 안나의 강직한 성격을 보여준다. 그녀는 수도사들이 신앙에 몰입하듯이 열정에 몰입한다. 또한 검은 옷은 그녀가 훗날 맞이하게 될 끔찍한 죽음을 예고한다. 이 무도회에서 그녀는 자기 사망증서에 서명을 하는 셈이며, 따라서 그녀가 입은 검정 드레스는 스스로를 위한 상복이 된다. 그리고 또 검정 드레스는 안나의 성적인 매력을 지나치게 드러내 보임으로써 그녀가 곧 사교계의 매춘부로 전락하게 될 것임을 은근히 시사한다. 톨스토이는 이 모든 것을 한데 버무려 "뭔가 잔혹하고 무서운 것"으로 표현한다.

> 소박한 검정 옷을 입은 안나의 그 매력, 팔찌를 낀 그 풍만한 두 팔의 아름다움, 약간 흐트러진 머리칼의 그 물결치는 듯한 아름다움, 조그마한 수족의 그 우아하고 경쾌한 동작의 매력, 생기가 넘치는 그 아름다운 얼굴의 매혹……. 그렇지만 그녀의 아름다움에는 뭔가 잔혹하고 무서운 것이 있었다.

엽기 남녀상열지사

잔혹하고 무서운 것……. 실제로 안나와 브론스키의 불륜을 들여다보면 그것은 무척이나 잔혹하고 무서운 것이라는 생각이 든다. 그리고 톨스토이가 참 대단한 설교사라는 생각도 하게 된다. 불륜을 저지르지 말라고 백 번 말하는 것보다 『안나 카레니나』를 한 번 읽으라고 권하는 것이 더 나을 듯하다. 불륜을 하려던 사람도 이 소설을 읽으면 정나미가 뚝 떨어져 당장 그만둘 것 같다.

브론스키가 여러 달 동안 공들여 작업한 결과 두 사람은 마침내 육체적으로 결합된다. 그런데 그것이 참 뭐랄까, 도대체 그럴 거면 왜 같이 잤나 하는 생각이 들 만큼 살벌하다. 뭔가 야한 것을 기대했던 독자는 화를 낼지도 모른다. 좌우간 이토록 기분 나쁘게 묘사된 남녀상열지사는 동서고금 어디에도 없을 것 같다.

두 사람이 정사를 하는 장면을 보면 모골이 송연해진다. 거기에는 쾌락도 환희도 아무것도 없다. 그저 공포만이 있을 뿐이다. 안나는 "자신을 너무나 죄 많고 벌 받아 마땅한 몸이라고 여겼다. 그래서 자신을 낮추고 용서를 빌 도리밖에 없다고 생각했다. 그리고 지금 그녀에게는 이 세상에 그 이외에는 아무도 없기 때문에 용서를 구하는 간원을 그에게 했다. 그를 보고 있으면 그녀는 자신의 육체적 타락이 느껴져 더는 아무 말도 할 수가 없었다."

좀 더 읽어보자.

한편 그는 살인자가 자신이 죽인 시체를 보고 느끼는 것과 같은 감정을 느끼고 있었다. 그가 죽인 이 시체야말로 그들의 사랑이었고, 그들 사랑의 첫 단계였다. 수치심이라는 무서운 대가를 치르고 얻은 것을 회상해보니 거기에는 뭔가 무섭고 더러운 것이 있었다. 자신의 정신적 벌거숭이에 대한 수치심이 그녀를 압도하고, 그것은 곧 그에게로 전달됐다. 그러나 살인자는 자신이 죽인 시체에 대해 이루 말할 수 없는 공포를 느끼면서도 그 시체를 감추기 위해서는 난도질을 해야 하며, 또한 살인 행위로 얻은 것을 끝까지 이용하지 않으면 안 된다. 그래서 살인자는 정열이라 할 수 있는 분노를 안고 그 시체에 덤벼들어 끌고 다니거나 난도질을 하는 것이다. 꼭 그와 마찬가지로 그도 그녀의 얼굴과 어깨 위에 키스를 퍼부었다. 그녀는 그의 손을 잡은 채 꼼짝도 하지 않았다. '그렇다, 이 키스, 이거야말로 수치심의 대가인 것이다. 아아, 이 손, 영원히 나의 것이 될 이 손은 내 공범자의 손이다.' 그녀는 그 손을 들어 거기에 키스했다. 그는 무릎을 꿇고 그녀의 얼굴을 보려 했으나, 그녀는 얼굴을 감추고 아무 말도 하지 않았다.

어쩌면 이처럼 아무렇지도 않게 살인이니 난도질이니 공범자니 시체니 하는 말을 쓸 수 있는지. 이게 무슨 엽기 추리소설도 아니고, 그래도 명색이 연애소설인데……. 몇 년 뒤 안나는 실제로 갈기갈기 찢긴 시체가 되어 기차 바퀴 아래 누워 있게 된다.

이 정도로는 아직 성에 안 차는지 톨스토이는 소설 곳곳에서 안나의 피할 수 없는 죽음을 암시한다. 우선 안나가 모스크바 역에 도착하여 브론스키와 처음으로 눈이 맞는 대목에서 끔찍한 사고가 발생한다. 역무원이 후진하는 열차에 치여 죽은 것이다. 차마 눈뜨고는 볼 수 없는 처참한 죽음이 하필이면 장차 불륜을 저지르게 될 남녀의 첫 상봉에서 발생하는 것이다. 무슨 직감 같은 것이 있었던 걸까, 안나는 자기 종말을 예언이라도 하듯이 말한다. "이건 불길한 징조예요." 열차에 치여 죽은 일꾼의 환영은 그 뒤에도 여러 차례 마치 네메시스처럼 그녀의 꿈에 등장하는데 기차에 몸을 던진 순간 그녀가 마지막으로 보는 것 역시 무시무시한 일꾼의 모습이다.

안나의 죽음을 예고하는 또 하나의 불길한 징조는 브론스키의 말馬이다. 브론스키는 승마에 남다른 애착과 소질을 가지고 있다. 여성을 사랑하듯이 자기 애마 프루프루를 사랑한다. 실제로 말을 묘사하는 대목은 아름다운 여인을 묘사하는 것과 조금도 다르지 않다. 프루프루는 "새틴처럼 얇고 부드러운 피부"와 "빛나고 생기 있는 눈", 그리고 "정력적이고 부드러운" 표정을 가지고 있다. 심지어 말은 "전체적으로 균형이 잡히고 후리후리한 미녀"라 불리기도 한다.

어느 날, 브론스키의 연대에서 장교들의 장애물 경마가 열린다. 프루프루는 여느 때처럼 노련한 주인을 태우고 신나게 달린다. 우승이 눈앞에 보인다. 그런데 브론스키가 순간적으로 몸을 어설프게 가누며 안장 위에 주저앉는 바람에 말은 등뼈가 부러져 쓰러진다. 브론스키는 괴롭게 숨을 내쉬며 자신에게로 머리를 돌리고 아름다운 눈으로 쳐다보는 말의 시선을 느낀다. 브론스키는 말을 걷어차며 일어나라고 외친다. 그러나 말은 콧잔등을 땅에 틀어박고 무언가 말하는 듯한 시선으로 주인을 쳐다보기만 한다. 브론스키는 절규한다. "이 수치스러운 실수, 용서할 수 없는 실수! 불쌍한 것, 귀여운 것, 내가 널 죽였구나! 아아, 아아! 내가 이 무슨 실수를 했담!" 등뼈가 부러져 못 쓰게 된 말은 결국 사살된다.

여인처럼 아름다운 말의 죽음이 아름다운 안나의 죽음을 위한 복선이라는 것은 누가 보더라도 자명하다. 『안나 카레니나』는 죽음으로 얼룩진 소설이다. 다시 말하지만, 가슴 두근거리는 연애나 슬프고도 황홀한 정사, 이런 것들보다는 끔찍한 죽음이 훨씬 압도적이다.

톨스토이는 왜 이토록 불륜에 대해 가혹했을까? 불륜이 가정을 파괴하기 때문인가? 아니면 간음하지 말라는 십계명에 충실했기 때문인가?

답은 육체에 있다. 안나와 브론스키의 사랑이 죽음으로 끝날 수밖에 없는 것은 그것이 '육체의 사랑'이기 때문이다. 육체는 톨스토이가 청소년 시절부터 죽을 때까지 안고 가야 하는 짐이었다. 그는 좀 과도할 정도로 육체의 욕구에 시달렸고, 그 욕구를 대충 자신이 원하는 방식으로 해소했다. 그러나 동시에 육체를 저주했다. 그의 인생에서 가장 큰 딜레마는 육체였다. 조금 과장해서 말하면 그의 일생은 육체와의 길고도 참혹한 전쟁에 다름 아니었다. 다음 장에서는 이 문제를 조금 깊이 파헤쳐보도록 하자.

성병 클리닉

유명 인사치고 톨스토이처럼 내밀한 사생활이 낱낱이 공개된 사람도 드물 것이다. 톨스토이의 전기는 그가 몇 살 때 첫 관계를 가졌는지, 언제 어디서 누구와 어떻게 잤는지, 부부생활의 문제는 무엇이었는지 같은 낯 뜨거운 디테일까지 다 알려준다. 이런 상황의 책임은 전적으로 톨스토이에게 있다.

우선 사생활과 관련된 모든 사실에 근거를 제공해준 것은 톨스토이의 일기다. 그는 20대부터 여든세 살의 나이로 사망할 때까지 줄기차게 일기를 썼다. 물론 날마다 쓴 것은 아니고 몇 년씩 공백기가 있었던 것도 사실이지만 아무튼 대단한 지구력이다. 그는 그냥 일기도 썼고 '비밀 일기'도 썼다. 그것들은 모두 공개됐고, 당연한 일이겠지만 전기 작가들은 노다지라도 발견한 듯이 괴성을 지르며 달려들었다.

톨스토이의 부인은 사태를 더욱 흥미진진하게 만들었다. 독일계 의사의 딸인 소피야 베르스는 열여덟 살에 톨스토이와 결혼하여 '죽음이 그들을 갈라놓을 때까지' 남편과 싸웠다. 그녀는 대문호 남편에게 질세라 일기를 썼고 일기 속에 부부 싸움의 전모를 '자기 식으로' 밝혀놓았다. 그녀는 일상의 사건을 기록한 단순한 메모 형식의 일기도 썼고, 그보다 훨씬 사적인 진짜 일기도 썼다. 그것들 역시 죄다 공개되고 여러 나라 말로 번역까지 되었다. 단언컨대 톨스토이도 그의 부인도 자기 일기가 공개된 것을 저승에서 흐뭇하게 생각했을 것 같다. 명성에 민감했던 부부는 언제나 후대의 독자를 염두에 두고 미친 듯이 펜을 휘둘렀다. 어느 전기 작가는 이들 부부의 일기 쓰기 경쟁을 '일기의 전쟁'이라는 말로 표현하기도 했다.

그다음으로 톨스토이의 자식들이 있다. 소피야 부인은 결혼 후 27년 동안 무려 열여섯 번 임신을 했고 열세 명의 아이들을 낳았다. 옛날 사람들은 대개 자식을 많이 낳았다지만 그래도 너무 많다. 오글거리는 아이들은 대문호 부부의 왕성한 성생활을 말해주는 것 이상의 의미를 갖는다. 자식들 열셋 중 다섯 명은 일찍 죽었지만 여덟 명은 장성하여 일가를 이룰 때까지 살았다. 그들도 부모를 본받아 줄기차게 썼다. 그들은 앞다투어 '유명한 아빠'에 관한 회고록을 써서 톨스토이의 사생활을 만천하에 까발리는 데 톡톡히 기여했다. 특히 막내딸은 결혼도 안 하고 아흔

다섯 살까지 장수하면서 일구월심 존경하는 선친의 삶을 반추하는 데 일생을 바쳤다.

나는 개인적으로 작가의 은밀한 사생활에는 별 관심이 없다. 백 년 전에 돌아가신 노부부의 침실을 엿본다든가 하는 것은 내 취향이 아니다. 그런 것을 들춰내어 뭐 하나 싶은 생각이 든다. 톨스토이 전기에서 사적인 대목이 나오면 공연히 죄스럽고 민망하여 얼른 책장을 넘길 때도 있다.

그러나 그 사생활이라는 것이 대문호의 소설과 직결된다면 그건 또 다른 이야기다. 불륜에 대한 톨스토이의 과격한 심판을 설명하려면, 별로 내키지는 않지만 톨스토이의 성생활을 언급하지 않을 수 없다.

톨스토이 전기에 의하면, 톨스토이는 열네 살 때 창녀와 첫 경험을 했다. 당시 귀족 자제들이 거쳐야 하는 통과의례였다. 그러나 우리의 예민한 소년은 너무도 충격을 받았나 보다. 소년은 '일'이 끝나자 "침대 옆에 서서 엉엉 울었다."

그러나 눈물도 잠시, 다음 날부터는 모든 것이 일사천리로 진행됐다. 소년 톨스토이는 매우 협조적인 하녀와 매춘부와 집시와 유부녀 들을 거치며 점차 청년으로 성장해갔다.

그러다가 어느 날, 성병에 덜컥 걸리고 말았다. 열아홉 살 때였다. 당시 그는 카잔대학에 학적을 두고 있었다. 그래서 대학 부속 성병 클리닉에 입원했다. 여러 말 할 것이 뭐 있겠는가. 대학에 성병 클리닉이 부설되어 있었다는 사실 자체가 당시 사회 풍속을 다 말해주는데. 다시 말해서 당시 러시아의 귀족 젊은이들은 대부분 톨스토이처럼 살았다는 뜻이다.

당시에는 수은으로 성병을 치료했다고 한다. 자세한 것은 나도 잘 모르겠지만, 그 치료 방법이 아주 원시적이어서 환자에게 무지막지한 고통과 수치심을 주었다고 한다. 특히 톨스토이처럼 예민한 아이는 성병 클리닉에 격리되어 있으면서 오만 가지 생각에 시달렸을 것이다. 그의 유명한 일기가 시작된 것도 이곳에서였다. 톨스토이는 일기에 이렇게 쓰고 있다. "병원에 온 지 6일째다. 나는 임질에 걸렸다. 사람들이 으레 그 병에 걸리는 곳에서 나도 병에 옮았다."

이때부터 소년은 육체, 특히 여성의 육체에 대한 혐오감을 키워나갔다. 그는 육체의 욕구에 넌덜머리를 냈다. 거의 병적인 수준의 혐오감이었다. 그러나 이 혐오감의 강도와 비례해서 성욕도 병적인 수준으로 성장했다. 성병 클리닉에서 그만큼 고초를 겪었으면 얼마 동안이라도 자제할 만하건만, 그는 퇴원 직후부터 다시 본연의 자세로 돌아가서 매우 협조적인 하녀와 매춘부와 집시와 유부녀를 찾았다.

그의 모든 문제는 여기서 비롯된다. 그리고 그의 소설 속에서 육체와 관련된 모든 이야기들과 훗날 그가 육체와 관련해 설파하는 교훈들도 여기서 비롯된다. 그는 식을 줄 모르는 육체의 욕구에 시달리는 동시에 육체에 대한 증오로 시달렸다.

톨스토이의 사생활을 들여다보면 어째서 그가 안나를 끔찍하게 죽게 했는지, 그리고 어째서 그가 나중에 모든 이의 독신을 주장했는지 알 듯도 하다. 이 모든 것은 육체의 욕구와 육체에 대한 혐오감 사이에서 찢긴 한 남자의 고뇌에서 출발한다.

비곗덩어리와의 정사

젊은 시절, 톨스토이가 겪었던 온갖 종류의 육체 경험 중에서 그의 인생에 긴 그림자를 드리운 것은 농부 아낙과의 정사다. 그 아낙은 다른 무수한 익명의 여인들과 달리 이름자가 분명하게 전기에 기록되어 있다.

이 여인의 이름은 악시냐 바지키나로, 톨스토이 가문의 영지 야스나야 폴랴나에 사는 농부의 아내였다. 투실투실하고 명랑하고 무식한 여자였다. 물론 낫 놓고 기역 자도 모르는 문맹이었다.

1858년 5월 13일 일기에서 그는 단언한다. "나는 사랑에 빠졌다. 이런 사랑은 생전 처음이다."

당시 지주와 농노의 부적절한 관계는 전혀 부적절한 것이 아니었다. 지주라면 누구나 가벼운 마음으로 저지르는, 어떻게 보면 '적절한' 일이었다. 『부활』에서 네흘류도프가 카추사와 하룻밤 관계를 갖고서 아무런 가책 없이 다음 날 훌쩍 떠나는 것처럼.

톨스토이에게 이 관계는 어딘지 모르게 진짜 사랑처럼 느껴졌다. 그는 이 피둥피둥하고 젊고 무지한 아낙과의 관계에 탐닉했다. 그녀와 관계를 가지면서 스스로를 '짐승'이라 부르기까지 했다. 그러나 어쨌든 그들의 관계는 강렬했고 여러 해 동안 지속될 만큼 끈질겼다. 어느 단계에 이르자 심지어 그들은 서로를 아내와 남편으로 착각할 정도가 된다. 그러는 동안 악시냐의 실제 남편은 묵인과 이해의 차원을 넘어 마침내 해탈의 경지에 이른다.

문제는 농부 아낙과의 뜨거운 관계가 지속되는 동안에도 지주 나리는 쉬지 않고 도덕적인 자책감에 시달렸다는 점이다. 당시 다른 지주들과 달리 그는 자기 행위를 반추하면서 자괴감에 빠져들었다. 그는 악시냐의 육체에 탐닉하면 할수록 거기서 빠져나와야 한다는 강박관념에 시달렸다. 그에게 유일한 구원은 결혼이었다. 결혼만이 끝없는 성적인 방탕에서 그를 구원해주리라 믿었다.

그래서 결국 톨스토이는 1862년에 열여섯 살 어린 소피야와 결혼한다. 합법적인 성생활의 길이 활짝 열린 것이다. 그는 결혼식이 끝나자마자 아내에게 자신의 방탕한 삶을 낱낱이 기록한 일기를 보여준다. 그런 쓸데없는 짓은 안 했으면 좋으련만, 본인은 그것이 지저분한 과거를 깨끗이 청산하고 올바르게 살겠다는 의지의 표현이라고 굳세게 믿었다. 이 위대한 작가가 무언가 굳세게 믿을 때는 아무도 어떻게 할 수가 없다.

새색시는 당연한 일이겠지만 남편의 일기를 읽고 극심한 충격 상태에 빠졌다. 특히 남편의 영지에 정착하고 얼마 안 되어 남편이 "생전 처음 사랑에 빠진" 상대가 집 안에서 하녀로 일하고 있다는 사실을 알고는 기함한다. 귀염성 있고 오동통한 하녀는 유사시에는 마루를 닦는 일 이상의 역할을 할 것처럼 보였으리라. 그날 아내는 이렇게 일기에 쓴다. "이런 사랑은 생전 처음이라고! 저허 여멀건 비곗덩어리와! 너무 끔찍하다!" 이때부터 몇 년 동안 소피야는 한집 안에서 어슬렁거리는 남편의 '엑스 정부'를 볼 때마다 남편과 그녀의 관계를 의심하면서 악몽 같은 세월을 보내게 된다. 신혼 시절에 각인된 질투의 감정은 죽을 때까지 그녀의 뇌리에 달라붙어 이후 평생 지속될 처절한 부부 싸움의 동기로 작용했다.

전기 작가들은 톨스토이가 악시냐와의 관계를 결혼 직전에 완전히 청산했다고 말한다. 사실일 수도 있고 아닐 수도 있다. 그러나 그것이 사실일지라도 소피야 부인에게는 큰 위로가 안 되었을 것 같다. 왜냐하면 그 관계의 증거물인 아들이 인근에서 무럭무럭 자라고 있었기 때문이다. 게다가 이름이 티모페이인 서자庶子는 그 무슨 운명의 장난인지 적자嫡子들보다 아버지를 훨씬 많이 빼닮아 소피야 부인의 속을 뒤집어놓았다. 주먹코에 무표정한 눈……. 희미한 옛사랑의 그림자라기보다는 또렷한 옛사랑의 결실이라 부르는 것이 옳을 듯하다. 티모페이는 훗날 적자들의 마부로 일생을 보내게 된다.

어떤 사람들은 톨스토이를 욕한다. 혼자 도덕적인 척하면서 남의 마누라와 정을 통하고 그 사이에 난 자식을 마부로 부려먹다니 하면서. 그러나 그것이 당시의 관례이니 어쩔 것인가. 당시 지주들에게는 으레 서자가 있었고, 그것이 도덕적인 결함은 아니었다. 어느 문화사가는 톨스토이에게 적어도 어미 다른 사생아가 열두 명 있었다고 하지만 검증된 바는 없다.[1] 서자들은 대개 아버지 집의 머슴으로 일했다. 관례가 그렇다 보니 톨스토이가 할 수 있는 일은 그리 많지 않았다. 그저 마음속으로 고통스러워하는 일밖에는. 그래도 그는 자기 아들 티모페이에게 깊은 연민의 정을 품고 있었다. 만년의 톨스토이는 가끔씩 서자 생각을 하며 눈물을 흘리곤 했다고 전해진다. '비겟덩어리'와의 정사는 의미심장하다. 첫째, 그것은 톨스토이가 생각하는 사랑에 관해 많은 것을 말해준다. 남녀 관계는 논리로 따질 성질의 것이 아니지만, 그래도 톨스토이 같은 지적인 남자가 일자무식 아낙과 몇 년씩 뒤엉켜 살면서 일생일대의 사랑 어쩌고 했다는 것은 생각해볼 필요가 있다. 그러니까 톨스토이에게 남녀의 사랑이란 어느 수준에서는 전적으로 육체의 사랑이었다는 이야기다.

복잡할 게 하나도 없다. 그냥 같이 자는 것, 이게 사랑인 것이다.

둘째, 그런데 인간의 정신은 그게 사랑의 전부는 아니며 그래서도 안 된다고 자꾸 속살거린다. 이때부터 만사가 복잡해진다. 육체의 결합 이상의 것을 사랑에서 찾아내야만 하는데 그게 쉽지가 않다. 그래서 톨스토이는 육체의 쾌락에 덧붙여 영혼의 교감, 의사소통, 이런 것들을 결혼에서 찾으려 했다. 그러나 나중에 더욱 소상히 밝히겠지만, 결혼이라는 것 역시 결국은 육체관계 이상의 아무것도 아니었다. 그래서 훗날 톨스토이는 이를 갈며 뇌까린다. "결혼은 합법적인 매춘이다."

셋째, 거기에 덧붙여 도덕이라는 것이 개입하게 되면 이제 삶은 고통 그 자체가 된다. 톨스토이는 농부 아낙과의 질펀한 관계를 비롯해 모든 육체관계를 지독하게 혐오하면서 도덕의 칼을 갈았다. 톨스토이가 육체를 혐오하다 보니 도덕가가 된 것인지, 아니면 원래 도덕가이기 때문에 육체를 혐오하게 되었는지는 잘 모르겠지만, 좌우간 육체 및 육체와 관련된 모든 것에 대한 그의 혐오감은 정상치를 훌쩍 뛰어넘는다. 그래서일까, 어떤 톨스토이 연구자는 『정신과 의사의 소파에 앉은 톨스토이』라는 제목의 책을 쓰기까지 했다. 오죽했으면 그랬겠는가. 나는 '세기의 현자'인 사람을 사이코로 몰아갈 마음은 없지만, 만년에 그가 입에 거품을 물고 육체를 질타하는 소리를 들으면 약간 제정신이 아닌 것 같다는 생각이 들기도 한다.

육체와의 전쟁

막심 고리키는 톨스토이가 "여자에게 무자비할 정도로 적대적이며" "여자에게 벌주는 것을 즐긴다"고 회고했다. 그러면서 그런 성향을 "쾌락을 끝까지 다 만끽하지 못한 수컷의 적대감" 혹은 "육체의 음탕한 충동에 맞선 영혼의 적대감"이라 표현하기도 했다.[2]

사실 톨스토이만큼 육체의 기쁨에 탐닉하는 동시에 육체를 혐오한 사람도 드물 것이다. 톨스토이만큼 여자를 밝히면서 여자를 증오한 남자도 드물 것이다. 톨스토이만큼 육체의 활력을 생생하게 묘사하는 동시에 육체의 음탕함을 지긋지긋하게 묘사한 작가도 없을 것이다. 톨스토이는 육체의 활력을 묘사할 때조차 육체의 다른 면, 그 음탕하고 추잡한 면에 대한 혐오감을 억누를 수 없었다. 그래선지 그가 쉰 살 전에 집필한 소설에서도 육체의 활력은 언제나 어두운 그림자를 동반한다.

『전쟁과 평화』를 예로 들어보자. 여주인공 나타샤는 아름다움보다는 활력으로 독자에게 어필한다. 그런 점에서 그녀는 안나 카레니나의 원형이라 할 만하다. 아직도 소녀티를 벗지 못한 나타샤는 무도회에서 안드레이 볼콘스키 공작의 댄스 신청을 받자 환희로 밝게 빛난다. "공단 무도화를 신은 나타샤의 귀여운 발은 그녀의 명령을 기다리지 않고 제멋대로 민첩하고 경쾌하게 움직였으며, 얼굴은 행복의 기쁨으로 빛나고 있었다." "나타샤의 어깨는 가냘팠고 팔은 아직까지 균형도 잡히지 않았고 손도 연약하기 짝이 없었다." 그러나 나타샤와 춤추면서 안드레이 공작은 "갑자기 활기찬 젊음을 되찾은 자신을 느꼈다."

그러나 이토록 귀엽고 순수하고 활기찬 나타샤의 육체도 추잡함의 가능성에서 제외되지 않는다. 어느 등장인물의 말처럼 "여자란 백작부인이건 하녀건 모두 매춘부"이기 때문인지도 모른다. 나타샤는 해반주그레한 얼굴에 머릿속은 텅텅 빈 건달 아나톨에게 반해 순식간에 약혼자를 배신한다. 육체적인 방탕에 대한 톨스토이의 심판은 언제나 준엄하다. 그러나 안나의 경우와는 달리 이번에는 이 여자를 죽여버리는 대신 재활의 기회를 준다. 나타샤는 자살 같은 것은 하지 않고 주인공 피에르와 결혼해서 잘 산다. 단, 그녀의 활력이나 육체적인 매력이 깨끗하게 제거된 후에 그렇게 된다. 죽이지는 않지만 잔인하기는 엇비슷한 것 같다.

여러 해가 흐른 후 나타샤의 모습은 알아보기 어렵게 변해 있다. "이 엄격하고 야위고 창백한 나이 든 얼굴이 그 여자일 리가 없다." 피에르가 나타샤를 알아보지 못한 것은 그녀에게 생긴 변화가 너무도 극적이었기 때문이다. "전에는 언제나 삶의 기쁨에 찬 은밀한 미소를 눈에 반짝이고 있던 그녀의 얼굴이 지금은 미소의 그림자도 남기지 않았다." 이렇게 활력을 제거당한 후에야 그녀는 주인공과 결혼을 하고 안정을 찾을 수 있게 된다. 결혼 후 그녀의 모습도 활력과는 거리가 멀다. "그 얼굴에는 전에 그녀의 아름다움을 이루던 것, 끊임없이 타고 있던 발랄한 불꽃이 없었다."

톨스토이가 만년에 집필한 『인생의 길』은 인간의 삶을 아예 '영혼과 육체의 전쟁'이라는 말로 요약하기까지 한다.

> 인간의 육체는 그 안에 깃들어 있는 영혼을 속박한다. 그러나 영혼은 육체의 껍질을 깨부수고 서서히 육체를 벗어난다. 거기에 참된 삶이 존재한다. (…) 인간은 죄 속에서 태어난다. 육체에서는 온갖 죄가 생겨난다. 그러나 영혼이 인간의 내부에 머물러 있어서 끊임없이 육체와 투쟁한다. 인간의 삶은 모두 육체와 영혼의 투쟁이다. 이 투쟁에서 육체의 편에 서지 않고, 다시 말해 조만간 정복될 것이 분명한 육체의 편을 들지 않고 영혼의 편에 서는 사람, 생애 최후의 순간이 될지도 모르지만, 어쨌든 조만간 반드시 승리를 차지할 것이 틀림없는 영혼의 편을 드는 사람은 행복하다.

육체에 대한 톨스토이의 혐오감 내지 공포는 1890년 전후에 쓴 『악마』라는 중편소설에서 절정에 이른다.

전도양양한 젊은 지주 예브게니는 시골 영지에 파묻혀 있자니 육체의 욕구를 해소할 길이 전혀 없다. 건강이 염려스러울 정도다. 그래서 이해심 많은 산지기 영감에게 통사정을 한다. 영감은 젊은 지주의 '건강'을 위해 깨끗하고 아리따운 아낙을 소개해준다. 유부녀이긴 하지만 이것저것 가릴 계제가 아니다. 두 사람은 정기적으로 관계를 맺는다. 그러다가 예브게니는 양갓집 규수와 결혼한다. 얼굴도 길고 코도 길고 팔다리도 아주 긴, 전체적으로 길쭉한 아가씨다. 예브게니는 농부 아낙과의 관계를 완전히 정리했다고 생각했는데 결혼 후에도 그녀의 모습을 보기만 하면 유혹을 떨쳐버릴 수가 없다. 전체적으로 길쭉한 아내보다 생기발랄한 농부 아낙에게 마음이 끌린다. 죄의식과 수치심에 시달리던 그는 마누라를 죽여 없앨까, 아니면 정부를 죽여 없앨까 고민하다가 결국 권총으로 자살하고 만다. 톨스토이는 이 결말이 마음에 안 들었던지 다른 버전에서는 주인공이 아낙을 살해하는 것으로 끝을 맺는다.

문학성이니 예술성이니 이런 것을 따지기 전에 이 소설은 톨스토이의 삶과 직결되어 있다는 점에서 눈길을 끈다. 이 소설에서 예브게니가 톨스토이 자신이고 농부 아낙이 악시냐라는 것은 너무도 자명하다. 만일 예술이 작가의 삶을 100퍼센트 반영한다면 톨스토이는 정말로 전문가의 도움을 받았어야만 할 것 같다. 정욕이 이 정도로 악마적일 수 있다는 것은 충분히 이해되지만, 그래도 역시 보통 사람은 자살까지는 하지 않는다. 정욕으로 인해 살인을 저지르지도 않는다. 범죄 실화나 추리소설 같은 데 등장하는 성범죄자들, 연쇄살인범들, 사이코패스들이라면 또 모를까…….

외모 콤플렉스

육체 혐오는 톨스토이의 외모 콤플렉스와도 관계가 있다. 톨스토이는 잘생긴 남자들을 부러워하다 못해 증오했다. 지금 우리 눈에는 톨스토이건 도스토예프스키건 투르게네프건 체홉이건 거기서 거기로 보이지만, 당시 외모의 기준으로 치자면 톨스토이는 못생긴 편에 속했다고 한다. 적어도 본인은 그렇게 믿었다. 그가 1854년에 쓴 일기는 이렇게 말한다. "나는 못생겼으며 절도가 없다. 그리고 사교계에 어울리는 교양을 쌓지 못했다."

외모와 사교술에 대한 콤플렉스 때문에 그는 더욱더 자기 계발에 힘쓰는 한편 소위 '꽃미남' 부류에 대한 혐오감을 더욱더 키워나갔다. 그에게 성적인 매력이 있는 사람은 남녀를 불문하고 모두 증오의 대상이었다. 『안나 카레니나』의 참혹한 결말은 안나의 흘러넘치는 성적인 매력에 대한 작가의 심판인 것이다. 그러고 보니 톨스토이의 소설에서 잘생긴 남자, 멋진 여자들은 대체로 말로가 비참하다는 점이 생각난다. 『전쟁과 평화』를 예로 들어보자. 이 소설에는 여러 쌍의 남녀가 등장하여 여러 가지 사랑과 연애와 결혼의 모습을 보여주는데, 대략 못생긴 부류가 잘생긴 부류보다 팔자가 훨씬 나은 편이다.

육체적인 아름다움과 정신적인 추잡함을 같은 맥락에서 바라보고자 하는 톨스토이의 집념은 엘렌이라는 인물에게서 완벽하게 실현된다. 엘렌은 사교계에서 뛰어난 미모와 능란한 사교술로 이름을 날리고 있는 여성이다. 주인공 피에르는 그녀의 육체에 매혹되어 덥석 결혼한다.

> 그녀는 언제나 야회에 나갈 때면 입는, 앞뒤가 몹시 파인, 당시에 유행하던 옷을 입고 있었다. 언제나 피에르가 대리석 같다고 생각하던 그녀의 상반신이, 그의 근시안으로도 어깨에서 목의 생생한 아름다움을 저절로 또렷이 분간할 수 있을 만큼 가까운 곳에 있었다. 그가 살짝 몸을 구부리기만 하면 그의 입술이 그녀의 살에 닿을 수 있을 만큼 가까이에 있었다. 그는 엘렌의 체온을 느끼고, 향수의 냄새를 맡고, 몸을 움직일 때마다 바스락거리는 코르셋 소리까지 들었다. 그는 의상과 함께 하나의 완전한 것을 형성하는 그녀의 대리석 같은 아름다움을 보고 있는 것은 아니었다. 그는 다만 옷으로 덮여 있는 것에 불과한 그녀 육체의 온갖 아름다움을 보고 또 느꼈던 것이다. 한 번 정체가 밝혀지면 똑같은 속임수를 되풀이할 수 없는 것처럼 그는 한 번 그것을 발견하자 이제 그녀에 대해 달리 볼 수 없게 되었다.

이런 식의 끌림으로 인해 성사된 결혼이 좋을 리가 없다. 엘렌은 피에르의 마음속에 무언가 더러운 감정 같은 것을 불러일으킨다. 결혼 후 한참 뒤에야 그는 그것이 '음탕함'이라는 것을 발견한다. 그리고 그녀야말로 "자기 육체 이외에는 아무것도 사랑한 적이 없는, 전 세계에서 가장 어리석은 여자"라는 결론을 맺고 이혼한다. 이혼 전에나 후에나 여러 남자와 동시다발적으로 관계를 맺던 엘렌은 어느 날 갑자기 급사한다. 여러 가지 추측만 무성할 뿐 정확한 사인死因은 밝혀지지 않는다. 톨스토이는 그 아름답고 추잡한 여자를 어느 날 그냥 확 죽여버리는 것이다. 매우 톨스토이답다.

엘렌의 오빠인 아나톨의 운명도 그 못지않게 잔인하다. 엄청나게 잘생기고 건장한 아나톨은 오만 가지 추잡한 일을 아무렇지도 않게 저지르고 다니는 난봉꾼이다. 심지어 제 누이에게까지 추파를 보낼 정도이니 얼마나 타락했는지 알 만하다. 그는 재미 삼아 순진하고 발랄한 나타샤를 꼬드겨서 약혼자를 배신하게 만들고도 아무런 양심의 가책을 받지 않는다. 그에게 내려진 톨스토이의 심판은 무엇이었을까? 그는 전장에서 부상을 당해 다리를 잘린다. 이제 여자들을 꼬드겨 신나게 춤을 추는 인생은 막이 내린 것이다. 어찌 보면 죽음보다 더한 심판이다.

반면 진정한 주인공들, 오랜 전쟁의 세월을 끝까지 살아남아 톨스토이의 인생철학을 전달해주는 주인공들은 육체적인 매력과는 거리가 멀다. 남주인공 피에르는 특색 없는 얼굴과 육중한 몸매의 사내로 행동거지가 둔하고 굼떠서 어딘지 미련한 곰을 연상시킨다. 여주인공 나타샤도 앞에서 언급했다시피 성적인 매력이 다 없어진 뒤에야 피에르와 결혼해서 일가를 이루게 된다. 또한 지지리도 못생긴 공작 아가씨 마리야 볼콘스카야는 고상한 내면의 미 덕분에 훌륭한 청년 니콜라이 로스토프와 화촉을 밝힌다. 니콜라이는 그녀의 보잘것없는 외모에서 "정신적인 세계의 깊이"를 발견한다. "그 창백하고 우아하고 슬픈 듯한 얼굴, 그 빛나는 눈길, 그 고요하고 우아한 몸짓, 특히 그녀의 몸 전체에 나타나 있는 뭐라 말할 수 없이 깊이가 있는 부드러운 비애는 그의 가슴을 떨리게 했고 그의 동정심을 불러일으키는 것이었다."

『전쟁과 평화』의 예는 톨스토이가 쉰 살 훨씬 전부터 인간의 외모를 포함한 모든 육체적인 면면에 대해 얼마나 께름한 생각을 품고 있었는지 단적으로 보여준다. 다시 한번 강조하지만, 톨스토이의 소설에서 육체적인 매력에 이끌려 이루어지는 사랑은 언제나 파국으로 끝난다. 육체적인 매력에 이끌려 이루어지는 결혼 또한 언제나 파국으로 끝난다.

사랑에 목숨 걸지 마라

그렇다고 톨스토이가 허구한 날 육체 이야기만 한 것은 아니다. 그는 어느 심리학자 못지않게 사랑의 심리적인 측면을 속속들이 파헤쳤다. 그런데 톨스토이가 파헤치는 사랑은 심리적인 측면에서도 별로 아름다울 것이 없다.

『안나 카레니나』에서 안나와 브론스키의 사랑은 육체관계의 시작과 더불어 내리막길을 걷는다. 안나를 정복하기 위한 브론스키의 작업이 일단락됨과 동시에 두 사람의 애정은 사실상 끝난다는 뜻이다. 어쩌다가 그렇게 되었을까?

브론스키와 첫 관계를 가진 직후에 안나는 선언하듯이 말한다. "이제 모든 것이 끝났어요. 나에게는 당신 이외에 아무도 없어요. 그것을 잊지 말아주세요."

'이제 나한테는 너밖에 없어!' '너는 내 모든 것이야!' '너는 내 운명이야!' 사랑에 빠진 남녀가 흔히 주고받는 말이다. 노래에도 나오고 소설에도 나오고 영화에도 나온다. 절절하게 들린다. 상대방에게 이런 말을 듣는다면 조금 뿌듯한 기분까지 들 것 같다. 그러나 『안나 카레니나』는 이런 말은 함부로 하는 것이 아니라는 것을 극명하게 보여준다. 안나의 전폭적인 사랑 선언은 곧바로 상대방을 질리게 하고 궁극적으로는 두 사람 모두의 파멸을 가져온다.

안나의 입장에서 볼 때 '너는 내 모든 것' 시나리오는 우선 남편과 자식을 버리기로 한 자기 선택을 정당화하기 위해 유용한 도구가 될 수 있다. 사랑에 목숨을 걸었다는 데 무슨 말을 더 할 수 있겠는가. 도덕이고 뭐고 이야기해봐야 소용없다. 즉 안나는 그렇게 생각하고 말함으로써 심리적인 위안을 찾을 수 있었다는 이야기다.

만일 안나가 그냥 사랑에 목숨 거는 데 만족했다면 별 문제가 없었을지도 모른다. 그러나 인간이 어디 그렇게 단순한가. 무언가에 목숨을 걸었으면 응당 대가를 바라는 것이 인지상정이다. 이 세상에 공짜는 없다. 상대방을 위해 모든 것을 버렸다는 그 생각 자체가 무서운 것이다(무언가를 위해, 혹은 누군가를 위해 모든 것을 버린다는 것은 좌우간 문제가 있다! 인간은 어떤 경우라도 모든 것을 버려서는 안 된다). 왜냐하면 어느 시점에서는 상대방에게서도 꼭 그만큼의 목숨 건 사랑을 기대하는 것이 인간이기 때문이다. 그런데 이상하게도 상대방은 나처럼 그렇게 헌신적인 사랑을 하지 않는 것 같다. 나한테는 네가 전부인데 너한테는 내가 전부는 아닌 것 같다. 이런 식의 생각은 곧 근거 없는 의심과 질투로 발전해나간다. 안나는 이런 고전적인 심리적 동요의 단계를 차근차근 밟는다.

브론스키를 위해 모든 것을 버린 안나는 불안하다. 불안하기 때문에 질투하고 불안하기 때문에 브론스키에게 강짜를 부린다. 불안하기 때문에 종종 히스테리를 부리고 불안하기 때문에 이상한 상상을 한다.

안나의 눈에 비친 브론스키는 너무나 편안하고 행복해 보인다. 자신은 비극의 여주인공인데 어째서 자기를 그렇게 만든 남자는 전혀 비극적이지 않아 보이는가. 울화통이 마구 터진다. 그녀는 브론스키의 애정 속에서 "침착함과 자신감을 발견하고는 그로 인해 스스로를 더욱 초라하게 느끼게 되었다."

그러는 가운데 슬슬 상대방에 대한 의심과 질투가 머리를 들기 시작한다. 그녀는 매사에 브론스키의 눈치를 본다. 혹시 브론스키가 자신을 귀찮게 여기지는 않을까 의심하고, 그가 하는 말이 거짓은 아닐까 의심하고, 그가 자기에게 싫증나서 다른 여자와 놀아나지는 않을까 의심한다. 그래서 그녀는 정기적으로 자기에겐 브론스키 한 사람밖에 없다는 것을 상기시킨다. "당신도 알고 계실 거예요. 당신을 사랑하던 날부터 나의 모든 것이 바뀌어버렸다는 것을 말이에요. 내게는 이제 단 한 가지만 남아 있을 뿐이에요. 그건 당신의 사랑이에요." 이런 식의 콕콕 쥐어박는 듯한 말은 이후에도 계속 발견된다. "나에게도 당신에게도 중요한 것은 오직 하나, 서로 사랑하고 있는가 어떤가 하는 것, 그것 하나뿐이에요. 그 외에는 아무것도 생각할 게 없어요."

정말 그럴까? 아니, 이것은 사랑이 아니다. 상대방에게 죄의식을 심어주고 부담감을 안기며 그를 자신에게 묶어두려는 전략일 뿐이다. 이것은 반드시 남녀의 사랑에만 국한되는 일은 아닐 것이다. 부모와 자식의 관계부터 동성의 우정에 이르기까지 모든 인간관계에서 목숨 건 사랑은 폭력이 될 수 있다.

그러면 브론스키는 어떤가. 브론스키는 과히 나쁜 남자가 아니다. 그는 다른 플레이보이들처럼 장난삼아 안나를 유혹한 것이 아니다. 한때 그는 진정으로 안나를 사랑했다. 그에게는 꽤 남자다운 책임감도 있다. 군대 동기가 장군이 되는 판국인데도 그는 안나와의 사랑을 위해 명예욕과 승진 욕심을 다 접고 기병대위직에 만족해하며 살고 있다.

그러나 안나가 지속적으로 사랑 타령만 해대며 근거 없는 질투의 발작을 부리는 데는 그도 속수무책이다. 속으로는 점차 넌덜머리가 나지만, 책임감과 죄책감 때문에 어쩔 도리가 없다. 물론 이 책임감과 죄책감은 모두 그녀의 '너는 내 모든 것' 시나리오가 심어준 것이다.

> 그는 최근에 와서 점점 더 빈번히 그녀에게 일어나는 질투의 발작에 전율을 느꼈다. 그리고 그 질투의 원인이 자신에 대한 사랑이라는 것을 알고 있으면서도 그녀에 대해 식어가는 자기감정을 아무리 숨기려 해도 숨길 수가 없었다. 그는 몇 번이나 그녀의 사랑은 행복이라고 자신에게 말했는지 모른다. 실제로 안나는 인생의 모든 행복보다 사랑을 소중하게 여기는 여자만이 할 수 있는 사랑으

로 그를 사랑하고 있었던 것이다.

그러나 그를 숨 막히게 하고 그로 하여금 역겨운 생각이 들게 하는 것은 바로 이 압도적인 사랑이다. 그녀는 외모까지도 어딘지 모르게 추하게 변해가는 듯하다.

그는 꽃의 아름다움에 끌려 그만 그것을 따서 쓸모없게 만들어놓고는 시든 꽃에서 이전의 아름다움을 찾지 못하고 있는 사람과 같은 심정으로 그녀를 바라봤다. 그런데도 그는 자기 애정이 가장 뜨거웠던 무렵에는 만일 강렬하게 원한다면 가슴속에서 그 사랑을 뽑아버릴 수도 있었겠지만 지금, 그녀에 대한 사랑을 느끼고 있지 않은 것처럼 여겨지는 지금, 도리어 그녀와의 관계는 끊으려야 끊을 수 없다는 것을 알고 있었다.

불쌍한 브론스키는 사랑이라는 이름의 족쇄에 묶여버린 것이다! "브론스키는 안나의 생활의 유일한 목적이 되어 있는, 단순히 그의 마음에 들려고 할 뿐 아니라 그에게 도움이 되어주고자 하는 열망에 대해 고맙게 생각하면서도 안나가 사랑의 그물로 자신을 묶어두려고 하는 것을 무거운 짐으로 느끼게 되었다."

그래서 그에게는 안나와의 사랑에서 '자유'를 찾으려는 욕구가 점점 더 강렬하게 솟아오른다. 자유라니……. 엄청나게 많은 것을 희생하고 겨우 얻은 사랑인데 이제 그것으로부터의 자유가 인생의 목표가 된 것이다! 그래서 브론스키는 건수만 있으면 바깥으로 나돌 생각을 한다. 숨통 조이는 사랑의 굴레에서 벗어나 맑은 공기를 마시기 위해 귀족 회의니 경마니 하며 밖으로 나돈다. 그가 밖에서 즐거운 시간을 보낼 때면 안나는 조바심이 나서 늘 핑계를 대어 그를 불러들인다. 브론스키는 짜증이 난다. 그는 즐거운 자리를 떠나 안나와 함께하는 "저 음울하고 답답한 사랑의 보금자리"로 돌아가야 하는 것이 싫다.

이후 지속적으로 멀어져만 가는 두 사람의 러브 스토리는 슬프고도 안타깝다. 둘 중 한 사람이 딱히 나쁘거나 잘못한 것도 아닌데 두 사람 모두 점점 불행해진다. 특히 안나는 사람이 어떻게 저토록 망가질 수 있을까 하는 생각이 들 정도다. 안쓰럽기 짝이 없다.

한때 단순한 패션과 헤어스타일로 브론스키를 사로잡았던 안나는 점점 더 외모에 신경 쓰게 된다. 그를 묶어둘 수 있는 유일한 무기는 육체밖에 없다는 생각 때문이다. "옷을 갈아입으면서 그녀는 전에 없이 화장에 신경을 썼다. 마치 잘 어울리는 옷이며 머리 모양을 하게 되면 그가 일단 자신을 사랑하지 않더라도 또다시 사랑해줄 것을 믿기라도 하듯이." 이쯤 되면 연인이 아니라 매춘부나 다름없다. 매춘부가 육체를 무기로 남자를 유혹하듯이 안나는 육체를 통해 브론스키와의 사랑을 유지하려

한다. 도도하고 정숙했던 사모님이 화장발로 남자를 홀리려는 싸구려 창부처럼 되어버린 것이다.

안나는 미모로도 브론스키를 잡아놓을 수 없을까 봐 늘 전전긍긍한다. 심지어 다른 남자에게 추파를 보내기까지 한다. 젊은 남자들과 어울리는 자리에서 그녀가 취하는 요염한 자태는 서글프기 짝이 없다. 그것은 자기 매력을 시험하기 위한 안타까운 몸부림이다. "나는 다른 남자에게, 그러니까 아내를 사랑하고 가족을 가진 남자에게까지 이렇게 강한 매력을 발산할 수 있는데 어째서 그이는 나에게 그토록 냉정한 것일까."

그러나 브론스키에게 안나의 미모는 더 이상 매혹적으로 다가오지 않는다. 사귄 지 몇 년이나 된 지금 그녀의 미모가 새삼스러울 것은 없다. 그녀는 여전히 무척 아름답지만, 거기에는 아무런 신비함이 없다. "그는 안나의 머리 모양이며 옷차림을 차가운 시선으로 흘끗 보고 나서 말했다. 그는 그 옷이 자신을 맞이하기 위해 일부러 갈아입은 것임을 알 수 있었다. (…) 그것들은 무엇이나 그의 마음에 들었지만 벌써 얼마나 많이 되풀이된 것인가!"

안나의 몸가짐은 점점 작위적으로 변해간다. 동작 하나하나가 상대방을 홀리기 위해 꾸며진다. 브론스키는 안나에게서 "여전히 그를 매혹해 마지않는 아름다움과 그 아름다움을 의식한 기색, 그리고 그 아름다움으로 상대방에게 작용을 가하려고 하는 염원 이외에는 아무것도 발견할 수 없었다." 브론스키는 바로 그런 점에 넌덜머리를 내고, 안나 역시 그가 그렇다는 것을 안다. "안나는 새끼손가락을 곧추세우고 나머지 네 손가락으로 찻잔을 집어 들어 입으로 가져갔다. 두세 모금 마시고 나서 안나는 그를 흘끗 돌아봤다. 그리고 그의 얼굴 표정에서 자기 손놀림이나 태도나 커피를 마실 때 입술로 낸 소리가 그에게 지겨운 느낌을 주었다는 것을 확신했다."

이런 상황은 거짓의 악순환으로 이어진다. 두 사람 다 거짓을 싫어하는 사람들이다. 특히 안나는 남편에게 거짓말하기 싫어 브론스키와의 관계를 공론화한, 그야말로 진실의 수호자다. 그러나 역설적이게도 그녀의 압도적인 사랑은 거짓 관계를 만들어낸다. 브론스키는 안나가 근거 없는 질투와 말도 안 되는 스토리로 광분할 때 거짓 사랑의 맹세를 한다. 사랑밖에 모르는 여자에게는 사랑이 약이라는 생각에서다.

문제는 그 사랑의 약에 진심이 끼어들 여지가 점점 좁아진다는 데 있다. "그에게는 입 밖에 내놓기마저 부끄러울 만큼 굉장히 저속한 것으로 여겨졌던 사랑의 맹세를 그녀는 게걸스럽게 들이켜고 차츰 가라앉았다." 그러나 머리가 벗어져가는 나이에 날이면 날마다 동거녀에게 낮 뜨거운 사랑의 맹세를 해야 한다면 그것도 고문이다. 상대방을 위로하고 다독여주는 것도 한계가 있다. 그래서 브론스키는 부드러운 사랑의 말을 하면서도 마음속으로는 적개심을 불태운다.

두 사람 사이에는 종종 다음과 같은 대화가 오간다.

안나 "만일 당신이 이젠 나를 사랑하지 않는다면 솔직히 그렇게 말씀해주시는 것이 좋아요. 그러시는 편이 더 정직해요."

브론스키 (속으로 '아아, 이젠 도저히 견딜 수가 없군.') "어째서 당신은 내 인내력을 시험하려 하는 거요! (…) 참는 데도 한도가 있는 법인데 말이오."

안나 "나를 버려주세요, 버려주세요! (…) 나는 어차피 방종한 여자예요. 당신의 목에 매달린 무거운 맷돌이에요. 하지만 더 이상 당신을 괴롭히고 싶지는 않아요. 네에, 그런 짓은 하기가 싫어요! 당신을 자유롭게 해드리겠어요. 당신은 이제 나를 사랑하고 있지 않으니까요."

이런 식으로 얼마나 오래 버티겠는가. 안나의 자살은 곪을 대로 곪은 관계를 끝낼 수 있는 유일한 길처럼 보인다. 물론 그녀가 브론스키를 자유롭게 해주기 위해 자살하는 것은 아니다. 안나는 죽기 얼마 전부터 브론스키를 벌주는 데 혈안이 된다. 목숨 건 사랑의 싸움에서 자신이 승자임을 보여주고 그에게 영원히 지울 수 없는 죄책감을 심어주기 위해 자살하는 것이다. 『안나 카레니나』는 비련의 주인공들이 허위로 가득 찬 사교계의 희생물이 된다는 이야기를 하는 소설이 아니다. 사랑에 목숨을 건 여자가 자기 자신과 벌이는 사투에 관한 소설이다.

부부처럼 사는 연인들

톨스토이가 48년간의 결혼 체험을 토대로 인류에게 전하고자 했던 메시지는 '결혼, 절대로 하지 마라'였다. 어떤 사람은 톨스토이가 '억척스러운 마누라'와 살다 보니 그렇게 되었다고 지레 짐작하기도 하지만, 그의 결혼관은 억척스러운 마누라를 만나기 전부터 예고되고 있었다. 그는 결혼하기 전에 쓴 『가정의 행복』, 결혼한 후 상대적인 행복과 안정 속에서 집필한 『전쟁과 평화』 등에서도 결혼에 대한 이상하리만치 씁쓸한 의혹을 제기한다. 완벽한 결혼 생활에 대한 동경이 크면 클수록 그런 것은 한갓 꿈에 불과하다는 좌절감 또한 커져갔나 보다.

그러나 그렇다 하더라도 『안나 카레니나』를 쓸 무렵을 기준으로 보자면 역시 결혼 제도를 통해 맺어진 부부의 연은 육체에 얽매여 사는 불륜 커플보다 바람직하게 여겨진다. 톨스토이는 안나와 브론스키 커플의 암울한 관계를 단죄해야 하는 이유로 그것이 정상적인 부부 관계에서 이탈했다는 점을 손꼽는다.

훗날의 과격한 결혼 혐오증을 생각해보면 말이 안 되는 것 같지만, 톨스토이가 자신의 일관성 없는 견해를 매우 일관성 있게 우길 수 있는 부러운 재능을 타고났다는 사실을 상기하면 그리 놀랄 일도 아니다. 안나와 브론스키는 끝까지 합법적인 부부의 연을 맺지 못한다. 그러므로 안나는 브론스키 저택에서 우아한 안주인 역할을 해도 역시 브론스키의 '내연의 처' 내지는 '정부'에 불과하다. 두 사람은 여느 부부 못지않게 서로 이해하고 존중하며 사랑하는 가정을 꾸미려고 하지만, 그것은 언제나 가정의 흉내에 그치고 만다.

'가정 흉내 내기'는 내연 관계의 허무함을 무척이나 단적으로 보여준다. 안나와 브론스키는 남부러울 것 없이 호사스럽게 산다. 그러나 두 사람 모두 무의식중에 자신들의 내연 관계를 진짜 결혼 생활처럼 보이게 하고 싶어서 이상하리만치 작위적인 행동들을 한다. 어느 등장인물은 안나와 브론스키 커플을 가리켜 "저 두 사람은 훌륭한 부부처럼 잘 살아가고 있어요"라고 말한다. 부부'처럼' 잘 살고 있다는 것은 진짜 부부가 아니라는 뜻이다.

내연 관계에서는 아이부터 문제가 된다. 정상적인 결혼 관계에서 아이는 축복이다. 그러나 안나와 브론스키 사이에서 태어난 여자아이는 집안에서 완전히 찬밥 신세다. 참 이상하다. 진짜 남편인 카레닌과는 별 사랑 없이 지냈는데도 그 사이에서 태어난 아들 세료자는 안나에게 삶의 목적이자 인생의 의미다. 반면 그 아들을 버릴 만큼 사랑하는 남자와의 사이에서 낳은 아이에게는 정이 안 간다. 그 아이는 '가정 흉내 내기'의 소도구에 불과해 보인다.

아이의 방은 브론스키의 재력을 과시하듯 아주 호사스럽게 꾸며졌다. "영국에서 들여온 장난감 수레며 보행기며 기어 다니기에 편리하도록 만들어진 당구대식 소파며 요람이며 특이한 욕조 등이 있었다. 그것들은 모두 영국제로 튼튼하고 품질이 좋으며 언뜻 봐도 지극히 값진 것이었다."

그러나 안나는 이 아이에게 무관심하다. 아이의 장난감이 어디에 있는지도 잘 모르고 아이의 이가 몇 개인지도 모른다. 보모는 무뚝뚝한 얼굴에 인정머리 없어 보이는 영국 여자인데 그런 여자를 고용할 수밖에 없는 것은 "지금 안나의 집안과 같이 정상적이지 않은 가정에는 버젓한 부인이 오려 하지 않기 때문이다."

안나는 '주부'로서의 역할도 수행하지 못한다. 안나와 브론스키 커플은 수시로 성대한 파티를 열고 손님들을 초대한다. 음식이건 술이건 식기건 모든 것이 비싸고 최신식이다. 그러나 이 호사스러움은 부족한 것을 돈으로 메우려 한다는 인상을 줄 뿐이다. 게다가 파티는 모두 브론스키가 준비한다. 안나도 손님들도 "자신들에게 준비되어 나온 것을 즐겁게 이용한다는 점에서는

다 같이 똑같은 손님이었다." 안나는 한자리에 모인 사람들의 대화를 매끄럽게 진행해준다는 점에서만 한 집안의 주부다.

사실 안나는 어머니나 주부로서가 아닌 브론스키의 애첩으로서 돋보인다. 그녀는 어머니의 모성애도 버리고 주부의 당당함도 버렸다. 아기 방을 드나들지도 않고 주방 하인들에게 잔소리하지도 않고, 오로지 아름답게 꾸미고서는 손님들 앞에 인형처럼 가만히 앉아 있을 따름이다. 안나의 미는 브론스키와의 불륜 이후 더욱 무르익는다. 그러나 이전의 자연스럽고 활기찬 아름다움이 아니라 애써 꾸민 아름다움이다. 어떤 손님은 "이전에는 안나에게서 찾아볼 수 없었던 젊음에 넘친 미태에서" 자신도 모르게 불쾌한 느낌을 받는다.

안나와 브론스키 커플의 가정 흉내 내기는 안나가 더 이상의 출산을 거부하는 데서 절정에 이른다. 그녀는 자신이 브론스키의 정상적인 아내가 아니기 때문에 그의 애정을 붙들어놓기 위해서는 몸매를 관리해야 하며, 몸매를 관리하기 위해서는 임신을 피해야 한다고 올케에게 털어놓는다. 올케는 생각한다. "그런 것으로 브론스키 백작을 매혹하여 언제까지 묶어둘 수 있을까? 만일 그 사람이 그런 것만 추구하고 있다면 화장이나 행동에서 좀 더 매력적인, 좀 더 쾌활한 여인을 발견할 것임에 틀림없다."

나쁜 사랑이 나쁜 이유는 그것이 부자연스럽기 때문이다. 아내여야 할 여자가 임신과 출산을 거부하고, 어머니여야 할 여자가 아이의 이가 몇 개 났는지도 모르고, 주부여야 할 여자는 화장과 패션에만 몰두한다! 이것은 순리가 아니다. 이것이 바로 톨스토이가 전하는 메시지다.

그런데 한 가지 이상한 것은 톨스토이가 이 모든 부자연스러움의 원인으로 안나만을 지목한다는 점이다. 아내이자 어머니이자 주부로서의 안나의 실패만을 언급하지, 남편이자 아버지이자 가장으로서의 브론스키의 실패에 관해서는 한마디도 없다. 다른 것은 몰라도 톨스토이가 페미니스트가 아니었던 것만은 확실하다.

2장

나쁜 결혼과
아주 나쁜 결혼

LEV NIKOLAYEVICH TOLSTOY

톨스토이는 결혼에 대해 거의 평생 동안 생각했다.
결혼하기 전에도 결혼한 후에도 그는
사랑, 연애, 불륜, 결혼에 관한 소설을 많이 썼다.
그러나 48년간의 결혼 생활을 마무리하면서
이 거장이 내린 결론은 '결혼, 절대로 하지 마라'였다.

LEV NIKOLAYEVICH TOLSTOY

남자의 바람기

그러면 결혼만이 '나쁜 사랑'의 대안인가? 그건 아니다. 결혼도 결혼 나름이다. 오로지 이상적인 결혼만이 할 가치가 있다. 적어도 『안나 카레니나』를 쓸 당시 톨스토이는 그렇게 생각했다.

『안나 카레니나』에서 스티바와 돌리 커플은 결혼의 그늘을 보여준다. 그들의 결혼은 나쁜 사랑 못지않게 공허하고 추악하다.

스티바는 안나의 오빠이고, 돌리는 무도회에서 브론스키에게 퇴짜 맞는 아가씨 키티의 언니다. 스티바와 돌리는 결혼 15년차 부부로 슬하에 다섯 아이를 거느리고 있다. 어느 날 남편이 아리따운 프랑스 여자 가정교사와 바람을 피운 사실이 그만 들통 난다.

안나의 외도 때문에 그 집안이 풍비박산되듯이 스티바가 바람을 피우는 통에 이 집안도 한바탕 난리를 치른다.

톨스토이는 무슨 '불륜 DNA'라도 있다는 듯이 오빠와 여동생을 나란히 불륜의 주역으로 등장시킨다. 『안나 카레니나』는 스티바의 외도로 인해 엉망이 된 집안 이야기로 시작된다. 저 유명한 소설의 첫 문장을 읽어보자. "모든 행복한 가정은 서로 엇비슷하지만, 불행한 가정은 가지각색으로 불행하다." 참으로 일리 있는 말이다.

그런데 스티바의 바람은 안나의 경우와 조금 다르다. 스티바는 운명적인 사랑을 한 것도 아니고 단 한 번의 사랑을 한 것도 아니다. 외도는 그의 습관이자 취미이자 삶의 이유다. 한마디로 그는 상습적인 '외도꾼'이라는 뜻이다.

스티바는 "선량하고 쾌활하고 의심하지 않는 성격 때문에 그를 아는 모든 사람들에게서 사랑을 받았다. 빛나는 눈동자, 검은 눈썹과 머리칼, 그리고 희고 불그레한 얼굴빛 등 수려하고 맑은 용모 속에는 그와 만나는 사람들로 하여금 생리적으로 친근감과 즐거움을 느끼게 하는 무엇인가 있었다." 게으르고 낙천적인 스티바에게 인생은 즐기기 위한 것 이상의 아무것도 아니다. 그는 삶의 어떤 즐거움도 마다하지 않는다. 그래서 그는 언제나 침착하고 행복하다. 이번에 자기 외도로 인해 집안에 평지풍파가 일어난 일에 대해 진심으로 안타깝게 생각하긴 하지만, 그렇다고 외도를 뉘우치거나 중단할 마음은 추호도 없다. 그에게 외도는 죄가 아니기 때문이다. 그는 생각한다. "모든 원인이 나에게 있지만, 이를테면 잘못은 나에게 있지만 죄는 별로 없다. 거기에 이 드라마의 모든 것이 있다."

스티바는 소위 '정직한' 사람이다. "그는 자신을 속일 수 없었고 자신으로 하여금 자기 행위를 후회한다고 믿게 할 수도 없었다. 그는 자신이, 서른네 살의 미남인 데다가 다정다감한 사내인 자신이, 살아 있는 다섯 아이와 죽은 두 아이의 어머니이자 자기보다 한 살밖에 젊지 않은 아내에게만 빠져 있지 않았다고 해서 이제 새삼스럽게 그것을 후회할 수는 없었다. 그는 다만 아내의 눈을 좀 더 재치 있게 속이지 못한 것을 후회하고 있었다."

심지어 그는 외도의 원인을 제공한 것은 여자로서의 매력을 상실한 아내이므로 그녀에게는 화낼 권리가 없다고까지 생각한다. "그는 아내처럼 이미 쇠잔하고 늙은 티가 나는, 이젠 아름다움이라고는 털끝만큼도 찾아볼 수 없고 사람들의 눈을 끌 만한 점도 없는, 그저 평범하고 선량한 가정주부에 불과한 여자는 공평한 관념에 따르더라도 좀 더 겸손해야 한다고까지 여기고 있었다."

그러니까 스티바에게는 도덕이나 양심이나 윤리 같은 것들은 육체와 관련하여 아무런 의미도 없는 셈이다. 다양한 여성과 다양한 즐거움을 누리는 것이 왜 나쁜지 도저히 이해가 안 된다는 것이다. 스티바의 독신 친구는 그런 태도에 의문을 품는다. 일단 결혼을 하면 성적인 욕구가 충족되는데 어째서 별도로 다른 여자들이 필요한지 도통 이해할 수가 없다. 그래서 문학적인 비유를 써가며 외도에 대해 이의를 제기한다. "나는 그런 일은 통 이해할 수 없어. 마치 실컷 배부르게 먹은 후 빵집 옆을 지나면서 빵을 훔쳐내는 것과 마찬가지 이야기니까." 스티바 역시 문학적으로 대답한다. "어째서? 빵도 때론 견딜 수 없을 만큼 향긋한 냄새를 풍길 수 있지." 스티바는 한술 더 떠서 나름대로 외도의 철학까지 정립해놓은 상태다. 스티바의 말 한마디 한마디는 모두 남성의 바람기에 대한 정확한 진단이자 합리화다. "마누라는 점점 늙어가는데 이쪽은 생명으로 충만해 있어. 뒤돌아볼 겨를도 없이 벌써 진실로 마누라를 사랑할 수 없다는 것을 뼈저리게 느끼게 되고. 아무리 마누라를 존경한다 하더라도 말이야. (…) 사랑과 결혼 생활이 항상 동일하길 바라지만 그것 역시 있을 수 없는 일이야. 인생의 변화도 아름다움도 매혹도 모두 빛과 그늘로 되어 있는 법이야."

누이동생 안나가 브론스키와의 '육체적인 사랑'에 목숨을 걸었다면, 이 사내는 불특정 다수의 여성과 잠자리를 같이하면서 사랑으로 충만한 삶을 확인한다. "나는 사랑이 없는 생활을 인정하지 않아."

스티바에게 외도는 삶의 활력과 동의어다. 마누라에게 들키지만 않는다면 그것은 인류에게 아무런 해도 끼치지 않는 개인적인 행위다. 살인도 아니고 도둑질도 아니고 중상모략도 아닌,

그저 남자가 누릴 수 있는 조그마한 기쁨인 것이다. "그런 일은 전혀 남에게 해를 끼치지 않아."

외도에 대한 스티바의 변론은 점점 고조되다가 결국 가정의 신성함으로까지 이어진다. "남자는 어디까지나 자유롭지 않으면 안 된다네. 왜냐하면 사내에게는 사내로서 그 나름의 흥미가 따로 있으니까 말일세. (…) 나는 그저 재미를 좀 볼 뿐이니까 말이야. 무엇보다 중요한 것은 가정의 신성함을 지키는 일이야. 가정에는 아무 탈이 없도록 해두는 거야. 그렇다고 자기 자신을 스스로 속박할 필요는 없는 거야."

가정의 신성함을 지킨다는 것은 물론 마누라한테 비밀로 한다는 뜻 이상의 아무런 의미도 없지만 스티바의 매끄러운 언변을 통하니까 꽤 그럴듯하게 들린다.

스티바는 이번 사건이 무마되기 무섭게 다시 연인을 만들고 여러 명의 여자와 비밀스러운 만남을 지속한다. 워낙 씀씀이가 헤픈 데다 여자들에게 비싼 선물 같은 것을 사주다 보니 재정 상태는 엉망이 된다. 그래도 그는 외도를 중단할 수 없다. 그 활기찬 기분과 젊어지는 느낌을 떨쳐버릴 수가 없다. 그의 바람기는 이제 취미 활동의 단계를 넘어 중독의 차원으로 진입한다. '남자의 바람기는 중독이다.' 이것이야말로 톨스토이가 하려는 말이었다. 그는 훗날 『크로이체르 소나타』라는 소설에서 이 점을 좀 더 소상히 설명하게 된다.

여자의 대리 만족

이런 남자와 결혼한 여자는 무슨 생각을 할까?

톨스토이는 정숙한 가정주부가 남편의 외도를 알아차린 후에 겪는 심리적인 고충을 단계별로 정리해서 보여준다. 우선 제일 처음 돌리에게 찾아든 생각은 불타는 복수심이다. "그녀는 무슨 방법을 강구해서라도 남편에게 벌을 주고 모욕을 주어 자신이 받은 고통의 1만 분의 일이라도 되갚지 않으면 안 된다고 스스로에게 말하고 있었다." 그래서 그녀가 생각한 처벌의 방법은 집을 나가는 것이었는데 그게 생각처럼 쉽지 않다. 그를 자기 남편으로 생각하고 사랑하는 타성에서 쉽사리 벗어날 수 없기 때문이다. 그래서 과시용으로 짐을 싸긴 했지만 선뜻 집을 떠나지 못하고 있다.

그녀가 마음속으로 바라는 것은 남편의 진심 어린 사과와 절대적인 충성의 맹세 및 기타 등등이다. 그런 것들이 제공된다면 구태여 집을 나갈 것까지야 뭐 있겠나 하는 생각이 슬며시 든다. 못 이기는 척 주저앉고 싶은 마음이 굴뚝같다. 화내고 단죄하는 일도 사실 피곤하다. 그런데 남편이라는 작자의 의례적인 사과는 돌리를 더욱 슬프게 한다. 집안에 그런 평지풍파를 일으키고도 여전히 건강하고 상쾌하고 즐거워 보이는 남편이 밉살스럽기 그지없다. 반성하는 기색은 조금도 없다. 게다가 "그녀가 그에게서 느낀 것은 자신에 대한 동정이었지 사랑이 아니었다.”
돌리는 끝없는 절망의 나락으로 떨어진다.

그다음으로는 넋두리가 이어진다. 넋두리를 다 하고 나면 대충 주변 사람들의 충고에서 위로를 찾고 싶어진다. 절망도 오래 하다 보면 심신이 고단해진다. 돌리는 부부를 화해시켜주기 위해 상트페테르부르크에서 찾아온 시누이 안나에게 남편을 강도 높게 비난한다. “나는 지금까지 그이가 알고 있는 여자는 나 하나밖에 없는 줄 알았어요”, “나도 한때의 바람기라면 이해할 수 있어요. 그러나 계획적으로 교활한 속임수를 쓰다니……” 등등. 그러고 나서 신세 한탄이 나온다. 이것이 사실 가장 핵심적인 부분이다. “나의 젊음과 아름다움은 모두 빼앗기고 말았어요. 그게 다 누구 때문이지요? 그이와 그이의 자식들 때문이에요.”

돌리의 마음은 다 이해되지만 그녀에게 선택의 여지는 별로 많지 않다. 아니, 아예 없다. 바람 한번 피웠다고(이 경우는 한 번이 아닌 것이 분명하지만) 이혼을 하기는 좀 그렇다. 아이들이 다섯이나 있는데 어떻게 이혼을 하는가. 대책이 없다. 그렇다고 해서 집을 나가자니 번거롭기도 하거니와 마땅히 갈 곳도 없다. 친정에 폐를 끼치는 것도 오래 할 짓이 못 된다. 게다가 친정에는 아직 시집 안 간 여동생이 징징거리며 부모 속을 태우고 있다.

그래서 돌리는 어쩔 수 없이 남편을 용서하라는 시누이의 충고를 못 이기는 척 받아들인다. 용서하지 않을 경우에 그녀가 취할 수 있는 액션이 없기 때문이다.

그다음은 현실과 타협하는 단계가 펼쳐진다. 돌리는 아이들 때문에, 아니 아이들을 위해 가정의 평화를 유지하기로 마음먹는다. 무럭무럭 자라나는 다섯 아이들은 돌리에게 끝없는 걱정거리를 제공해준다. 그러나 그 걱정거리야말로 돌리가 유일하게 바랄 수 있는 행복이다. "만일 이런 것이 없었더라면 그녀는 자신을 사랑하지 않는 남편에 대한 생각으로 혼자 끙끙 앓으면서 지냈을 것이 다. (…) 그녀는 아이들로 인해 행복했고 아이들로 인해 자랑스러웠다."

그녀는 아이들을 위해 그동안 게을리했던 치장에도 신경을 쓴다. 나이를 먹으면서 그녀는 자신이 여자로서의 매력을 상실했다는 생각에 화장도 안 하고 대충 살았다. 게다가 남편이 주색잡기에 돈을 펑펑 써대는 바람에 돌리네 경제 사정은 별로 좋지가 않았다. 그녀는 옷이나 화장품을 새로 장만할 돈이 없었다. 그러나 이제 아이들을 위해 살기로 작정한 그녀는 치장을 한다. 아이들의 어머니로서 품위를 잃지 않기 위해서였다. "그녀는 아름다웠다. 그러나 이 아름다움은 옛날에 그녀가 무도회 같은 곳에서 아름답길 바랐던 것과 같은 그런 아름다움이 아니라 지금 바라고 있는 목적에 알맞은 아름다움이었다." 한 가정의 당당한 주부가 누릴 수 있는 기쁨이다.

그러나 이런 기쁨도 잠시뿐이다. 아이들도 돌리를 실망시키기는 마찬가지다. "그녀는 자신이 그토록 자랑하던 아이들이 다만 지극히 평범한 아이들일 뿐만 아니라 난폭하고 야수적인 기질을 지닌, 교육의 힘이 미치지 않는 심술궂고 나쁜 아이들임을 한순간에 깨달았다."

이제 현실을 직시하게 된 돌리는 진지하게 결혼 15년의 삶을 되돌아보며 극심한 절망의 소용돌이에 휘말린다. 임신, 입덧, 지능의 쇠퇴, 모든 것에 대한 무관심, 망가진 몸매, 까칠한 얼굴, 마음 놓고 잠잘 수 없는 밤, 어린아이들의 병, 그 끊임없는 근심 걱정, 그리고 이어지는 교육, 공부, 라틴어…….

늘 반복되는 이런 일들에서 그녀가 얻은 것은 무엇인가. 그녀는 통한에 가득 차 자문한다. "그런데 이런 일들은 모두 무엇 때문일까? 이런 일들은 도대체 어떻게 되어갈 것인가? 나는 한시도 마음 놓을 틈 없이 임신하거나 아이들을 키우거나 하면서 1년 내내 화를 내며 투덜투덜 잔소리를 늘어놓아 나 자신도 괴롭히고 남도 괴롭히고 남편에게 미움을 사면서 일생을 지내고 있다. (…) 그래서 내 일생은 엉망진창이 되어버리는 거다."

밀려오는 허무감 앞에서 돌리는 불현듯 안나를 생각한다. 이상하게도 그동안 부정적으로 생각했던 불륜이 지금 돌리가 빠져 있는 절망의 수렁에 한 줄기 햇살처럼 비쳐드는 것이다. 그녀는 문득 생각한다. "안나가 한 일은 아주 잘한 일이야." 남편도 자식도 모두 자기 기대와 신뢰를 배신한 상황에서 돌리는 '나도 한번 안나처럼 살아봤으면' 하는 바람을 품게 된다. 그래서 돌리는 안나의 위치에 스스로를 대입해보며 즐거워한다. "그녀는 안나의 로맨스를 생각하는 사이에 그것과 병행하여 자신에게 연정을 품고 있는 상상 속의 집합명사 같은 의미로서의 남성과 자신 사이에 안나의 경우와 똑같은 로맨스를 상상하여 그려봤다." 그러자 스트레스가 확 풀리며 상쾌한 느낌과 함께 그 유들유들한 바람둥이 남편에게 받은 모욕을 고스란히 되갚아주었다는 후련한 느낌까지 찾아든다. 돌리는 세상 사람들이 손가락질하는 타락한 여자 안나를 통해 일종의 대리 만족을 얻는 것이다.

이런 상태에서 돌리는 내연 관계의 안나와 브론스키가 살고 있는 브론스키의 영지 저택을 방문한다. 눈에 무언가 씐 상태인 돌리에게는 불륜녀의 모든 것이 그저 좋아 보인다. 안나의 표정이건 자세건 옷차림이건 모두 우아하고 매력적이다. 브론스키의 저택은 호사스럽기 그지없다. 안나가 돌리에게 내준 게스트룸은 "돌리로서는 지금까지 한 번도 살아본 적이 없을 만큼 사치스러운 세간으로 인해 외국의 일류 호텔을 방불케 하는 것이었다." 그 풍족하고 사치스러운 느낌에 돌리는 기가 팍 죽는다. 이 모든 호사스러움은 브론스키와 안나의 '가짜 가정'을 위장하기 위한 것이지만, 지금 돌리의 눈에 그런 사정이 들어올 리 없다.

돌리는 이 으리으리한 저택에서 자신이 너무 촌스럽고 궁상맞아 보여 당황한다. 돈을 절약하기 위해 자기 손으로 고쳐 입은 블라우스 때문에 하녀 앞에서도 쩔쩔맨다. 심지어 이 집에서는 하녀마저 돌리보다 더 당당하고 세련되어 보인다. 안나가 입고 나타난 새 마직 드레스는 돌리의 절망감을 부채질한다. "돌리는 그 간소한 옷을 주의 깊게 바라봤다. 돌리는 그처럼 간소한 취미가 어떤 것이며, 돈은 얼마나 들었는지 잘 알고 있었던 것이다." 톨스토이의 패션 감각은 여기서도 한몫한다. 의상에 관심 있는 여성들은 익히 알 것이다. 단순하고 소박해 보이는 옷에 달린 천문학적인 숫자의 가격표를.

> 돌리는 관념적이라고나 할까, 아무튼 이론적으로 안나의 행위를 시인하고 있었을 뿐만 아니라 오히려 그것을 좋은 일인 것처럼 생각하기까지 했다. 일반적으로 말해서 도덕적인 생활의 단조로움에 익숙한, 조금도 나무랄 데 없는 정숙한 부인도 흔히 일상의 따분함에 지치게 되면 먼 곳에서 불륜의 사랑을 바라보고 곧잘 그것을 용서할 뿐만 아니라 부러워하기까지 한다.

그러나 안나를 통한 대리 만족은 오래가지 않는다. 돌리는 이 집의 많은 것이 허위와 가식임을 점차 깨닫게 된다. 안나의 화려한 아름다움도 더 이상 부러워 보이지 않는다. 그러면서 자기 집과 아이들이 무언가 새로운 매력을 가지고 그녀의 생각을 메우기 시작한다. 초라하고 시시하고 지루하게 생각했던 자기 세계가 이루 헤아릴 수 없이 정답고 고귀하게 여겨지기 시작한다. 그래서 그다음 날 넌덜머리를 내며 당장 집으로 돌아간다.

남편의 외도로 인해 야기됐던 돌리의 이탈은 이렇게 긍정적으로 마무리된다. 그러나 급한 불은 꺼졌을지 모르지만 불씨는 그대로 남아 있다. 소설이 끝날 때까지 돌리에게는 진정한 행복도, 보람도 없다. 집 안 살림살이는 여전히 옹색하고 남편은 여전히 밖으로 나돌고 아이들은 여전히 엉망이다. 돌리와 스티바의 결혼 생활을 들여다보면 허무해진다. 저런 것이 결혼이라면 굳이 결혼할 이유가 없을 것 같다. 특히 여자의 입장에서 보자면, 끝없는 희생과 거기서 파생되는 욕구불만 외에 결혼이 제공하는 것은 없어 보인다. 결과적으로 이것은 나쁜 사랑 못지않게 나쁜 결혼이다.

이혼의 한계

나쁜 결혼을 해결하는 방법 중 하나는 이혼이다. 그런데 이혼이라는 것이 또 그렇게 만만치가 않다. 톨스토이는 아내와 그토록 싸우면서도 이혼은 하지 않았다. 이혼하고 싶다는 강렬한 욕구가 있었고, 또 부인에게 이혼을 요구하는 편지를 쓴 적도 있지만, 좌우간 이혼은 하지 않았다. 결혼이란 부부가 한 몸이 되는 것이라는 걸 문자 그대로 해석했기 때문이다. 가끔 그는 비유적인 표현이나 속담을 자기 식으로 해석하는 데 천부적인 재능을 발휘했다.

그는 1892년에 지인과 대화하는 중에 이렇게 말했다고 전해진다. "결혼은 위대하고도 끔찍한 것입니다. 남녀가 하나가 되는 것이지요. 내 몸의 절반이 마비됐다고 해서 그것을 잘라낼 수는 없습니다. 죽을 때까지 견뎌내는 수밖에요."[3] 하기야 머리가 아프다고 머리를 잘라내고 심장에 이상이 있다고 심장을 도려내는 사람이 어디 있겠는가. 이것이 톨스토이가 주장하는 '이혼을 해서는 안 되는 이유'다. 뭐랄까, 맞는 말인지 틀린 말인지 알쏭달쏭하다. 톨스토이를 읽다 보면 이렇게 아리송한 느낌이 들 때가 많다.

『안나 카레니나』에 나타나는 이혼 문제는 예나 지금이나 이혼을 하는 것이 쉽지 않음을 보여준다. 이혼도, 이혼의 보류도 사실상 나쁜 결혼을 해결하는 방법이 아니다. 아니, 나쁜 결혼에는 대책이 없다!

카레닌은 법과 질서를 숭배하는 사람이다. 그래서 아내의 불륜이 만천하에 공개됐을 때도 침착하게 사태 해결 방안을 모색한다. "우리 생활은 인간이 아닌 신에 의해 맺어지고 있는 거요. 이 결합을 파괴할 수 있는 것은 오직 죄악일 뿐이며, 더욱이 그런 종류의 죄악은 반드시 형벌을 수반하는 거요." 그의 말은 배신당한 남편의 말이라기보다는 준엄한 법관의 말에 가깝다. 그에게 불륜이란 책임과 의무, 죄와 벌의 차원에서 논의돼야 할 성질의 행동이다.

그의 당면 문제는 어떻게든 이 사태를 무마하여 자신에게 유리한 방향으로 끌고 가는 것이다. "지금 그의 마음을 사로잡고 있는 단 한 가지는 그녀의 타락이 그에게 튀긴 더러운 흙탕물을 털어내고 활동적이고 명예롭고 유익한 자기 생활의 길을 계속 걸어 나가기 위해 어떻게 하는 것이 자기 자신에게 가장 좋고 가장 예의 바르고 가장 편리하며, 따라서 가장 정당한 것인가 하는 문제였다." 그는 생각한다. "하찮은 한 계집이 죄를 지었다고 해서 내가 불행해질 수는 없다. 나는 다만 그 여자가 빠뜨려놓은 이 난처한 상황에서 빠져나갈 최상의 출구를 찾아내기만 하면 되는 것이다."

그렇다면 어떻게 해야 할까. 당장 떠오르는 생각은 이혼이다. 아내에게 애틋한 정이 없으므로 그녀와의 이별이 심리적인 충격으로 다가오지는 않는다. 그러나 공식적인 이혼은 사회적으로 높은 지위에 있는 그를 중상하고 비방하려는 적들에게 스캔들의 좋은 기회를 제공할 뿐이다. 게다가 죄인인 아내가 자유를 찾아 아무런 방해도 받지 않고 브론스키와 결합한다면, 그것은 억울한 일이다. 별거? 그것 역시 아내와 브론스키가 신나게 살 수 있는 길을 의미한다. 카레닌에게 중요한 것은 무의미한 결혼 생활을 청산하는 일이 아니라, 죄 없는 자신은 행복해야 하고 불륜 남녀는 불행해져야 하는, 일종의 인과응보식 결말이다. "그 여자는 당연히 불행하지 않으면 안 된다. 그러나 내게는 아무런 죄도 없으므로 나는 불행해서는 안 된다."

그래서 카레닌이 생각한 것은 대외적으로 불륜을 완전히 비밀로 하고 아내를 여태껏 그래왔듯이 자기 곁에 계속 묶어둔다는 계획이다. 그것은 그녀를 벌하는 데 더할 나위 없이 좋아 보인다. 게다가 그녀를 종교적으로 유도하여 뉘우치도록 할 수만 있다면 금상첨화 아니겠는가. 그는 "모든 것이 지나가버리듯이 이 정열도 지나갈 것이고, 세상 사람들도 여기에 대해 잊어버릴 것이며, 자기 이름도 더럽혀지지 않으리라 기대하고 있었다."

그러나 아내는 이런 것을 허위와 위선이라 생각하므로 그의 의견을 따라주지 않는다. 오히려 세상에 대고 자기 불륜을 광고하듯 알린다. 그래서 카레닌은 어쩔 수 없이 이혼 전문 변호사를 찾아가 상담한다. 변호사의 설명에 의하면, 19세기 러시아에서 이혼은 다음 세 가지 경우에 성립될 수 있었다.

- 부부에게 육체적인 결함이 있을 때.
- 부부 중 한 사람이 5년 이상 행방불명일 때.
- 배우자 중 어느 한쪽의 간통과 쌍방 합의에 의한 죄증의 제시가 있을 때.

변호사의 설명으로 미루어 짐작건대 체면을 손상시키지 않고 조용히 이혼을 한다는 것은 불가능하게 보인다. 더욱이 카레닌은 독실한 정교 신자다. 자신의 종교적인 신념에 미루어 본다 해도 이혼은 결코 바람직한 대안이 아니다. 그렇다고 브론스키에게 결투를 신청하자니 잘못하다가는 자신이 죽을지도 모른다. 그래서 카레닌은 머릿속이 아주 복잡하다.

안나 역시 이러지도 못하고 저러지도 못하면서 브론스키와 그냥 내연 관계에 들어간다. 안나는 남편이 아주 싫다. 그러나 남편과 이혼하면 사랑하는 아들에 대한 양육권을 영원히 박탈당한다. 한편 브론스키는 안나가 이혼하고 자신과 정식으로 재혼해주길 바란다. 그는 아들을 향한 안나의 절절한 심정을 완전히 이해하지 못하고 안나는 그가 이해하지 못하는 것이 마냥 섭섭하다. 그래서 두 사람은 신경전을 벌인다. 세 명의 남녀가 이혼이라는 문제 앞에서 서로 뒤얽혀 꼼수를 쓰기도 하고 골머리를 썩기도 하고 싸우기도 하는 가운데 시간은 점점 흘러간다. 그리고 이혼 문제가 해결되기도 전에 안나는 자살을 하고 만다.

안나와 카레닌 커플의 이혼 공방은 한 번 망가진 결혼을 수선할 수 있는 길은 아예 없다는 사실을 보여주는, 아주 불쾌하고 허무한 에피소드다. 결혼 생활이 내리막길을 향해 달려갈 때 구원책이란 없다는 톨스토이의 생각은 이 에피소드에서 극명하게 드러난다.

침실의 비극

톨스토이는 언젠가 부부 사이의 갈등이야말로 인류 최악의 고통이라 말한 바 있다. "인간은 지진, 전염병, 질병의 공포 및 영혼의 온갖 고통을 견뎌내고 있다네. 하지만 과거나 현재나 미래나 인간에게 가장 괴로운 비극은 바로 침실의 비극이지."[4] 부부 문제가 지진이나 전염병보다 더 큰 고통이라니, 부인 때문에 진짜로 힘들었나 보다.

앞에서도 말했듯이 톨스토이는 청소년 시절부터 육체와의 전쟁을 치러야 했다. 쾌락에 몸을 던지고 바로 다음 순간 자괴감에 시달리는 생활이 꽤 오랫동안 이어졌다. 그는 정신없이 방탕과 참회 사이를 오갔다. "톨스토이는 매일 가장 방탕한 농부처럼 죄를 지었고 다윗 왕처럼 장엄하게 회개했다."[5]

결혼은 그에게 유일한 구원이었다. 서른네 살 노총각 귀족 작가에게 결혼은 죄책감을 느끼지 않고도 육체 문제를 해소할 수 있는 유일한 길이었다. 『안나 카레니나』의 한 인물은 남자에게 결혼이 무엇을 의미하는지에 관해 이렇게 말한다.

> "여자들이란 남자들이 활동하는 데 커다란 장애물일세. 여자를 사랑하면서 무언가를 하려 한다는 것은 어려운 일이야. 그러나 그런 장애를 받지 않고 여자를 사랑하는 편리한 방법이 꼭 하나 있다네.

그건 결혼이라는 것일세. (…) 무거운 짐을 나르면서 무엇인가를 할 수 있는 경우는 다만 그 무거운 짐을 등에 짊어졌을 때뿐이지. 그것이 바로 결혼일세. 나도 그 사실을 결혼한 후에야 비로소 느꼈다네. 갑자기 두 손이 홀가분해졌으니까 말일세. 그러나 결혼을 하지 않고 그 무거운 짐을 질질 끌고 다니는 한에는 아무래도 두 손이 자유롭지 못해서 아무 일도 할 수 없게 된다네."

아주 실리적인 생각이다. 그러니까 사랑이니 대화니 교감이니 하는 문제가 아니라 남자가 자유롭게 바깥일을 하는 데 필요한 등짐 지기 같은 것이 결혼이라는 것이다. 여성의 시각에서 바라볼 때 참 괘씸한 생각이지만, 톨스토이의 본마음 속에도 이와 비슷한 생각이 얼마간 있지 않았나 싶다. 톨스토이는 거의 강박증에 가깝게 결혼의 필요를 절감했다. 영지의 농부 아낙과 관계를 갖기 시작하고 나서 1년 뒤 그는 일기에 단호하게 썼다. "나는 올해 안으로 반드시 결혼해야만 한다."실제로 그가 결혼에 성공하는 것은 3년 뒤의 일이다.

톨스토이는 1862년에 독일계 의사 베르스의 딸 소피야에게 청혼했다. 그리고 허락을 받자 번갯불에 콩 볶아 먹듯이 일주일 뒤에 결혼식을 해치워버렸다. 얼마나 다급했으면 그랬겠는가.

톨스토이의 전기 작가 앤드루 윌슨은 이 결혼의 뒷이야기를 소상하게 알려준다. 톨스토이는 이반 투르게네프와 별로 사이가 좋지 않았다. 한번은 투르게네프에게 결투를 신청하기까지 했다. 그런데 장인이 될 사람인 베르스 씨는 투르게네프 어머니의 정부였다. 투르게네프의 어머니는 베르스 씨와의 사이에서 딸을 하나 낳았고, 이 사실을 세상에 숨기기 위해 외국으로 도피해 있다가 이듬해 남편이 때마침 죽어주는 바람에 다시 러시아로 돌아왔다. 알 만한 사람은 다 아는 비밀이었다. 한편 베르스 씨의 아내는 톨스토이보다 두 살 더 많은 여성으로, 그의 어린 시절 소꿉친구였다. 그러니까 톨스토이는 자신이 싫어하는 문단 동료의 어머니의 정부를 장인으로 하고 어린 시절의 소꿉친구를 장모로 하는 매우 기이한 결혼을 선택한 것이다.

게다가 소피야는 그가 진정으로 원한 상대도 아니었다. 베르스 씨에게는 딸이 넷 있었다. 리자, 소피야, 사샤, 타냐. 큰딸 리자는 톨스토이가 자신에게 청혼하리라고 굳세게 믿으며 기다리고 있었다. 그런데 실제로 톨스토이를 가장 사로잡았던 것은 막내딸 타냐로, 아직 소녀에 불과한 그녀의 발랄함과 활력은 톨스토이의 예술적인 영감을 자극했다.

그러나 톨스토이가 청혼한 사람은 둘째 딸 소피야였다. 앙바틈한 몸매에 입매가 야무져 보이는 아가씨였다. 톨스토이는 베르스 씨네 집을 방문할 때 봤던 소피야가 '평범하고 천박하다'고 생각했다. 소피야도 어안이 벙벙한 채 청혼을 수락했다. 윌슨에 의하면, 쌍방이 다 사랑이라든가 이해 같은 것은 꿈도 꾸지 않으면서 결혼에 동의했다고 한다. 오로지 동물적인 이끌림만이 이 결혼의 동기였다는 것이다. 윌슨의 말을 들어보자. "그들은 자신들이 서로를 좋아하는지 안 좋아하는지 가늠할 수 있을 만큼조차도 서로에 대해 모르는 상태였다. 어쩌면 그들은 영원히 몰랐을지도 모른다. 그는 그녀가 좀 이상하고도 흥미로운 여자라고 생각했다. 그녀는 그가 괴물같이 무시무시한 남자라고 생각했다. 두 사람 사이에는 성적인 끌림이 있었다. 이런 상태에서 그들은 인류 역사상 가장 비참하고 가장 자세하게 기록될 결혼생활을 시작할 준비가 되어 있었다."[6]

소피야는 톨스토이가 생각한 것처럼 평범하지 않았다. 겉보기에는 별 특색 없는 아가씨처럼 보였을지 몰라도 그녀는 성깔이 그다지 녹록하지 않았다. 게다가 톨스토이같이 이상한 사람과 살면서 그녀의 성격도 거기에 걸맞게 단련되어갔다. 일각에서는 소피야 부인이 거칠고 막돼먹고 감정의 기복이 심하고 어쩌고 하지만, 톨스토이 같은 사람이랑 살다 보면 아무리 천사 같은 여자도 그렇게 되고 말지 싶은 생각이 든다. 하여간 많은 점에서 그녀는 톨스토이의 호적수였다. 그들은 싸우면서 늙어갔다. 그리고 늙어가면서 싸움의 전략을 더욱더 대담하게 발전시켜나갔다. 결혼 후 약 15년 동안은 비교적 생산적이었다. 남편은 『전쟁과 평화』와 『안나 카레니나』를 써서 대문호의 자리를 굳혔고 부인은 한 해 터울로 자식을 낳아 가족의 세를 불려갔다.

결혼 생활이 진짜 악몽으로 바뀌기 시작한 건 톨스토이가 쉰 살 무렵 '중년의 위기'를 겪고 인생의 교사로 거듭나는 시점부터다. 톨스토이는 이전까지의 삶을 처절하게 반성한 후 단순하고 소박하고 착하게 살기로 작정한다. 그러면서 인류를 향해 온갖 종류의 충고를 해대기 시작한다. 술과 담배를 끊으라고 설교했고, 채소만 먹으라고 설교했고, 도시를 떠나 시골에서 살라고 설교했다. 그러다가 급기야는 결혼도 하지 말라고 설교했고, 모든 남녀에게 성생활을 완전히 중단하고 형제자매처럼 살라고 설교했다. 사이비 종단의 교주가 따로 없다. 어떤 평론가는 그의 회심을 "지성의 자살"이라고 아주 혹독하게 비난했다.[7]

당연한 일이겠지만, 톨스토이의 새로운 생활 방식은 사사건건 부인의 생활 방식과 격렬하게 부딪쳤고, 두 사람은 죽을 때까지 그야말로 머리가 터지도록 싸웠다. 늙수그레한 남편의 거듭나기는 부인에게 청천벽력과 같았으리라 짐작된다. 열 명 가까운 아이들을 입히고 먹이고 교육해야 하는 부인으로서는 남편의 고매한 생각에 동조할 마음이 추호도 없었을 것이다. 남편은 몇 차례 가출을 시도했고 부인은 몇 차례 자살을 시도했다. 그 와중에 아이들은 '엄마 편', '아빠 편'으로 나뉘어 엄마 아빠와 싸우고 저희끼리도 싸웠다. 견디다 못한 톨스토이는 어느 날 새벽에 아내 몰래 집을 나가 여기저기 떠돌다가 외딴 역사驛舍에서 눈을 감았다.

톨스토이는 결혼에 대해 거의 평생 동안 생각했다. 결혼하기 전에도 결혼한 후에도 그는 사랑, 연애, 불륜, 결혼에 관한 소설을 많이 썼다. 그러나 48년간의 결혼 생활을 마무리하면서 이 거장이 내린 결론은 '결혼, 절대로 하지 마라'였다.

나쁜 결혼도 꽤 오래간다

가끔 보면 서로 죽일 듯이 미워하면서도 절대로 이혼하지 않고 끝까지 버티는 부부들이 있다. '인류 역사상 가장 비참한 결혼'의 주인공인 톨스토이 부부도 그들 중 하나였다. 그들은 결혼한 지 일주일 뒤부터 툭탁거리기 시작했다. 아내는 결혼한 지 채 1년도 안 된 시점에 이미 일기에 "지난 아홉 달은 내 인생 최악의 시기였다"라고 적었다.

물론 피 터지게 싸운 것은 '중년의 위기' 이후였지만, 표면적으로 평화로워 보였던 처음 15년 동안에도 이들 부부는 매우 강력한 갈등의 불씨를 품고 있었다. 이미 처음부터 불화는 예고되어 있었다는 뜻이다. 그런 불씨를 품은 채 배우자 중 한 사람이 사망할 때까지 48년 동안 결혼 생활이 지속됐다는 것은 놀라운 일이다. 오래가는 나쁜 결혼은 제삼자가 생각만 해도 끔찍한데 당사자들은 어땠을까. 어쩌면 이 사람들은 막판에 가서는 그냥 싸움을 즐겼던 것은 아닐까.

앞에서도 잠깐 말했듯이 톨스토이 부부는 일기 쓰기의 달인들이었다. 그들의 일기는 이 놀라운 부부가 평생 어떻게 서로를 미칠 듯이 사랑하고 어떻게 서로를 죽일 듯이 미워했는가를 상세하게 알려준다. 나는 이 책에서 부부 갈등의 양상과 원인을 다양한 각도에서 규명하고 분석하고 진단할 생각은 없다. 그동안 무수한 연구자들이 그 주제에 관해 써왔기 때문에 그럴 필요가 없기도 하지만, 그보다는 그들의 일기를 읽다 보면 두 사람이 경쟁이라도 하듯 수시로 이랬다저랬다 하는 통에 아주 짜증이 나기 때문이다. 이를테면 오늘은 상대방을 끔찍한 인간이라고 몰아붙였다가, 그다음 날 아침에는 너무나 사랑한다고 그랬다가, 또 오후에는 증오한다고 펄펄 뛰는, 뭐 그런 식이다. 부부 싸움이 대체로 사랑과 증오를 오가는 것은 사실이지만, 이 끈질긴 부부의 줄다리기는 극심한 지겨움을 불러일으킨다.

좌우간 부부 사이의 문제는 아무리 당사자들이 자세히 기록해놓았다 하더라도 제삼자가 판단하기 어려운 것이다. 더욱이 이 위대한 문호 부부는 일기라는 것을 남들을 위해 썼다. 처음에는 상대방에게 보여주기 위해 썼고, 나중에는 상대방보다 자신이 옳다는 것을 후대에게 보여주기 위해 썼다. 참 괴상한 취미이긴 하지만 상당히 문학적이라는 생각도 배제할 수 없다. 미래의 독자를 위해 현실을 각색하고 살을 붙이고, 때론 비극의 주인공이 되어 일인칭으로 소설을 쓰고……. 실제로 소피야 부인은 훗날 이상한 소설을 써서 출판하려 했으나 자식들의 만류로 포기한 전적까지 있다.

그러니 일기를 토대로 두 사람의 갈등을 정확하게 진단하는 것은 불가능하다. 그래서 이 책에서는 일기의 몇몇 단편을 통해 갈등의 불씨를 추측해보는 것으로 만족하고자 한다. 좀 더 자세한 내용을 원하는 독자라면 이 분야의 고전이라 할 수 있는 『사랑과 증오, 소피야와 레오 톨스토이 부부의 파란만장한 결혼 생활』을 읽으면 좋을 것이다.

소피야 부인은 결혼한 지 2주 후 일기에 이렇게 썼다. "그는 나를 괴롭히는 것을 좋아한다. 내가 우는 모습을 보고 좋아하는 것 같다."(1862년 10월 8일) 사흘 뒤에는 또 이렇게 썼다. "나는 너무나, 너무나 슬프다. 그리고 점점 더 내 안으로 침잠해 들어간다. 내 남편은 아프다. 짜증스러워하고 나를 사랑하지도 않는다."(1862년 10월 11일) 11월 23일 일기를 들여다보자. "오늘 나는 집에서 뛰쳐나갔다. 모든 사람이, 모든 것이 혐오스러웠기 때문이다." 12월 16일에는 남편의 옛 정부에 대한 질투 때문에 괴로워하며 이렇게 썼다. "수일 내로 나는 질투 때문에 자살할 것 같다."

몇 가지 더 읽어보자.

1863년 1월 9일: 내 인생에서 후회로 인해 이토록 비참하게 느낀 적이 없다. 내가 이토록 잘못을 하리라고는 상상해본 적도 없다.

1863년 1월 14일: 나는 또다시 혼자고 또다시 외롭다.

1863년 1월 17일: 나는 그가 나만을 사랑하길 원하지만 현실에서는 그가 모든 것을, 그리고 모든 이를 사랑해야만 하기 때문에 언짢고 화난다.

1863년 7월 23일: 결혼 10개월째 접어들고 있다. 그런데 내 기분은 바닥이다. (…) 료바(톨스토이)는 잔학한 사람이다.

이 우울한 기록들은 자신이 남편을 얼마나 열렬히 사랑하는가에 대한 이야기, 남편이 얼마나 훌륭한 사람인가에 대한 이야기, 그리고 자신은 얼마나 남편보다 못한 여자인가에 대한 이야기로 뒤섞여 있다.

톨스토이도 결혼에서 오는 행복감과 결혼에 대한 환멸을 교대로 기록해놓았다. 결혼 4개월 후의 일기를 보자. 그는 흥분한 어조로 "나는 완전히 행복에 도취된 것 같다"(1863년 1월 5일)라고 써놓고는 열흘 뒤에는 아내와 싸운 후 씁쓸한 감정을 토로한다. "열정, 짜증, 자기애, 자부심 같은 일시적인 감정은 사라지지만 세상에 존재하는 가장 훌륭한 것, 즉 사랑에 새겨진 상처는 그것이 아무리 작은 것이건 지워지지 않는다."(1863년 1월 15일) 몇 달 뒤 일기에서는 아예 아내, 결혼, 자식 등의 개념 자체가 어리석은 생각이라는 취지의 말을 한다. "나는 쩨쩨하고 쓸모없는 인간이다. 내가 사랑하는 그 여자와 결혼한 이후 쭉 그래왔다. (…) 자기 행복을 물질적인 것들, 그러니까 마누라, 자식, 건강, 재산 등등과 연관시킨다는 것은 얼마나 두렵고도 끔찍하고도 무의미한 일인가."(1863년 6월 18일) 결혼한 지 채 1년도 안 된 새신랑이 쓴 일기치고는 너무 어둡고 불길하다. 이후 톨스토이는 실제로 아내와 자식과 가정생활 등으로부터 완전히 자유로운 다른 차원의 행복을 향해 나아갔다.

그럼 여기서 대충 정리해보자. 톨스토이 부부의 갈등은 처음부터 톨스토이 자신에게서 촉발됐다. 그는 매우 복잡한 사람이었다. 마음속에 육체와의 전쟁이라는 숭고한 사명을 지니고 있으면서, 동시에 가정을 이루어 육체의 행복을 누리려는 열망을 가지고 있었다. 욕심도 많은 사람이어서 항상 완벽한 아내, 완벽한 결혼에 대한 이상(혹은 망상)을 품고 있었다. 그가 원했던 이상적인 부인은 정숙하고 머리도 좋고 순결하고 우아하고 아름답고, 남편에게 순종적이면서도 남편을 귀찮게 하지 않을 정도로 독립적이고, 남편에 대한 사랑과 이해심으로 충만해 있고, 아이들에게 헌신적인 여자였다. 때에 따라서는 남편과 더불어 인생철학을 논할 수 있을 만큼 지적이면서 또 어떤 때는 농사꾼 아낙네처럼 순박함 그 자체인 여자였다. 한마디로 말해서 이 세상에 존재하지 않는 여자였다. 그는 빨리 안정을 취해야 한다는 도덕적이고 육체적인 갈망과 성적인 끌림 때문에 독일계 의사 선생의 둘째 딸을 선택했고, 이후 그 여성이 이상적인 아내의 틀에서 벗어날 때마다 잔인한 냉담으로 아내를 고문했다.

반면 소피야 부인은 성깔도 있고 머리도 좋고 충분히 육체적으로 매력적이면서 또한 보통 여자이기도 했다. 많은 사람이 생각하는 것처럼 소피야 부인이 악처였던 것은 아니다. 그녀는 현모양처였다. 그녀가 남편을 돕기 위해 수천 쪽에 이르는 『전쟁과 평화』 원고를 정서해준 사실 하나만으로도 그녀를 악처라 불러서는 안 된다. 그녀는 항상 위대한 작가인 남편에 대해 경외심과 함께 일종의 자격지심 같은 것을 갖고 있었다. 보통 여자들처럼 남편과 자식들에게 헌신적이었으며 그 헌신을 통해 남편을 송두리째 독점하고 싶어 했다. 그녀의 소유욕과 독점욕은 당연한 것이었지만, 톨스토이 같은 거물을 향해 그런 욕망을 펼친 것 자체가 실수였다. 그리고 안 되는 일에 끝까지 매달린 것이 잘못이었다. 그러니까 부부 싸움의 원인 제공자는 톨스토이이지만 그렇다고 해서 소피야 부인이 모든 걸 잘했다고 보기도 어렵다는 것이다. 그녀는 잔인한 천재 작가의 피해자가 결코 아니었다. 자신이 할 수 있는 모든 방법을 동원하여 남편과 유혈이 낭자한 전투를 계속해나갔다.

좌우간 그들은 늘 싸웠다. 싸우다 보니 정도 들었다. 상대방에 대한 연민은 분명 있었던 듯하다. 그들은 싸우면서 아이들도 계속 낳았다. 톨스토이 부부가 낳은 아이들을 정리해보면 다음과 같다.

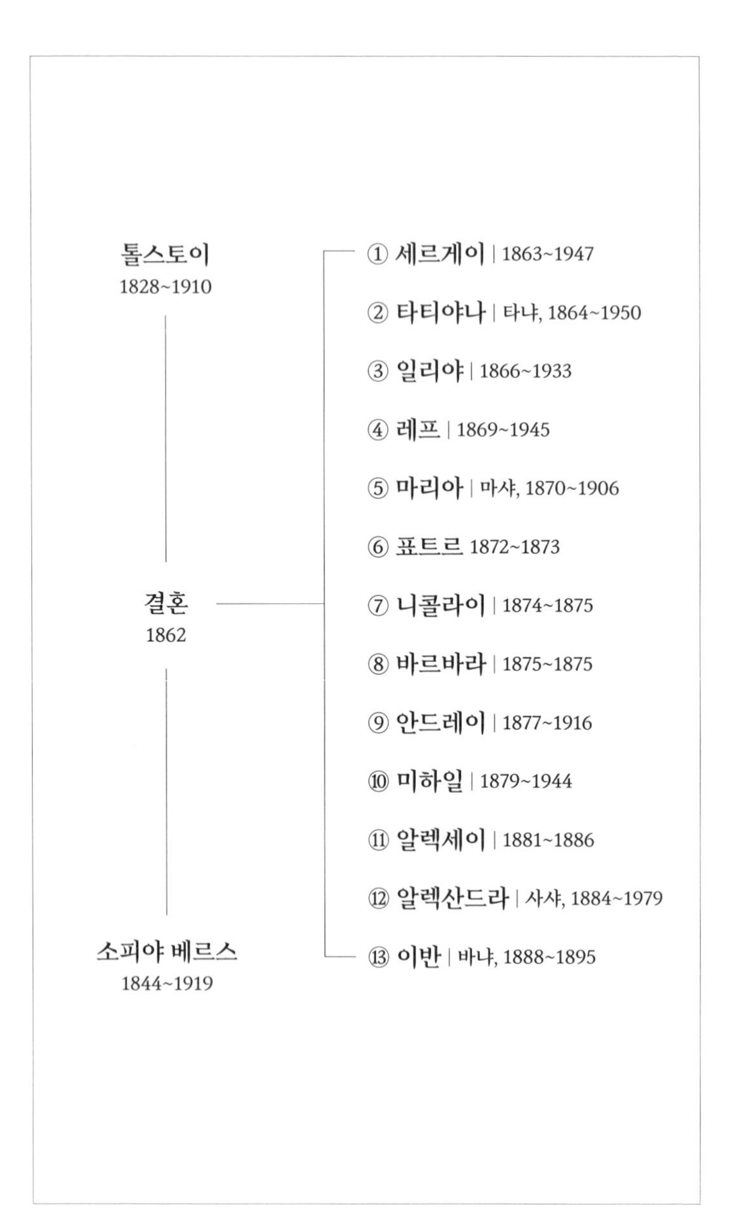
톨스토이
1828~1910
결혼
1862
소피야 베르스
1844~1919
① 세르게이 | 1863~1947
② 타티야나 | 타냐, 1864~1950
③ 일리야 | 1866~1933
④ 레프 | 1869~1945
⑤ 마리아 | 마샤, 1870~1906
⑥ 표트르 1872~1873
⑦ 니콜라이 | 1874~1875
⑧ 바르바라 | 1875~1875
⑨ 안드레이 | 1877~1916
⑩ 미하일 | 1879~1944
⑪ 알렉세이 | 1881~1886
⑫ 알렉산드라 | 사샤, 1884~1979
⑬ 이반 | 바냐, 1888~1895

죽음이 그대들을 갈라놓을 때까지

톨스토이가 쉰 살 즈음 도덕적인 삶을 살기로 결심한 때부터 부부 사이는 몰라보게 살벌해졌다. 그래도 그들의 육체는 그 이후로도 좀 더 오래 붙어 있었다. 앞에서 정리해본 자식들을 통해 알 수 있듯이 톨스토이의 막내아들은 그가 만 예순 살 되던 해에 태어났다. 부부의 일기 및 여러 정황에 따르면 그 이후에도 아주 오랫동안 부부 생활을 유지했다. 이 사실 하나만 두고 본다면 두 사람 사이가 퍽이나 좋았을 것 같지만, 오히려 지긋지긋한 부인과 여전히 잠자리를 같이할 수밖에 없다는 사실 때문에 톨스토이는 부인을 더욱더 미워했으리라 짐작된다. 부인은 부인대로 남편이 자신을 원하는 이유가 잠자리 때문이라는 것을 알고는 더욱더 치욕스러워 몸서리를 쳤다. 이래저래 그들 부부는 서로를 미워할 수밖에 없었다.

이 처절한 싸움의 정황을 좀 더 자세히 알아보자. 여러 번 말하는 것이지만, 톨스토이는 쉰 살 무렵 위기를 겪으면서 이전까지 그가 살았던 삶이 끔찍한 죄악의 지옥이라 생각하기 시작했다. 그는 그때의 삶으로 되돌아갈 수 없었다. 차라리 죽는 것이 나았다. 그러므로 부인이 신념의 공유에서건, 아니면 그냥 무조건적인 사랑에서건 남편의 길을 따라줘야만 했다. 그러나 부인은 톨스토이가 간신히 탈출한 그 삶을 고집하고 있었다. 그러므로 부인이 그 삶을 고집하는 한두 사람은 같이 살 수가 없었다.

톨스토이 부인을 편들 생각은 없지만, 그래도 역시 원인 제공자인 톨스토이에게 더 많은 책임이 있다는 사실을 언급하지 않을 수 없다. 톨스토이는 『참회록』을 계기로 인생의 많은 것, 아니 거의 모든 것을 포기하기로 결심했다. 그때까지 그가 누려왔던 삶은 모두가 거짓이었다. 온통 다 구역질나는 허위였다. 그는 특히 게으르고 나태한 삶, 호의호식하는 삶, 하인을 부리는 삶, 재산을 불리는 삶 등을 버리기로 작정했다. 그에게 섬광처럼 나타난 진리의 빛을 향해 나아가기 위해서는 그것이 필수적인 일이었다.

충분히 이해되는 일이다. 우리도 가끔은 자신이 누리고 있는 삶, 여지껏 누려온 삶에 넌덜머리를 낼 때가 있다. 특히 중년 고개를 넘을 무렵에는 모든 것이 허무해지기 일쑤다. 이상하게 가슴에 스산한 바람이 부는 것 같고 괜스레 어디론가 떠나고 싶어지고…….

그러나 이런 생각을 하는 것과 그걸 댓바람에 실천에 옮기는 것은 전혀 별개의 문제다. 또 윌슨이 지적했듯이 톨스토이는 "그런 식의 새로운 삶을 살기로 결심한 것"이 아니라 "그런 식의 삶만이 제정신 가진 사람이 선택해야 하는 유일한 삶이라고 주장한 것"이었다.[8] 그러니까 톨스토이식의 새로운 삶을 선택하지 않는다는 것은 제정신이 아니라는 뜻이다. 이렇게 되면 문제가 복잡해진다.

톨스토이는 어느 날 갑자기 아내와 여덟 명가량의 아이들을 모두 이끌고 집에서 나와 농사꾼처럼 사는 삶이야말로 유일하게 올바른 삶이라고 믿기 시작했다. 1883년에 저술한 『내가 믿는 것』에서 그는 "가난하게 살아야 한다. 거지가 되어야 한다. 안 그러면 행복해질 수 없다"라고 딱 잘라 말했다. 즉 자신만 가난하게 살겠다는 것이 아니라 모든 사람이 거지가 되어야만 한다는 뜻이다. 이 '모든 사람'에는 물론 그의 부인과 자식들도 포함된다. 본인의 이념에 따라 청빈하게 사는 것과 온 가족을 거지로 만드는 것은 전혀 다른 문제일 텐데 톨스토이는 그 차이를 싹 무시해버렸다.

좌우간 그는 야스나야 폴랴나의 드넓은 영지와 저택에 대한 소유권을 버리기로 하나, 아내의 거센 반발에 부딪혀 아내에게 소유권을 위임하는 선에서 합의를 봤다. 그런데 영지보다 더 중요한 수입원인 저작권에 관해서는 요지부동이었다. 그가 『참회록』에서 가장 반성했던 죄악 중 하나는 "허접스러운 글"을 써서 그 수익으로 호화롭게 살아온 죄악이었기 때문이다. 그래서 그는 어떻게 해서든 자기 글로 얻어지는 수익만큼은 단호하게 버리기로 작정했다. 내친김에 『참회록』을 읽어보자.

이 무렵 나는 허영심과 욕심과 교만에서 저술 활동을 하겠다고 펜을 들기 시작했다. (…) 내 글의 목적인 명예와 금전을 얻기 위해 나는 선을 감추고 악을 드러내야만 했다. 나는 그 추잡한 행동을 감행했다. 내 생활의 의의를 형성하고 있던 선에 대한 갈망을, 무관심을 가장하고 가벼운 조소마저 띠면서 은폐하려고 얼마나 자주 지혜를 짰던가! 그리하여 나는 목적을 달성하고 있었다. 칭찬받고 있었던 것이다. (…) 이 15년 동안 나는 저술 활동이 하찮은 일이라고 생각하면서도 여전히 집필을 계속했다. 나는 이미 저술 활동에 대한 유혹과 보잘것없는 내 작품에 대한 막대한 금전적 보수와 박수갈채의 유혹에 사로잡혀 있었다.

『전쟁과 평화』, 『안나 카레니나』를 가리켜 "보잘것없는 작품"이라 하니 이것을 겸손으로 받아들여야 할지, 오만으로 받아들여야 할지 갈피를 잡을 수가 없다…….

아무튼 이런 사정이다 보니 톨스토이는 저작권 포기를 필생의 목표로 삼게 되었다. 부인으로서는 도저히 받아들이기 힘든, 아니 거의 목숨을 걸고 싸워야 하는 사안이었다. 그의 저술에서 나오는 인세는 당시 톨스토이 가문의 주된 수입원이었다. 영지에서 나오는 소득은 그가 물질적인 것에 관심이 없다는 사실이 알려지자 현저하게 줄어들었다. 주인의 욕심 없는 마음을 일단 알아버렸는데 고용인들이 열심히 일할 리가 없다. 그들은 기회만 있으면 이리저리 돈을 빼돌릴 생각을 했다. 아이들도 대부분 아직 미성년이었다. 아이들의 교육에는 돈이 들어간다. 프랑스어도 가르쳐야 했고 피아노도 가르쳐야 했다. 게다가 아이들이 장성하면 시집 장가를 보내는 데도 돈이 든다. 이런 판국에 주된 수입원을 포기하려는 남편에게 전쟁을 선포하지 않을 아내가 이 세상 어디에 있겠는가. 게다가 이때 아내는 아직 마흔 살도 되기 전이었다.

그리하여 부부는 길고 피곤한 전쟁의 길에 들어서게 된다. 과거를 반성하며 모든 재산을 버리고 가난한 사람으로 살아갈 것을 맹세한 대문호 백작에 대한 세인의 호기심과 존경심은 점점 커져갔다. 그와 동시에 남편의 '변심'에 대한 백작부인의 분노도 더욱 커져갔다. 일각에서는 톨스토이를 성자로 추앙하기 시작했지만, 아내에게 그는 이기적인 위선자였다. 아이들도 대부분 아버지의 갑작스러운 결정에 뜨악한 심정이었다. 아내는 남편의 생각과 말에서 모순을 발견해내고는 바가지를 긁었다. 대부분의 비난은 근거가 있는 것이었지만, 때론 톨스토이에 대한 이해심 부족에서 나온 발언도 있었다.

거지처럼 살기로 작정한 톨스토이의 진실성을 의심해서는 안 된다. 그는 진심이었다. 위선이 아니었다. 그러나 아내는 재산을 포기한다는 사람이 왜 아직도 사마라에 있는 부동산은 자기 이름으로 가지고 있느냐, 농사꾼처럼 산다는 사람이 왜 그렇게 하루 종일 차를 마시느냐, 이 모든 게 다 위선이 아니냐 등등,

지속적으로 톨스토이의 자가당착을 콕콕 찔러댔다. 톨스토이같이 똑똑한 사람이 자기모순을 몰랐을 리 없다. 그도 이런 점을 가슴 아프게 생각하고 있었고 어떻게 해서든 자기 생각을 철저하게 실행하려고 준비하는 중이었다. 따라서 아내의 지적은 그를 아주 슬프고 비참하게 만들었다. 그는 아내를 증오했다. 자신의 깊은 뜻을 몰라주는 아내가 지긋지긋한 속물로 비쳤다.

1884년의 에피소드는 아주 슬프다. 6월 18일, 그날도 아내와 한바탕한 톨스토이는 집을 나가기로 결심한다. 집을 나가기로 결심한 것이 이때가 처음도 아니고 마지막도 아니다. 이름뿐인 가족을 버리고 혼자만의 거룩한 공간과 시간을 갖기를 그는 얼마나 바랐던가……. 이번에 그는 진짜로 식구들을 모두 버리기로 했다. 그런데 하필이면 이때 아내는 만삭의 몸이었다. 집을 나와 얼마쯤 걸어가던 톨스토이는 발걸음을 돌렸다. 만삭인 아내를 그런 식으로 버릴 수는 없었던 것이다. 그날 밤 아내의 산통이 시작됐고 다음 날 딸이 태어났다. 이렇게 극적으로 태어난 아이가 막내딸 알렉산드라(일명 사샤)인데, 이 아기는 훗날 골수 톨스토이주의자가 되어 친어머니에게 무지막지한 박해를 가하게 될 운명이다.

워낙 아이가 많은 집이라 그랬던지 아내의 출산도 남편에게는 전혀 감동을 주지 않았다. 화해 분위기도 없었다. 7월 7일 일기에 톨스토이는 이렇게 쓴다. "영혼이 낯선 사람, 즉 그 여자와 한집에 산다는 것은 끔찍하게 추악한 일이다." 그리고 몇 줄 뒤에는 또 이렇게 쓴다. "그 여자는 내가 죽는 그날까지 내 목에 매달린, 그리고 아이들 목에 매달린 맷돌이 되리라." 이 말을 한 것이 1884년이니까, 톨스토이는 이후 26년 동안 목에다 맷돌을 매달고 살았던 셈이다. 참으로 불행한 사람이다.

소울 메이트의 등장

재정적인 문제만이 부부 싸움의 원인은 아니었다. 그것보다 훨씬 심각한 것은 역시 심리적인 문제였다. 그렇지 않아도 전운이 감도는 부부 사이에 제삼자가 끼어들게 되면 사태는 걷잡을 수 없이 추악해진다.

톨스토이가 현자라는 소문이 퍼지면서 그의 집에는 온갖 부류의 사람들이 다 몰려들었다. 현자에게서 한 수 배우려는 사람들도 있었고, 그냥 단순한 호기심에서 온 사람도 있었다. 영혼의 양식을 얻으려는 사람도 있었고, 공밥이나 한 그릇 얻어먹으려는 사람도 있었다. 러시아 각 지역에서도 왔고 외국에서도 왔다. 진지한 목적을 가지고 온 사람도 있었고, 그냥 얼떨결에 다른 사람들 사이에 끼여 온 사람도 있었다. 톨스토이의 저술을 읽고 감명을 받은 사람도 있었고, 단 한 줄도 읽지 않았지만 무조건 톨스토이주의자가 되고 싶어 하는 사람도 있었다. 훌륭하고 선한 사람도 있었고, 사기꾼이나 거렁뱅이도 있었다. 좌우간 이런저런 사람들이 몰려들어 가뜩이나 심기가 불편한 안주인의 염장을 질렀다. 안주인은 1890년 12월 10일 일기에 썼다. "내가 이 나이에 이처럼 큰 슬픔을 감내해야 하다니. 남편은 이상한 동지들로 빙 둘러싸여 있다. 그들은 자기네를 그의 제자라 부른다."

그래도 이런 방문객들은 안주인의 삶을 불편하게는 했을망정 악몽으로까지 만들지는 않았다. 그녀에게 진정한 타격을 입힌 사람은 블라디미르 체르트코프라는 청년이었다. 그의 부모는 엄청난 재력은 물론이거니와 황실과의 돈독한 연분을 자랑하는 러시아 최고의 상류층이었다. 외모부터 생각까지 철두철미 귀족 그 자체였던 이 청년은 어찌 된 영문인지 20대 중반부터 화려한 생활에 염증을 느껴 단순하고 소박한 삶을 열망하기 시작했다. 그러던 중에 유명한 톨스토이 백작의 저술을 읽고 이 노장에게 커다란 흥미를 느끼게 되었다. 그의 지인이 그와 톨스토이의 만남을 성사해주었다. 1883년의 일이었다.

첫 만남에서 톨스토이는 이 청년에게 운명적인 끌림을 느꼈다. 그리하여 자신이 막 탈고한 『내가 믿는 것』을 읽어주었다. 청년은 즉각 감동의 도가니에 빠지고 말았다. 이렇게 해서 스물아홉 살 귀족 청년과 설교사로 인생 모드를 바꾼 쉰다섯 살 대문호의 평생 지속될 인연인지 악연인지가 시작됐다.

톨스토이는 이 청년에게 급속도로 빨려들어 갔다. 청년은 청년대로 톨스토이의 교훈적인 사상에 매료되어 두 팔을 걷어붙이고 그를 위해, 톨스토이주의를 위해 광적으로 달려들었다. 두 사람 사이가 너무나 '뜨거워서' 체르트코프의 어머니까지 심히 걱정을 했다. 처음에는 체르트코프를 그냥 톨스토이 숭배자들 중 한 사람 정도로 여겼던 소피야 부인도 두 사람의 관계에 점차 의심과 적의의 눈길을 보내기 시작했다. 그러다가 결국 체르트코프는 톨스토이 부부의 가장 심각한 갈등 요인이 되고 말았다. 톨스토이는 매사에 청년의 말을 따랐고 청년은 점차 늙은 톨스토이의 정신을 지배하기 시작했다. 톨스토이는 저작권, 유언장, 비밀 일기 등 모든 것을 체르트코프에게 위탁했고 체르트코프는 톨스토이를 자신이 원하는 모습의 성자로 만들기 위해 온갖 무리수를 두면서 권력을 행사했다. 소피야 부인, 톨스토이, 체르트코프의 삼각관계는 톨스토이가 사망할 때까지 27년간 지속됐다.

소피야 부인의 일기는 체르트코프에 대한 증오와 원망으로 가득 차 있다. 그녀는 체르트코프가 자신과 남편의 삶을 파괴하려고 등장한 '악마'라고 믿었다. 아이러니하게도 체르트코프라는 성의 '체르트'는 러시아어로 '악마'를 뜻한다. 참 기묘한 우연의 일치다.

남편과의 삶은 하루하루 더 견딜 수 없어진다. 그의 무정함과 잔인함 때문이다. 이 모든 것을 점진적으로, 그리고 일관성 있게 초래한 사람은 체르트코프다. 그는 이 불행한 노인을 지배하기 위해 전력을 다했다. 그는 우리를 이간질했고, 남편에게 있는 창조적인 불꽃을 죽여버렸고, 그의 논문들, 그러니까 그 어리석고 사악한 천재성이 쓰도록 한 최근의 논문들에서 우리가 느낄 수 있는 저항과 증오와 징계에 불을 붙였다. 그렇다, 만일 이 세상에 악마라는 것이 있다면 그놈은 체르트코프의 모습으로 나타나 우리의 삶을 파괴했다. **_1910년 6월 26일**

체르트코프와 톨스토이는 거의 매일 만났고 매일 쑥덕거리며 무언가에 관해 상의했다. 두 사람의 관계는 부인을 노이로제로 몰아갔다. 막판에 부인은 심지어 남편이 동성애자라고 믿기까지 했다. 여든이 넘은 '인류의 스승'에게 동성애의 낙인을 찍다니 그건 좀 너무한 일이지만, 부인이 그렇게까지 병적으로 민감하게 반응한 것도 사실은 납득되는 일이다.

톨스토이가 젊고 아리따운 첩을 한 명 들였어도 이렇게까지 부인이 광분하지는 않았을 것이다. 애첩보다 체르트코프가 더 불쾌했던 이유는 두 사람 사이에 너무도 견고한 정신적 유대가 형성되어 있었기 때문이다. 그들은 그야말로 영혼의 파트너였다. 시쳇말로 '소울 메이트'였다. 이 세상에 그들을 갈라놓을 것은 아무것도 없었다. 톨스토이는 처음부터 이 훤칠한 귀족 청년을 마치 연인을 사랑하듯 그렇게 사랑했다. 1884년에 그에게 쓴 편지는 정말로 기묘한 뉘앙스를 풍긴다. "나는 너무나도 당신과 함께 살고 싶습니다. (…) 나는 당신과 살고 싶습니다. 그리고 내가 살아 있는 한 당신과 함께 살게 될 것입니다. 내가 당신을 사랑하듯 당신도 나를 중단 없이 사랑해주시기를……."

두 사람이 동성애자였는지 아닌지, 그것은 내가 알 바도 아니고 알 수도 없고 알고 싶지도 않다. 여기서 중요한 것은 톨스토이에게 체르트코프는 과거에 아내가 수행했던 역할을 대신해 줄 수 있는 유일한 사람이었다는 점이다. 톨스토이가 중년의 위기를 겪기 이전에 소피야 부인은 남편의 충실한 파트너였다. 남편과 치고받고 싸우면서도 그녀는 남편에게 헌신적이었다.『전쟁과 평화』,『안나 카레니나』 같은 대작의 탄생에 그녀는 언제나 나름대로 한몫 단단히 기여했다. 톨스토이 자신조차 알아보기 어려운 악필의 원고를 깔끔하게 정서한 것은 물론이거니와 지적인 능력의 한계 내에서 그에게 여러 가지 조언을 해준 것도 그녀였다. 그녀는 남편을 존경하고 숭배했다. 물론 미워하기도 했지만 남편의 위대함에 대해서는 전혀 의심하지 않았다.

그런데 이제 사태가 달라졌다. 아내는 이전의 위대한 작가 남편에게 했던 것과 똑같은 존경과 숭배를 바치기가 어려워졌다. 남편이 쓴 일부 저술들은 아무리 읽어봐도 동의하기 어려웠다.

소피야 부인의 태도는 전적으로 이해할 만하다. 당대에나 후대에나 많은 사람이 톨스토이의 교훈적인 저술들에 경악했다. 예를 들어 톨스토이의 소설을 찬미했던 슈테판 츠바이크는 그의 교훈서들을 가리켜 "불쾌한 문학 장르의 가장 불쾌한 견본"이라고 했다.[9]

그런데 어느 날 말끔하게 생기고 예의 바른 귀족 청년이 혜성같이 나타나 톨스토이의 모든 것을 숭배하고, 그가 제시한 인생의 길을 철두철미 따르고, 그가 쓴 그 '불쾌한' 원고를 읽으며 감격에 겨워하고, 그의 저술에 대해 조언해주니 톨스토이가 얼마나 기뻤겠는가! 허구한 날 바가지만 긁어대는 띵띵한 아내보다 이 정신적인 표정의 청년이 얼마나 더 사랑스러웠겠는가! 소피야는 목숨을 걸고 두 사람의 관계를 중단시키려 했다. 그것은 조강지처의 명예와 권리가 달려 있는 문제였다. 이제 그녀가 평생 뒷바라지해온 남편의 모든 것이 불쑥 굴러 들어온 수상쩍은 사내에게 넘어갈 판이었다.

톨스토이는 만년에 자기 일기장을 체르트코프에게 줘버렸다. 아내와 일기를 교환해서 읽던 사람이 이제 일기 파트너를 체르트코프로 바꾼 것이다. 부인은 대노할 수밖에 없었다. 그녀는 일기장에 자신의 험담이 쓰여 있다는 것, 그리고 그것이 나중에 공표될 것이라는 걸 알았고 그것을 저지하려고 온갖 수단과 방법을 다 동원했다. 부부 생활의 마지막 세월 동안 소피야 부인이 제정신이 아니었다는 일각의 주장은 전적으로 옳다. 실제로 그녀는 광란의 소용돌이 속에서 허우적대고 있었다. 체르트코프의 사진에다 장난감 권총을 겨누고 총질을 해대는 대문호의 사모님을 보는 사람들은 모두 그렇게 생각했을 것이다. 어디 소피야 부인뿐이었을까. 그 당시 톨스토이 씨네 가정사에 관계된 사람들은 대부분 제정신이 아니었던 것 같다. 톨스토이도, 부인도, 체르트코프도, 자식들도……. 소피야 부인의 일기를 읽다 보면 어쩌다가 부부 사이가 이렇게까지 망가질 수 있는가 하는 생각이 들어 아주 씁쓸해진다.

남편은 간장의 작은 통증에 대해 불평한다. 그가 우울한 것은 그것 때문인지 모른다. 그러나 어쩌면 그는 체르트코프를 못 만나서 슬픈지도 모른다. (…) 나는 매일 생각한다. '아아, 다행이다, 남편이 체르트코프를 만나지 않고도 또 하루가 지나갔으니.' 나는 하느님께 열렬히 기도한다. 내 남편의 마음에서 그 인간에 대한 열정을 거둬주시기를, 내 남편의 사랑을 그의 조강지처인 나에게 되돌려주시기를. **_1910년 10월 21일**

남편이 산책을 하러 나갈 때마다 나는 혹시라도 그이가 그 인간을 만나러 갈까 봐 공포에 부들부들 떨며 기다린다. 조바심 때문에 아무것도 할 수가 없다. 그이가 집 쪽으로 오는 것을 볼 때에야 비로

소 나는 안정이 되고 그날의 나머지 시간 동안을 행복하게 보낼 수 있다. **_1910년 10월 24일**

소피야 부인이 체르트코프를 미워하는 그만큼 체르트코프도 소피야 부인을 미워했다. 독자도 예상했겠지만 그 역시 톨스토이가 사망한 뒤 회고록을 펴냈다. 좌우간 톨스토이와 관련됐던 사람들은 모두 무언가 썼다. 부인도 쓰고 아이들도 쓰고 제자들도 쓰고 지인들도 쓰고 비서도 쓰고 주치의도 쓰고 가정교사도 썼다. 체르트코프는 아예 소피야 부인이 사망한 뒤에 책을 출판함으로써 그녀의 불같은 반박을 미연에 방지했다. 『톨스토이의 마지막 나날들』이라는 책에서 그는 자기 이야기만이 톨스토이 부부와 관련된 유일한 진실임을 전제로 한 뒤 소피야 부인이야말로 모든 비극의 원흉임을 강변했다. 그의 해석은 단순하고도 명쾌했다. 톨스토이의 부부 생활은 고결한 성자에게 가해진 시련이었으며, 소피야 부인은 인간의 형태로 성자의 어깨 위에 떨어진 무거운 짐이었다. 이 회고록은 톨스토이의 일기, 부인의 일기와 더불어 그들의 삼각관계가 얼마나 기괴하고 환상적이었나를 여실히 보여준다는 데 그 가치가 있다.

체르트코프와 소피야 부인의 대결은 톨스토이의 일기와 유언장 덕분에 더욱 피비린내 나는 전쟁으로 발전한다. 더욱이 이 단계에서는 막내딸 알렉산드라까지 가세하는 바람에 양자 사이의 전쟁에 새로운 차원이 더해진다. 알렉산드라는 1910년 당시 스물여섯 살밖에 안 된 처녀였지만 아버지의 사상을 수호하는 가장 용감한 여전사였다. 톨스토이의 자식들 중 그녀가 가장 '톨스토이주의'에 충실했다. 즉 당시 집안 상황을 고려해볼 때 이것은 알렉산드라와 어머니가 원수 사이였다는 뜻이다. 알렉산드라는 어머니라면 이를 갈았다. 그리고 질투까지 했다. 어머니 역시 딸을 증오했다. 두 사람은 마치 조강지처와 애첩처럼 톨스토이를 가운데 놓고 싸웠다. 참으로 볼썽사나운 일이었다.

톨스토이는 중년의 위기 이후 유언장을 쓰기 시작하여 사망할 때까지 여러 차례 다른 유언장을 작성했다. 유언장의 요지는 거장이 돌아가신 후 누가 무엇을 갖느냐는 것이었다. 당연히 자식들(특히 알렉산드라), 부인, 체르트코프가 신경을 곤두세우고 유언장에 주목할 수밖에 없었다. 부인은 어떻게 해서든지 저작권을 상속해야만 했다. 남편이 죽고 난 후 경제적인 안정을 얻으려면 그래야만 했다. 그러나 금전만이 그 이유는 아니었다. 자신이 손수 정서했던 『전쟁과 평화』, 『안나 카레니나』에 대한 그녀의 애착은 금전을 뛰어넘는 것이었다. 그녀는 대문호의 미망인으로서 거기에 걸맞은 품위를 누리고 싶었다.

한편 대문호의 생각은 달랐다. 앞에서도 이야기했다시피 대문호는 재산을 소유한다는 것은 도둑질이나 마찬가지라고 생각했으며, 특히 자신의 '보잘것없는' 펜 끝에서 나온 소설을 팔아 유족들이 호의호식하는 것은 죽어서도 막고 싶었다.

체르트코프의 야망도 만만치 않았다. 그는 톨스토이를 통째로 소유하고 싶었다. 인류의 스승께서 타계하신 뒤에 출판과 관련된 모든 일을 자신이 다 알아서 처리하고 싶었다. 소피야 부인에게는 아무런 권한도 주지 않고 거장의 진정한 수제자이자 애제자이자 정신적인 상속인이자 '소울 메이트'로서 모든 권한을 갖고 싶었다. 27년간 스승에게 헌신한 대가를 챙기고 싶었다.

그런데 톨스토이의 유지를 받들어 저작권을 공공재산으로 돌리려면 모든 위임을 미리 받아놓을 필요가 있었다. 그래서 체르트코프는 부인 몰래 톨스토이와 함께 유언장 문안을 숙의해야 했다. 소피야 부인은 낌새를 눈치채고 미친 듯이 남편의 서류를 뒤지며 다녔다. 부인이 몰래 자기 서류를 뒤지는 통에 남편도 노이로제에 걸렸다. 사실상 톨스토이와 관련된 모든 사람이 노이로제에 걸려가고 있었다.

마침내 1910년 7월에 마지막 유언장이 작성됐다. 톨스토이는 아내를 피해 숲속에 숨어서 문안을 작성했다. 그 유언장에서 톨스토이는 모든 저술에 대한 권한 대행자로 딸 알렉산드라를 지정했다. 알렉산드라가 사망할 경우 첫딸 타냐가 권한을 승계하기로 했다. 소피야 부인은 끝까지 이 사실을 몰랐다. 그러나 본능적으로 무언가 자신만 따돌린 채 진행 중이라는 것을 알았으므로 유령처럼 되어 날마다 여기저기 들쑤시며 집 안을 돌아다녔다. 체르트코프는 혹시라도 부인이 무언가 일을 저지를까 봐 톨스토이의 비서를 설득하여 집안의 모든 일을 감시하고 보고하도록 했다. 이런 식으로 몇 달이 흘러갔다.

마침내 톨스토이는 아내 몰래 가출하기로 결심했다. 더 이상은 그도 견딜 수가 없었다. 그가 원했던 것은 고독과 평화였다. 그러나 그의 가출은 고독이나 평화와는 거리가 먼 세기적인 사건이 되고 말았다. 워낙 거물이었으므로 세계가 그의 행동에 주목했다. 그 역시 언론의 보도를 싫어하지만은 않았을 것도 같다. 그는 사람들의 이목, 명성, 대중의 숭배 같은 것을 전혀 마다할 사람이 아니었다. 명성에 초연할 수 없다는 것이 자기 약점임을 본인이 누구보다 잘 알고 있었지만 어쩔 수 없었다. 톨스토이의 마지막 나날들은 지나칠 정도로 자세하게 기록되어 있다. 거의 모든 전기와 회고록과 연구서는 이 드라마틱한 사건을 시시콜콜 밝혀주었다.

1910년 10월 28일 이른 새벽, 톨스토이는 아내가 깊이 잠든 틈을 이용하여 주치의 두샨 마코비츠키와 함께 정처 없는 방랑

길에 올랐다. 막내딸에게는 집을 부탁했다. 어머니에게 전해주라며 간단한 편지도 맡겼다. 그가 집을 떠난 지 몇 시간 안에 수도의 주요 일간지는 그의 출발 사실을 헤드라인으로 보도했다.

그는 일단 옵티나 수도원에 들러서 휴식을 취하면서 체르트코프와 딸 알렉산드라에게 자기 행선지를 알리는 전보를 보냈다. 체르트코프는 즉각 인편으로 전갈을 보냈다. 가출 결정을 축하하는 내용이었다. 그날따라 늦잠을 잔 소피야 부인은 뒤늦게 이 사실을 알고는 펄펄 뛰었다. 부인은 떠나버린 남편이 남긴 편지를 읽으며 오열했고, 그런 다음에 즉시 인근 연못으로 달려가 차가운 물속으로 몸을 던졌다. 그러자 빨래하던 아낙네들이 얼른 마님을 건져주었다. 경악과 슬픔을 표현하기에 충분한 제스처였다. 이 소동 내내 알렉산드라는 어머니에 대한 냉소와 경멸로 일관했다.

톨스토이는 여동생이 수녀로 있는 수도원에 들러 하룻밤을 머물렀다. 거기서 그는 또 아내에게 편지를 썼다. 당신을 사랑하지만 떠나야 한다는 내용이었다. 다음 날 이른 새벽, 그는 기차역으로 갔다. 알렉산드라가 뒤쫓아 와서 합류했다. 기차역에서는 사람들이 이 유명한 현자를 알아봤다. 당시 러시아에서 톨스토이보다 더 유명한 사람은 없었다. 외국인들도 러시아 하면 즉시 톨스토이를 연상할 정도였다. 톨스토이와 그 일행도 굳이 숨기려 하지 않았다. 이때부터 톨스토이의 행적은 거의 실시간으로 세계에 알려지기 시작했다. 고독과 평화를 원했던 사람의 여행치고는 너무나 요란했다.

기차 안에서 톨스토이는 열이 나기 시작했다. 그래서 다음 정거장인 아스타포보에서 일행은 열차에서 내렸다. 역장이 관사에 머무를 것을 제안했다. 일행은 그의 제안을 수락했다. 톨스토이는 관사의 한 방에 몸을 뉘었다. 그의 병세는 점점 심해졌다.

소피야 부인은 남편의 소식을 몰라 발만 동동 구르고 있었는데 남편이 아스타포보에 있다는 것을 어느 신문기자가 알려주었다.

부인은 안드레이, 미하일, 타냐 등 자식들을 데리고 득달같이 아스 타포보로 달려갔다. 관사는 인산인해를 이루고 있었다. 톨스토이를 알았던 사람들, 그와 관련 있었던 사람들, 그냥 지나가던 사람들, 내외신 기자들, 사진기자들 등이 조금이라도 정확한 정보를 얻기 위해 아귀다툼을 벌이고 있었다. 기록영화의 선구자 샤를르 파테는 촬영기사에게 급박한 전보를 보내 모든 정황을 낱낱이 무비 카메라에 담도록 지시했다. 파테의 영화는 유명한 러시아 현자의 마지막 순간을 모두 영상으로 기록하는 데 성공했다.

이 상황을 진두지휘하고 있었던 사람은 알렉산드라와 체르트코프였다. 체르트코프는 기다리고나 있었다는 듯이 대문호의 가장 측근이자 보호자로 위풍당당하게 등장했다. 그의 허락 없이는 아무도 환자에게 접근할 수 없었다. 소피야 부인은 톨스토이가 누워 있는 방에 접근하지 못했다. 방은커녕 관사 안으로 들어가는 것까지 제지당했다. 그녀는 딸 알렉산드라에게 빌다시피 남편을 만나게 해달라고 간청했지만, 어머니에 대한 딸의 증오와 경멸은 철통같았다. 잘잘못을 가리기에 앞서, 환갑을 훌쩍 넘긴 백작부인이 친딸에게 남편의 임종을 지키게 해달라고 빈다는 것 자체가 톨스토이 집안이 얼마나 이상한 파국을 맞고 있었는가를 보여준다.

톨스토이는 11월 6일 밤에 "진리를…… 나는…… 사랑한다"라고 중얼거린 뒤 혼수상태에 빠졌다. 11월 7일 새벽, 소피야 부인은 가까스로 환자에게 다가갈 수 있다는 허락을 받았다. 그러나 그녀가 감정이 복받쳐 큰 소리로 마구 울자 사람들은 그녀를 밖으로 끌어냈다. 체르트코프와 알렉산드라, 또 그 밖의 지인들이 따뜻한 방 안에서 품위 있게 노백작의 죽음을 기다리는 동안 부인은 러시아의 11월 새벽, 살을 에는 듯한 삭풍에 고스란히 몸을 맡긴 채 포치에서 두 시간이나 서 있어야 했다. 기자들은 연신 유명한 백작부인의 모습을 카메라에 담았다. 48년 동안 함께 살았던 아내가 수치와 분노와 슬픔과 추위에 몸을 떨고 있는 동안 거장은 마지막 숨을 거두었다.

인생은 참 허무한 것이다. 아내에게 저작권을 주기 싫어 그토록 노심초사하며 몰래 유언장을 작성했던 톨스토이도, 그의 뜻을 받들기 위해 소피야 부인과 혈투를 벌였던 체르트코프도, 저작권 처리를 위임받아 권력을 휘둘렀던 알렉산드라도, 저작권을 소유하려고 그토록 몸부림쳤던 소피야 부인도 톨스토이가 사망한 지 7년 뒤 러시아에 공산주의 혁명이 일어나리라는 것은 알 수 없었다. 공산혁명은 저작권 싸움, 일기장 싸움, 유언장 싸움, 이 모든 것을 우스갯거리로 만들었다. 공산주의 나라에서 모든 것은 국가로 귀속됐다. 어차피 이렇게 될 것을 무엇 때문에 그토록 싸웠단 말인가. 무엇 때문에 그토록 서로를 증오했단 말인가. 인간의 탐욕도, 그 탐욕을 미워하는 도덕도 모두 부질없다.

톨스토이가 세상을 하직한 뒤의 이야기도 씁쓸하다. 소피야 부인은 체르트코프와 법정 공방을 4년간 벌였다. 톨스토이주의자들은 체르트코프를 새로운 지도자로 받아들이기를 거부했다. 그들은 허황된 이야기만 줄곧 지껄이다가 결국 한둘씩 사라지고 말았다. 여기저기 세워졌던 소위 '톨스토이 공동체'도 흐지부지되고 말았다. 무엇보다도 열성적인 톨스토이주의자였던 알렉산드라가 그들에 대해 염증을 내기 시작했다. 알렉산드라가 보기에 그들은 빈둥거리면서 영혼이 어떻다는 둥, 정신이 어떻다는 둥, 씨도 안 먹히는 소리만 해대는 게으름뱅이들이었다.

알렉산드라와 체르트코프 사이도 멀어졌다. 돌아가신 현자의 유지를 받드는 과정에서 융통성이라고는 조금도 없는 두 사람은 결국 앙숙이 되고 말았다. 자식들도 아버지의 유언장 때문에 서로 멀어졌다. 알렉산드라는 아버지의 저작권, 유고집에 대한 저작권 등을 출판업자에게 40만 루블을 받고 판 다음 그 돈으로 어머니 명의로 되어 있는 야스나야 폴랴나를 매입해서 농민들 소유로 이전했다. 모스크바에 있는 집도 팔아서 톨스토이 박물관 건립 기금으로 사용했다.

소피야는 딸에게 영지를 판 대금 40만 루블을 자손들에게 똑같이 나눠주었다. 손자, 손녀까지 합쳐 모두 38명의 자손에게 일인당 1만 루블 정도가 돌아갔다. 야스나야 폴랴나의 저택은 소피야 부인의 몫이었으므로 그녀는 계속 거기에 머무를 수 있었다. 부인은 제1차 세계대전과 러시아혁명과 기근을 모두 겪은 뒤 1919년 11월 4일에 눈감았다. 작고할 무렵 그녀는 눈이 거의 보이지 않고 치매도 있어 대부분의 시간을 흔들의자에 앉아서 보냈다. 죽은 뒤에 야스나야 폴랴나의 남편 무덤 옆에 묻히고 싶다는 그녀의 소망을 자식들은 거절했다. 그녀는 먼저 죽은 자식들의 무덤 옆에 매장됐다. 톨스토이 부부는 이렇게 죽음 후에야 완전히 갈라지게 되었다.

콩가루 집안

'콩가루 집안'은 뭐가 달라도 다르다. 『안나 카레니나』의 첫 문장은 이렇다. "모든 행복한 가정은 서로 엇비슷하지만 불행한 가정은 가지각색으로 불행하다." 참 맞는 이야기다. 톨스토이 자신의 가정도 아주 가지각색으로 불행했다.

가장이 참되게 살기로 결심하는 바람에 부부에게 무서운 갈등이 생겨났다는 이야기는 앞에서 이미 여러 번 했다. 그리고 가장이 말하는 '참되게 살기'는 육체의 욕구를 무자비하게 짓밟는 것과 동의어라는 이야기도 벌써 했다. 그런데 마치 이런 가장의 가르침을 비웃기라도 하듯 식솔들은 앞다퉈 육체의 욕구에 굴복했다.

아들 안드레이는 매우 독실한 정교 신앙의 소유자였는데도 유부녀와 사귀고 있었다. 그리고 그 유부녀라는 것이 하필이면 현지사 사모님이었다. 딸 마샤와 타냐도 이상한 연애 관계에 휘말리고 있었다. 그러나 이 모든 자식들의 연애 사건보다 한층 기괴하고 심각했던 사건은 소피야 부인의 연애였다. 대문호 백작의 부인은 가족들과 친지들의 경악에도 아랑곳하지 않고 연하의 피아니스트와 꽤 오랫동안 염문을 뿌렸다.

소피야 부인의 연애는 하루아침에 발생한 사고가 아니다. 삶에 대한 불만은 꽤 오래전부터 그녀의 마음속에서 자라나고 있었다. 아직은 젊은 부인이 해마다 늘어나는 자식들과 나이 많은 남편만 뒷바라지하며 시골에서 산다는 것은 사실상 힘든 일이었을 것이다. 1875년 일기를 보자.

이 격리된 시골 생활은 참을 수가 없다. 음울한 무감각, 모든 것에 대한 무관심. 매일매일, 매달, 매년 아무것도 변화하지 않는다. (…) 게다가 나는 홀로서기를 할 수 없다. 나는 남편에게 매여 있다. 그리고 이 속박감은 세월이 갈수록 점점 더 심해진다. 내가 이런 우울증에 빠진 것은 대부분 그이 때문이라는 생각이 든다.

_1875년 10월 12일

부인의 심리 상태는 이해가 된다. 그녀에게는 자신만의 취미도 오락도 아무것도 없었다. 오로지 남편과 자식만이 그녀의 모든 것이었다. 그녀는 남편의 저술을 자기 일처럼 생각하면서 거기에 모든 열정을 바쳤다. 그러나 그것은 어디까지나 '톨스토이의 저술'이었다. 그녀는 영원한 보조였다.

게다가 어느 순간부터 남편에게 그녀의 보조는 더 이상 필요하지 않게 되었다. 남편에게는 새로운 파트너가 생겼다. 남편은 점점 유명해졌고 그녀는 그런 남편에게 걸림돌이 되어갔다. 그녀의 소외감은 더욱 커졌다. 아이들도 큰 위로는 되지 않았다. 소피야 부인은 결혼 후 16년 동안 열세 명의 아이를 출산했다. 간단한 산수 계산만으로도 그 결혼 생활의 절반 이상은 임신 상태였고 나머지 절반은 모유 수유로 보냈다는 결과가 나온다. 그렇게 낳은 아이들은 끊임없이 그녀의 돌봄을 요구했다. 그들 중 일부는 아버지와 단짝이 되어 어머니를 박해하기까지 했다. 그녀는 상당히 똑똑한 여자였다. 자기 인생에 대해 생각하지 않을 수 없었다. 게다가 그녀에게도 '중년의 위기'는 어김없이 찾아오고 있었다. 그녀가 마흔여섯 살 때 쓴 일기를 보자.

> 나는 나 자신이 아닌 남편과 아이들을 위해 사는 것에 익숙해져서 그들을 위해 무언가를 하지 않고 하루가 지나가면 왠지 허전하고 불안한 느낌이 든다. 나는 남편의 일기들을 정서하기 시작했다. 사랑하는 사람에게 영원히 감정적으로 의존했기 때문에 나의 모든 에너지와 재능을 소진해버렸다는 생각을 하면 정말 후회막심이다. _**1890년 12월 31일**

이렇게 심정적으로 불안한 소피야 부인에게 결정타를 가한 것은 막내아들 바냐의 죽음이었다. 소피야 부인은 천사 같은 막내아들을 유난히 사랑했다. 그런데 1895년 초에 이 귀여운 늦둥이 아들이 죽고 말았다. 아들의 죽음에는 부부도 어느 정도 책임이 있었다. 아들이 죽기 며칠 전, 소피야 부인은 저작권 문제로 남편과 대판 싸우고 외투도 입지 않은 채 영하의 날씨에 눈길 속으로 뛰쳐나갔다가 거의 죽을 뻔했다. 이렇게 부모가 죽자 사자 싸우는 동안 사랑스러운 바냐는 성홍열에 걸려 소리 없이 죽고 말았다. 소피야 부인의 슬픔과 자책감과 회한은 주위 사람들을 걱정스럽게 만들 정도였다. 막내의 죽음 이후 그녀는 사람이 완전히 달라졌다는 소리를 들었다. 이후 그녀가 보여준 이상하고 과격한 언행들은 모두 아들의 죽음에서 비롯된 것이라 보는 사람도 있었다.

아들을 잃은 슬픔에서 어느 정도 회복하자 소피야 부인은 허전한 가슴을 채우기 위해 피아노 레슨을 받기 시작했다. 그녀에게는 무언가 몰입할 일이 필요했다. 무엇이라도 해야만 했다. 그래서 톨스토이가를 가끔씩 방문하곤 했던 음악가 세르게이 타네예프에게 개인 레슨을 부탁했다. 그녀는 쉰둘이었고 타네예프는 열두 살 연하인 마흔이었다. 톨스토이는 일흔을 바라보는 나이였다.

그러면 타네예프란 누구인가. 콘서트 피아니스트이자 작곡가이기도 한 이 사람은 피아노 실력이 꽤 탄탄했던 것 같다. 그는 표트르 차이코프스키의 제자였으며 한때 세르게이 라흐마니노프를 가르치기까지 했다. 그런데도 그는 음악적인 재능보다는 톨스토이 부인의 애인으로 더 잘 알려지게 되었으니 안타까운 일이다.

톨스토이는 음악을 사랑했다. 그의 피아노 연주 솜씨는 자타가 인정하는 정도였다. 톨스토이는 타네예프를 인간적으로는 별로 좋아하지 않았지만 그가 방문할 경우에는 같이 연탄곡을 치기도 했다. 그런데 이제 아내가 그에게 레슨을 받기 시작하면서 사태가 돌변했다. 쉰두 살의 아내는 연하의 피아노 선생에게 그윽한 눈길을 보내기 시작하더니 급기야는 사랑에 빠지고 말았다!

당혹스러운 일이었다. 부인은 다른 사람들의 시선을 별로 아랑곳하지 않았다. 자신이 찾은 새로운 사랑을 구태여 감추려 하지도 않았다. 그해 가을 모스크바에서 열린 타네예프의 연주회에는 반드시 톨스토이 백작부인이 앉아 있었다. 그다음 해에 상트페테르부르크에서 열린 모든 타네예프 연주회에도 튼실한 몸매의 백작부인이 떡하니 버티고 앉아 있었다. 사람들은 수군대기 시작했지만 백작부인은 당당하고 떳떳했다. 그녀는 음악을 사랑했을 뿐이었다. 심지어 당사자인 타네예프조차 백작부인이 자신에게 반했다는 사실을 한동안 모르고 있었다. 그토록 점잖은 부인이 자신을 연애 대상으로 삼으리라고는 꿈도 꾸지 않았던 것 같다. 그 사실을 알았을 때 그가 얼마나 당혹스러웠겠는가.

그러나 그런 사실조차 소피야 부인을 방해하지 않았다. 그녀는 사랑할 사람, 마음을 쏟을 대상이 필요했을 뿐이다. 젊은 시절에 남편을 숭배했듯이 이젠 음악가를 숭배했다. 게다가 음악은 상처받은 영혼을 애무해주는 신비한 힘을 가지고 있었다. 물론 지긋한 연세의 백작부인이 열두 살 아래 음악가를 스토커처럼 쫓아다니는 것은 볼썽사나운 일이었지만, 소피야 부인은 타네예프에 대한 자신의 열정이 순수하고 정당하고 아름답고 고결한 행동이라 믿어 의심치 않았다. 부인의 일기를 보자. "내 양심은 하느님 앞에, 남편 앞에, 자식들 앞에 깨끗하다. 나는 영혼, 생각, 육체 모두 갓 태어난 아기처럼 순결하다."(1897년 7월 21일) 이 부인도 대단한 인물이다. 오! 자기 자신을 갓 태어난 아기처럼 순결하다고 생각할 수 있는 사람이 이 세상에 과연 몇이나 될까…….

톨스토이는 경악했다. 물론 아내가 외간 남자에게 정을 주고 있다는 사실에 엄청난 질투와 분노를 느꼈다. 그러나 그때 톨스토이를 사로잡은 감정은 질투보다 수치심이었던 것 같다. 그는 아내가 창피했다. 그 상황은 누가 봐도 웃겼다. 남편은 사태의 희극성을 여러 번 지적했지만 아내는 그의 말을 들은 척도 안 하고 계속 타네예프를 그림자처럼 쫓아다녔다. 그래서 톨스토이는 아내에게 최후통첩을 보냈다. 그는 그때도 역시 가출을 결심했다. 그는 네 가지 선택의 여지를 주고 아내에게 고르라고 했다. 첫째, 즉각 그 '젊은 놈팡이'와의 관계를 끝낼 것. 둘째, 부부 관계를 정리하고 톨스토이 자신은 외국으로 간 뒤 서로 완전히 별개의 인생을 살 것. 셋째, 그 '젊은 놈팡이'와 헤어지고 자신과 함께 외국으로 가서 부인이 안정을 취할 때까지 머무를 것. 넷째, 그냥 지금처럼 살면서 시간이 모든 것을 해결해주길 기다릴 것.

타네예프 사건은 톨스토이가 전혀 원하지 않았던 네 번째 해결책을 향해 흘러갔다. 소피야 부인은 이후 10여 년 동안 간헐적으로 타네예프를 만나거나 쫓아다니거나 집으로 초대하거나 하면서 남편의 염장을 질렀다. 남편이 불만을 토로하면 부인은

'나는 친구를 가지면 안 되냐'면서 즉시 받아쳤다. 나중에는 타네예프 쪽에서 너무도 민망해져서 가급적이면 부인과의 만남을 피했다.

소피야 부인의 행동에는 어딘지 모르게 애처로운 점이 있다. 바람난 중년 부인의 상투적인 스토리와는 많이 다르다. 그녀는 육체의 욕구를 위해 젊은 남자를 원했던 것이 아니었다. 오히려 지긋한 나이에 여전히 동물적인 정욕으로 마누라를 괴롭히는 남편한테 정나미가 떨어져 순결한 플라토닉 러브를 원했다. 그녀에게는 정신적인 위로가 필요했던 것이다. 타네예프에 대한 소피야 부인의 열정은 다분히 희극적이면서도 비극적이다. 물론 늙어가는 여염집 부인이 젊은 사내를 쫓아다니는 모습은 추하다. 그러나 그녀를 비웃고 싶은 마음이 들지 않는 것은 글쎄, 뭐랄까, 얼마나 위안이 그리웠으면 그랬을까 하는 생각이 들어서다.

최악의 결혼

최악의 결혼은 뭐니 뭐니 해도 살인으로 끝나는 결혼일 것이다. 살인사건이 발생했을 때 가장 유력한 용의자는 언제나 배우자다. 검찰은 언제나 배우자부터 조사한다. 즉 그것은 배우자만큼 상대방에게 강력한 살의를 품을 가능성이 높은 존재도 없다는 뜻이다.

톨스토이는 환갑을 조금 넘긴 시점에서 살인으로 끝나는 결혼 이야기를 썼다. 『크로이체르 소나타』라는 제목의 중편소설은 많은 점에서 톨스토이의 결혼관을 요약해준다. 내용은 간단하다. 주인공 남자는 방탕한 젊은 시절을 보낸 뒤 정숙해 보이는 여자와 결혼을 한다. 육체적인 끌림의 단계가 지나가자 두 사람은 언쟁을 벌이기 시작하더니 결국은 서로를 증오하는 사이가 되어버린다. 어느 날 아내는 우연히 집에 들른 잘생긴 바이올리니스트와 이중주를 연주하더니 그에게 홀딱 반해버린 눈치다. 그 후 두 사람은 수시로 이중주를 연습한다는 핑계로 어울린다. 주인공의 눈에 두 사람은 불륜을 저지르고 있는 것처럼 보인다. 질투에 사로잡힌 주인공은 지방 출장에서 예정보다 빨리 돌아와 불시에 집 안에 들이닥친다. 아니나 다를까, 두 사람은 연주를 핑계로 같이 있다. 주인공은 단검으로 아내를 찔러 죽인다.

톨스토이는 살인으로 마감된 최악의 결혼을 보여주면서 남녀의 사랑과 결혼에 관해 아주 과격한 이야기를 한다. 누군가가 제정신으로 이런 이야기를 했다는 것이 믿어지지 않을 정도로 과격하다. 톨스토이는 『안나 카레니나』에서 육체의 사랑을 비판했는데, 이 소설에서는 아예 모든 사랑을 싸잡아 '육체적인 사랑'으로 매도한다. 그러기 위해 그는 매우 노골적인 어휘까지 서슴없이 사용한다. 그의 생각을 요약해보자.

첫째, 사랑은 악이다. 주인공은 한때 사랑은 정신적인 것이라고 생각했다. 그러나 곧 남녀의 사랑이란 철두철미하게 육체관계임을 깨닫는다. "만약 사랑이 정신적인 것이라면 당연히 말이나 대화 등을 통해 나타나야 하는데 그게 아니더란 말입니다. 우리 둘만 있을 때는 할 말이 별로 없더라고요." 사랑은 전혀 고상하거나 고결한 것이 아니다. "이론적으로 사랑은 이상적이고 고상하다고 하지요. 그러나 현실적으로는 그렇지 않습니다. 입에 담거나 생각만 해도 추잡하고 낮 뜨거운 겁니다. 자연이 괜히 그렇게 만들었겠습니까. 추잡하고 창피한 것이라면 그렇게 이해해야 마땅합니다. 그러나 사람들은 이처럼 추악하고 낮 뜨거운 것을 아름답고 고상한 것인 양 하거든요." 남녀가 끌린다는 것은 곧 양자가 자기 성욕을 만족시키기 위해 자연스럽게 끌린다는 뜻이다. 그런데 그 성욕이란 주인공의 입장에서 보면 '악'이다. "욕정 중 가장 강하고 가장 악하며 가장 끈질긴 게 성욕이고 육체적 사랑입니다. (…) 어떻게 주입이 되었건 성욕은 악입니다. 그것도 아주 무서운 악입니다." 그의 말대로라면 '사랑=성욕=악'이라는 이상한 등식이 성립된다. 즉 남녀의 사랑은 악이다.

둘째, 결혼은 매춘이다. 남자는 성욕을 충족하기 위해 결혼을 원하고 여자는 그것을 뻔히 알기 때문에 어떻게 해서든 남자를 육체의 매력으로 휘어잡으려 한다. 결혼은 쌍방이 그 속내를 뻔히 알면서 꾸미는 수작이다. 여자는 "고상한 테마에 관해 이야기하는 건 단순히 대화를 나누기 위해서일 뿐이지 남자들이 정말 원하는 건 육체, 그리고 그 육체를 지극히 매력적으로 보이게 하는 것뿐이라는 걸" 안다. 그래서 어떻게든 선정적인 옷을 입고 머리와 옷을 요사스럽게 매만진다. 여자들이 멋을 낸다는 것은 오로지 하나의 목적밖에 없다. 남자를 사로잡고 남자로 하여금 자신을 선택하게 하려는 목적이다. "교육 정도에 관계없이 모든 처녀의 이상은 가능한 한 많은 남자, 가능한 한 많은 수컷을 끌어들이는 것일 겁니다. 목적은 물론 선택의 폭을 넓히려는 것이지요."

여자는 어디까지나 쾌락의 도구다. 여성의 몸은 향락의 수단이다. 여자들 자신이 그 사실을 누구보다 잘 알고 있다. 그들은 향락의 도구인 몸을 꾸미는 것으로 자신의 몸값을 높이려고 한다. "대도시 상점들을 한번 둘러보십시오. 수백만 개나 있지요. 여기에 들인 사람들의 노력은 차치하더라도 개중에 남자들을 위한 상품이 대체 몇 개나 있는지 보셨습니까? 인생의 온갖 사치는 다 여자들이 요구하고 또 여자들이 전부 누리고 있지요." 그래서 주인공은 여자들이 남자에게 성욕을 불러일으키는 옷차림을 하는 것은 법으로 금지해야 한다는 의견을 피력한다. "기가 막히죠! 어째서 도박은 금지하면서 여자들이 창녀처럼 성욕을 불러일으키는 옷을 입고 돌아다니는 건 금지하지 않습니까?

그게 훨씬 위험한데도 말입니다!"

결론은 이렇다. 모든 여자는 다 잠정적인 창녀이며, 그러므로 모든 결혼은 다 잠정적인 매춘이다. 창녀와 결혼 적령기의 숙녀는 똑같다. "옷차림, 모자 형태, 향수, 팔, 어깨, 젖가슴을 드러내는 것도 똑같고, 엉덩이 선을 드러내는 것도 똑같잖습니까. 어디 그뿐인가요. 보석, 비싸고 번쩍거리는 것이라면 사족을 못 쓰는 점, 유흥, 춤, 음악, 노래를 좋아하는 것도 똑같지요. 사람을 유혹하는 데 수단과 방법을 가리지 않는 점도 같습니다. 다른 점이 없습니다. 굳이 구분을 하자면 이렇습니다. 잠깐 데리고 놀 창녀는 보통 천대받는 여자들이고, 오랫동안 데리고 놀 창녀는 요조숙녀입니다."

주인공 남자의 회고 형태로 진행되는 소설은 가끔씩 톨스토이가 자기 결혼을 되돌아보며 웅얼거리는 이야기처럼 들린다. 물론 소설의 주인공이 작가의 생각을 100퍼센트 대변하는 것은 아니겠지만, 이 경우 주인공이 퍼붓는 적의에 가득 찬 결혼과 사랑 이야기는 대부분 톨스토이 자신의 것이라 믿어도 좋을 것이다. 위대한 작가가 이런 소설을 쓰게 된 데는 다 이유가 있겠지만, 그래도 이 소설을 읽으면 일단 기분이 대단히 나빠진다. 인간 남녀를 오로지 성적인 존재만으로 본다는 것에 반발하고 싶어진다. 게다가 톨스토이의 마음속에 누적된 분노, 적개심, 증오, 혐오, 그런 부정적인 것들이 전해져 불쾌해진다. 환갑의 나이에 이런 내용의 소설을 썼다는 것은 톨스토이가 정말 최악의 결혼 생활을 했다는 사실을 입증해준다.

3장

좋은 결혼

LEV NIKOLAYEVICH TOLSTOY

타인과 완전히 하나가 된다는 생각,

완전한 소통, 이런 것 자체가 어쩌면 미망인지도 모른다.

톨스토이 부부는 처음에 눈빛으로 통하는 듯했지만

결코 행복한 삶을 살지 못했다.

그토록 소통을 강조했던 톨스토이는 결국

소통이 아닌 고통 속에서 눈을 감았다.

LEV NIKOLAYEVICH TOLSTOY

가정의 행복

이제 다시 『안나 카레니나』로 돌아가보자. 『안나 카레니나』는 나쁜 사랑과 나쁜 결혼에 관해서만 이야기한 것은 아니다. 이 소설을 쓸 때만 해도 톨스토이에게는 균형 감각 같은 것이 있었다. 그래서 아주 이상적인 커플을 안나와 브론스키 커플과 비교해서 보여준다. 이상적인 결혼의 주역은 레빈이다. 사실 그는 소설의 진짜 주인공이자 톨스토이의 분신이기도 하다. 레빈은 거의 모든 점에서, 심지어 생김새까지도 톨스토이 자신을 모델로 한다. 톨스토이는 레빈의 말과 행동을 통해 그때까지 자신이 살면서 생각해온 인생의 의미를 송두리째 보여준다.

성실한 노총각 레빈은 유서 깊은 공작 가문의 딸 키티를 오래

전부터 사랑해왔다. 그러나 그가 청혼할 당시 키티는 브론스키에게 마음을 줘버린 상태라 거절당한다. 실망과 수치심과 좌절감에 사로잡힌 그는 시골 영지로 돌아가 농지 경영에만 몰두한다. 몇 년 뒤 그들은 다시 만난다. 그때 레빈은 다시 키티에게 청혼하고 이번에는 결혼에 성공한다. 그 이후 두 사람은 다른 커플들처럼 언쟁도 벌이고 오해도 하고 질투도 하지만, 그때마다 현명하게 위기를 넘기고 결국 이상적인 삶을 향하여 나아간다.

레빈은 톨스토이처럼 방탕한 과거를 가진 노총각이다. 그런데 그는 이제 그 과거를 청산하고 행복한 결혼 생활을 하고자 한다. 그에게 '가정'과 '사랑'과 '행복'은 동의어다. "그는 여성에 대한 사랑은 결혼을 전제로 하지 않고는 상상할 수 없었다. 그뿐만 아니라 그는 우선 가정을 생각하고 그다음에 그에게 가정을 줄 여성을 생각하는 것이었다. 그 때문에 그의 결혼관은 대다수 친지들의 결혼관과는 동떨어진 것이었다. 그들에게 결혼은 갖가지 사회생활 중 하나에 불과했지만, 레빈에게는 그의 모든 행복을 좌우하는 인생 최대의 사건이었다."

좋은 결혼의 주역은 처음부터 생각이 올바르다. 성욕의 만족을 위해서도 아니고, 관례를 따르기 위해서도 아니고, 진실한 사랑으로 결합된 완전한 가정을 이루기 위해서 결혼을 생각하는 사람은 축복을 받게 되어 있다. 이 소설 전체에서 레빈은 가장 건전하고도 보람찬 결혼 생활을 이끌어나간다.

사실 가정의 행복은 톨스토이가 결혼하기 훨씬 전부터 꿈꾸던 행복의 본질이었다. 그는 육체적인 욕구를 만족시키기 위해 결혼을 서두르긴 했지만 결혼을 통한 완전한 행복의 달성에 언제나 한 가닥 희망을 걸고 있었다. 결혼은 육체적인 행복, 정신적인 행복, 도덕적인 평화, 이 모든 것을 한꺼번에 보장해줄 수 있는 거의 유일한 길이었다. 결혼만이 그를 혼돈과 방탕의 늪에서 구원해줄 수 있었다. 가정의 행복을 개인의 행복보다 높이 둔 것, 가정을 모든 행복의 시작이자 완성이라 본 것, 여기에는 그 어떤 거짓도 없었다. 가정의 행복을 향한 그 절실함은 순수한 것이었다. 그가 아직 결혼도 하기 전인 서른 살에 쓴 『가정의 행복』은 그의 이런 염원을 그대로 보여준다.

『가정의 행복』은 마샤라는 아가씨가 이웃집 지주 세르게이와 만나 가정을 이루기까지의 세월을 담담하게 회고하는 형식으로 쓰였다. 두 사람은 이상적인 가정생활에 대한 꿈을 공유한다. 그들은 많은 걸 원했던 것이 아니다. 그저 서로 이해하고 사랑하는 삶, 적절한 노동과 휴식과 감사와 평화가 깃든 삶, 자식 낳아 잘 키우며 시골에서 오순도순 사는 삶, 이것이 전부였다. 그들의 생각은 전적으로 톨스토이의 생각이라 할 수 있다.

둘이서 함께 살면 언제까지나 평온한 행복을 누릴 수 있을 것 같았다. 지금 내가 머릿속에 그리고 있는 것은 외국 여행도 아니고 사교계도 아니며 호화로운 생활도 아니었다. 그런 것과는 전혀 다른, 시골에서의 조용한 가정생활이었다. 그런 생활에는 무한한 자기 희생과, 서로에 대한 영원한 애정, 그리고 모든 것에 하느님의 고마운 섭리를 항상 인식하는 마음이 반드시 동반할 것 같았다.

이것이 여자가 생각하는 바의 결혼이었다. 남자도 거의 같은 생각을 한다.

나는 요새 너무나 행복해서 밤마다 잠을 못 이루고 당신과 함께 어떻게 살아나갈 것인가, 그런 생각만 합니다. 그래도 나는 경험이 꽤 많은 사람이라 행복해지려면 무엇이 필요한가를 나름대로 알고 있다고 봅니다. 남들을 위해 착한 일을 하는 것 이상은 없지요. (…) 이익이 될 만한 일에 전력을 기울이고 그다음에 휴식을 취하지요. 그리고 자연과 책과 음악과 친근한 사람들에 대한 애정, 이것이 내가 행복이라고 생각하는 전부입니다. 그 이상의 것은 꿈꾸어본 일도 없습니다. 게다가 당신처럼 훌륭한 반려자를 얻어 어린 애까지 보게 될 테죠. 그렇게 된다면 그야말로 인간이 바랄 수 있는 모든 점이 구비된다고 할 수 있겠죠.

소박한 염원이지만 꿈같은 염원이기도 하다. 너무나 이상적인 결혼 생활이다. 실제로 두 사람은 결혼 후 몇 달 동안은 이런 꿈결 같은 행복을 누리지만 얼마 지나지 않아 부인이 지루해한다. 시골 생활의 적적함을 해소하기 위해 두 사람은 도시의 사교계에 출입하고, 그러다 보니 결혼 초기의 그 순결한 이상을 잃어버리게 된다. 그러나 두 사람은 갈등을 극복하고 아이들의 부모로서 새로운 행복을 가꾸어나간다. 열렬한 애정이나 순수한 열망, 그리고 완벽한 일심동체, 그런 것들은 없어졌지만 체념과 아쉬움 속에서 그들은 정신적으로 성숙해간다. 그러니까 나이 서른에 이미 톨스토이는 이상적인 결혼의 꿈과 동시에 그 꿈이 얼마나 허망한 것인가에 대한 자각심까지 갖고 있었다는 뜻이다.

부부 일심동체?

톨스토이는 모든 거짓을 증오했다. 그는 거짓, 위선, 허위를 절대로 용납할 수 없었다. 그는 모든 것, 모든 사람, 모든 사건에서 거짓을 꿰뚫어볼 줄 아는 신기한 눈을 가지고 태어났다. 보통 사람들은 그냥 지나치는 말과 행동에서 그는 어김없이 거짓을 찾아냈다. 본인도 힘들고 주위 사람들도 힘들게 하는 특이한 능력이다.

흔히 거짓말에는 남을 속여서 이득을 취하는 사악한 거짓말과, 별 해가 없는 '하얀 거짓말'이 있다고 하는데 이런 구분도 톨스토이에게는 통하지 않는다. 거짓말은 무조건 근절돼야 한다. 거짓이 난무하는 세상에 거짓 없는 세상을 꿈꾼다는 것 자체가 대견하게 들리는 것은 사실이지만, 지나친 거짓 민감증은 때론 잔혹한 이기주의로 변질될 수 있다는 점 또한 간과할 수 없다.

톨스토이가 신부에게 과거 방탕의 기록물인 일기장을 보여주었다는 이야기는 앞에서도 했다. 그런 일은 아무나 할 수 있는 일이 아니다. 굉장히 잔인한 일이기도 하다. 실제로 어린 신부는 그 일기를 읽고는 한동안 충격에서 깨어날 수 없었다. 그런데도 톨스토이는 완전한 결혼이 이루어지려면 부부 사이에 아무런 거짓도 없어야 한다고 철석같이 믿었기 때문에 일기를 보여준 것을 후회하지 않았다. 이후 그들 부부는 앞다퉈 일기를 쓰고는 서로 바꿔 읽는 것을 부부 생활의 수칙으로 삼았다. 서로의 마음을 속속들이 이해하고자 하는 의도는 갸륵하다고 인정할 만하지만, 그래도 여전히 다소 기이한 느낌이 든다.

일기라는 것을 자기 자신 외의 다른 사람이 읽는다는 것을 가정하고 쓸 때 얼마만큼 솔직할 수 있을까. 상대방의 반응을 염두에 둔 일기 쓰기는 그 자체가 또 다른 거짓이자 위선이 아닐까. 남편이, 혹은 부인이, 혹은 후대의 낯모르는 독자가 읽을 것을 예상하면서 침침한 촛불 아래 각자 열심히 펜을 굴리는 부부의 모습은 매우 엽기적이다. 그러나 톨스토이에게 부부는 일심동체이므로 아, 내가 자기 일기를 읽는다는 것은 자신이 자기 일기를 읽는 것과 마찬가지라고 믿고 싶어 했다. 아내 역시 마찬가지일 것으로 기대했다.

어쨌거나 『안나 카레니나』를 쓸 무렵 톨스토이는 여전히 좋은 결혼은 부부 일심동체여야 하며 부부간에는 아무런 비밀도 없어야 한다고 믿고 싶었다. 그래서 좋은 결혼의 대표 선수 레빈은 톨스토이가 한 것과 동일한 행동, 즉 신부가 될 아가씨에게 방탕한 과거를 적은 일기장을 보여주는 일을 저지르게 된다.

레빈이 마음의 갈등 없이 그녀에게 자기 일기장을 넘겨준 것은 아니었다. 그는 자신과 그녀 사이에는 비밀이 있을 수 없고, 또 있어서도 안 된다고 생각했기 때문에 그렇게 하기로 결심했던 것이다. 그러나 그 일이 그녀에게 어떤 영향을 미칠 것인지에 대해서는 생각해보지 않았다. 이를테면 그녀의 입장이 되어 생각해보지 않았던 것이다.

(…)

레빈은 고개를 숙인 채 잠자코 있었다. 그는 아무 말도 할 수 없었다. "당신은 나를 용서하지 못할 거요." 그는 속삭이듯 말했다. "아니에요, 전 이미 용서했어요. 그렇지만 이건 무서운 일이에요!"

그러나 레빈의 행복은 너무 컸기 때문에 이 고백도 그것을 파괴할 수 없었을뿐더러 새로운 뉘앙스를 더해주었다. 그녀는 그를 용서했다. 그러나 그때부터 그는 더욱더 자신을 아내보다 못한 존재로 느꼈고, 그녀 앞에서 도덕적으로 더욱더 고개를 숙이게 되었으며, 또 자기 분에 넘치는 행복을 더 높이 평가하게 되었다.

황홀한 신혼이 끝나자 레빈과 키티 커플의 결혼도 균열을 드러낸다. 그러나 레빈에게는 언제나 자신과 키티가 한 몸이라는 생각이 있었다. 그래서 그는 부부 싸움을 한 뒤에 아주 독특한 괴로움을 경험한다. "선잠 속에서 육체의 아픔 때문에 괴로워하고 있는 사람처럼 그는 자기 육체에서 그 아픈 데를 도려내고 싶었다. 그러나 정신을 차리고 보니 그 아픈 데는 곧 자기 자신이었다. 그는 그저 애써 그 아픈 데를 견디기 쉽게 할 수밖에 별다른 도리가 없었다."

얼마나 부부 일심동체 의식이 강했던지 레빈은 부부 싸움 중에 아내에게 소리를 지르고는 자신이 자기한테 고함을 질렀다는 느낌을 받는다. "레빈은 일어서면서 더 이상 자기 화를 억누를 수 없어서 이렇게 고함을 질렀다. 그러나 그 순간 그는 자신이 자기를 치고 있는 것 같은 기분을 느꼈다." 이 에피소드는 앞에서도 한 번 언급했던 톨스토이의 부부 일심동체 사상을 반영한다. 현실의 톨스토이에게 이혼을 불허하는 '억지 춘향' 이념이었던 부부 일심동체 사상은 소설 속에서는 부부의 완벽한 결합을 보장해주는 고상한 이념이 되었다.

좌우간 몸도 마음도 하나가 된 레빈과 키티 커플은 온갖 역경을 다 이겨낸다. 그들은 서로를 이해하기 위해 안간힘을 쓰면서 차츰 새로운 사랑과 행복의 경지에 올라서게 된다. 그들이 올라서는 경지는 톨스토이가 한때 이상으로 삼았던 부부 생활의 절정이라 할 수 있다.

눈빛으로 통한다

톨스토이는 그렇게 많은 작품을 썼건만 말이라는 것을 믿지 않았다. 말은 기본적으로 거짓이라는 것이 그의 생각이었다. 러시아 시인 표도르 튜체프는 유명한 시 「침묵」에서 이렇게 노래했다.

가슴이 어떻게 자기를 표현할 수 있을까?

다른 사람이 어찌 너를 이해할 수 있을까?

(…)

말로써 표현된 생각은 거짓이고

샘물은 휘저으면 흐려지는 법이니

침묵하라!

톨스토이는 튜체프의 격언과도 같은 시 구절을 문자 그대로 이해하기로 작정했다. 그래서 그는 90권씩이나 '말'로 가득 찬 책을 썼으면서도 항상 말보다는 다른 의사소통의 수단에 높은 점수를 주었다.

거짓된 말의 대표적인 예가 '사랑한다'는 말이다. 그의 소설에는 진실하지 못한 사랑을 하는 연인들만이 '사랑한다'는 말을 밥 먹듯이 지껄여댄다. 앞에서 읽었던 브론스키의 애정 고백이 우스꽝스러울 정도로 진부하게 들리는 것도 다 그 때문이다. 『가정의 행복』의 주인공은 연인끼리 주고받는 '사랑한다'는 말에 대해 노골적인 혐오감을 내보인다. "나는 이렇게 생각합니다. '당신을 사랑합니다'라고 엄숙한 표정으로 말하는 인간들은 자기 자신을 기만하고 있는 겁니다. 그렇지 않으면 상대방을 기만하고 있는 것인데, 그건 더욱 악질이라 볼 수 있지요."

거짓된 말의 또 다른 예는 프랑스어다. 당시 러시아 상류층은 모국어보다 더 자유자재로 프랑스어를 구사했다. 톨스토이는 프랑스어야말로 그들의 위선을 말해주는 기호라고 생각했다. 그래서 그들의 허위와 가식을 폭로하는 대목에서는 여지없이 프랑스어를 사용했다. 『전쟁과 평화』에서도, 『안나 카레니나』에서도, 『이반 일리치의 죽음』에서도 추악한 사교계의 인물들은 추악한 거짓말을 프랑스어로 추악하게 지껄여댄다.

특히 아무것도 모르는 순진무구한 어린아이들에게 프랑스어를 가르치는 것은 범죄 행위에 버금간다. 성실하고 똑똑한 주인공 레빈은 돌리의 집을 방문했을 때 그녀가 아이에게 프랑스어를 가르치는 모습을 목격한다. 그녀는 어떻게든 아이와 프랑스어로 대화를 이어가려고 억지로 프랑스어 단어를 주입한다.

> "넌 어째서 왔니, 타냐?" 돌리는 때마침 들어온 딸애를 보고 프랑스어로 이렇게 말했다. "내 삽 어디 있어, 엄마?" "난 프랑스어로 이야기하고 있는 거야. 그러니 너도 그렇게 해야지." 그 애는 말하려 했으나 프랑스어로 삽을 무엇이라 하는지 잊어버렸다. 어머니는 아이에게 일러주고 나서 다시 프랑스어로 어디에서 삽을 찾아야 하는지 가르쳐주었다. 이것이 레빈에게는 불쾌하게 여겨졌다. '어째서 이분은 아이들과 프랑스어로 말하고 있는 것일까?' 하고 그는 생각했다. '이 얼마나 부자연스럽고 허식에 찬 일인가! 아이들도 역시 그걸 느끼고 있다. 어머니가 프랑스어를 가르쳐 진실을 쫓아버리고 있구나.'

그렇다면 진정한 사랑, 좋은 결혼의 주역들은 어떻게 의사소통을 할까? 그들은 눈빛으로 모든 것을 다 말하고 다 이해한다. 척하면 삼천리라는 뜻이다. 눈은 톨스토이의 모든 소설에서 가장 중요한 의사소통 수단이다. 레빈과 키티는 눈빛만으로도 서로를 언제나 완벽하게 이해한다. 참 편리할 것 같다. 두 사람 사이에는 언제나 '눈' 혹은 '눈빛'이 모든 것을 말해준다. 처음 청혼할 때 거절당한 그는 이듬해 키티를 다시 만났을 때 그녀의 눈에서 모든 것을 읽어낸다. "그리고 그녀의 입술과 눈과 손의 동작 하나하나에 모두 말로는 표현할 수 없는 의미가 담겨 있었다. 거기에는 용서를 비는 마음도 있었고 그에 대한 신뢰도 있었으며 부드럽고 소심한 애교와 맹세와 희망, 그리고 그에 대한 사랑도 있었다. 그는 그 사랑을 믿지 않을 수 없었고 그 사랑 때문에 행복감으로 숨이 막히는 듯했다."

그가 청혼하러 간 날의 정경을 읽어보자. "그녀는 걸어오고 있는 것이 아니라 뭔가 눈에 보이지 않는 힘에 의해 그에게로 끌려왔다. 레빈은 다만 그녀의 맑디맑은 진정 어린 눈을 봤을 뿐이었다. 그 눈은 그의 마음을 가득 채우고 있는 것과 똑같은 사랑의 기쁨으로 겁먹고 있는 듯했다. 그 눈은 사랑의 빛으로 그의 눈을 멀게 하면서 점점 더 가까이에서 빛나기 시작했다." 결혼식이 끝났을 때 그는 너무나 감격하여 그녀와 하나가 되었다는 것을 믿을 수 없었지만, 이번에도 역시 그녀와 눈이 마주치고 나서 그것을 믿게 된다. "그는 이것이 사실이라는 것이 믿기지 않았다. 아니, 믿을 수가 없었다. 이윽고 두 사람의 놀란 듯한 수줍은 눈동자가 마주쳤을 때 그는 비로소 그것을 믿었다. 왜냐하면 자신들이 이제 일심동체라는 것을 느꼈기 때문이다."

레빈은 청혼할 때조차 '말'을 자제한다. 그는 말을 하는 대신 카드 테이블 위에다가 백묵으로 자기 의도를 각 단어의 첫 글자만 써서 키티에게 전한다.

언, 당, 나, 그, 수, 없, 말, 그, 영, 그, 수, 없, 것, 아, 그, 그, 수, 없, 것?

도대체 이게 무슨 말인가? 이런 말을 이해할 수 있는 사람이 이 세상에 어디 있겠는가? 그러나 두 사람은 눈빛으로 소통하는 사이이므로 키티는 이 문장을 정확하게 이해한다. 그다음부터 두 남녀는 이상한 소통을 진행한다.

레빈의 말을 정상적인 언어로 풀어쓰면 이렇게 된다.

언젠가 당신은 나에게 그럴 수 없다고 말씀하셨는데, 그것은 영원히 그럴 수 없다는 것이었습니까, 아니면 그때만 그럴 수 없다는 것이었습니까?

키티 역시 첫 글자로만 대답한다.

"그, 나, 그, 대, 수, 없."

(그때 나는 그렇게 대답할 수밖에 없었어요.)

그가 '그럼 지금은 어떠냐'고 묻자 그녀는 지난번에 청혼을 거절한 일을 용서해달라고 청한다. 레빈은 '용서할 것이 없다.

나는 줄곧 당신을 사랑해왔다'라는 문장을 역시 첫 글자만 쓴다. 이런 식으로 두 사람은 완벽하게 소통한다.

어린애 장난 같지만 실제로 톨스토이는 소피야 부인에게 청혼할 때 이 방법을 사용했다. 톨스토이도 카드 테이블 위에 백묵으로 각 단어의 첫 글자를 쓰고는 소피야에게 알아맞혀보라고 했다. 그가 쓴 것은 다음과 같다.

당, 젊, 행, 욕, 내, 너, 강, 내, 나, 상, 내, 행, 불, 걸, 말.

놀랍게도 소피야는 거의 완벽하게 이 이상한 글자들을 해석했다.

당신의 젊음과 행복의 욕구는 내게 너무도 강렬하게 내 나이를 상기시키며 내게 행복이란 불가능하다는 걸 말해줍니다.

인간은 소통하는 존재다. 소통이 없다면 인간의 삶은 삶이라 부르기도 어렵다. 이 점에서 톨스토이는 옳다. 그는 누구보다도 의사소통의 중요성을 깊이 인식하고 있었다. 그러나 눈빛만으로 소통한다는 것은 가슴 설레게 하는 아름다운 일인 동시에 매우 위험한 일이기도 하다. 서로에 대해 완벽하게 꿰뚫고 있다면 사랑도 싸움도 다 무의미해진다. 또 인간은 타인에 대해 완벽하게 꿰뚫고 있을 수가 없다. 내 마음을 나도 모르는데 어찌 남의 속을 알 수 있을까. 타인과 완전히 하나가 된다는 생각, 완전한 소통, 이런 것 자체가 어쩌면 미망인지도 모른다. 톨스토이 부부는 처음에 눈빛으로 통하는 듯했지만 결코 행복한 삶을 살지 못했다. 그토록 소통을 강조했던 톨스토이는 결국 소통이 아닌 고통 속에서 눈을 감았다.

남자만을 위한 결혼

레빈은 좋은 결혼의 대표자이지만 그가 이끌어가는 결혼 생활은 결국 남자만을 위한 결혼이다. 그의 결혼 생활을 들여다보면 이 결혼에서 여자가 얻는 것이 과연 무엇일까 하는 의심이 생긴다. 만일 진짜로 좋은 결혼이라면 남자와 여자 모두가 행복하고 편안해야 할 것이다. 그러나 레빈은 오로지 가부장적인 위치에서만 행복한 결혼 생활을 할 수 있는 남자다. 그가 키티와 겪는 자질구레한 갈등은 그의 이런 속성에서 비롯된다.

레빈 역시 "다른 모든 남자들과 마찬가지로 여태껏 가정생활이라는 것을 아무런 장애도 있을 수 없고 또 자질구레한 걱정에 마음을 쓴다든지 하는 일도 있을 수 없는 사랑의 향락으로만 상상하고 있었다. 그의 견해에 의하면, 그는 자기 일에 전력하고 그 휴식을 사랑의 행복 속에서 얻어야 했다. 아내는 사랑받아야 한다는 것, 오직 그것만 알고 있어야 했다." 이런 마음가짐은 결혼 이후 그에게 많은 실망을 가져온다. 톨스토이 부부처럼 레빈 부부도 신혼 때 자주 다툰다. 그러나 톨스토이 부부와는 달리 그들은 언제나 긍정적으로 사태를 풀어나간다. 예를 들어 부부 싸움은 환멸이지만 레빈은 매우 이성적이게도 그것을 매혹으로 변경시킨다. "키티의 자질구레한 걱정은 레빈이 처음에 품고 있던 숭고한 행복의 이상에는 어긋나는 것이어서 그는 그것에 적잖이 환멸을 느꼈다. 그러나 그것은 그가 그 의미를 알지 못했지만, 또한 사랑하지 않을 수 없는 새로운 매혹의 하나이기도 했다." 그는 자신과 키티 사이에 존경과 애정 이외의 것이 있을 수 있음을 상상할 수 없었지만 곧 그런 미망에서 벗어난다. 그들은 수시로 아무것도 아닌 일 때문에 말싸움을 벌이게 된다.

그러나 이 정도야 대부분의 신혼부부들이 겪는 갈등이라 할 수 있다. 정말 중요한 문제는 그들이 신혼의 사소한 말다툼을 이겨내고 안정된 궤도에 올라선 이후에 발생한다. 문제는 레빈이 황홀한 결혼의 행복에서 답답함을 느끼게 되었다는 데 있다. 결혼한 지 세 달 후 레빈은 아내로 인해 자신이 할 일을 다 못 하고 있다는 데 엄청난 스트레스를 느낀다.

'언제까지나 이런 식의 생활을 하고 있어서는 좋지 않아.' 그는 이렇게 생각했다. '이제 곧 세 달이 된다. 그런데 나는 거의 아무것도 하지 않고 있다. 오늘 처음 진지한 기분으로 일을 붙들기는 했지만 도대체 이게 뭐람! 일을 시작하기가 무섭게 벌써 내팽개치고 말았으니. 이제까지 줄곧 해왔던 일조차 거의 다 내던져버리고 있다. (…) 결혼을 하면 그야말로 진짜 생활이 시작되리라고 생각하고 있었다. 그런데 어떤가? 벌써 세 달이 되는데도 나는 여태까지 한 번도 그런 적이 없었을 만큼 게으르고 무익한 시간을 보내고 있다. 아니, 이래서는 안 된다. 일을 시작하지 않으면 안 된다. 물론 그녀가 나쁜 것은 아니다.'

레빈의 마음 깊은 곳에서는 아내에 대한 불만과 비판의 소리가 고조되어가고 있다. 한마디로 말해서 그는 아내의 단순하고 게으르고 어리석은 점이 마음에 안 든다는 것이다.

'물론 그녀가 나쁘다는 것은 아니다(그녀는 어떤 점에서 보더라도 나쁘지 않다). 다만 그녀가 받은 너무나도 표면적이고 경박한 교육이 나쁜 것이다. (…) 그렇다, 가정에 대한 취미와 얼굴 화장이나 영국 자수에 대한 흥미를 제외하면 그녀에게는 진지한 취미라는 것이 없는 것이다. 자기 일에도, 농사에도, 농부들에게도, 꽤 재주가 있는 음악에도, 독서에도 전혀 흥미를 보이지 않는다. 그녀는 아무것도 하지 않고 있다. 그러면서도 완전히 만족하고 있다.' 레빈은 마음속으로 그것을 꾸짖고 있었다.

정말로 이기적인 생각이다. 만일 아내에게 진지한 취미가 있었다면 그는 그것을 비난했을 것이고 아내가 책을 열심히 읽었더라면 그것 역시 비난했을 것이다. 레빈은 여성에게 너무도 많은 것을 바라기만 하고 있는 것이다. 소설이 끝날 때까지 레빈은 완고하고 가부장적인 시각을 견지한다. 아마 톨스토이 자신도 그랬을 것이다.

레빈은 결혼을 앞두고 아주 흔쾌하게 자유를 포기하리라 생각하고 있었다. 결혼으로 인해 자유를 잃는다는 것에서 기쁨을 느끼기까지 했다. 그런데 정작 결혼을 하고 보니 구속당하고 있다는 생각이 드는 것 아닌가. 그는 아내가 남편과 한마음 한뜻이 되고자 행동을 같이하려 할 때 불편함을 느낀다. 버럭 화까지 낸다. 아내가 너무 자신한테 들러붙는다고 생각해서 고함을 지른다. "아냐, 그건 정말 끔찍한 일이야. 그렇게 노예처럼 된다는 것은!"

결국 두 사람은 화해하고 남편은 아내의 의견을 따르기로 한다. 그러나 남편의 가슴속에 새겨진 불평불만은 꽤 오랫동안 지속된다. "여태까지는 그녀의 사랑을 받는 그 행복을 감히 믿을 수 없었던 그가 지금은 그녀한테 지나치리만큼 사랑을 받고 있어서 불행하다고 느끼다니, 이 얼마나 야릇한 일인가!"

이렇게 남성의 이기적인 면면을 보이면서도 레빈은 어쨌거나 이상적인 결혼 생활을 향해 한 걸음씩 다가간다. 레빈과 키티 커플의 결혼이 소설 속에서 가장 긍정적인 메시지를 전달하는 것은 그들이 지금 현재 행복하기 때문이 아니라 앞으로의 행복과 평화를 향해 부단히 나아가기 때문이다. 두 사람은 싸우기도 하고 질투하기도 하지만 언제나 대화로 이야기를 풀어나가고 화해와 용서를 통해 더욱더 상대방을 사랑하게 된다.

더욱 중요한 것은 결혼을 통해 레빈이 인간적으로 점점 더 성숙해간다는 점이다. 레빈과 키티 두 사람 사이에 아이가 생기고 레빈은 명실상부한 가장이 된다. 그 시점에서 그는 정신적인 위기감을 경험하지만, 결국 오랜 고뇌 끝에 삶의 의미를 깨우치게 된다. 궁극적으로 『안나 카레니나』는 안나의 불륜 이야기와 평행으로 진행되는 레빈의 각성에 관한 소설이다.

그런데 한 가지 문제가 있다. 레빈의 각성과 자기 성찰은 다 좋은데 과도하게 설교조이기 때문에 소설의 흥미를 현저하게 떨어뜨린다. 안나와 카레닌, 브론스키, 혹은 하다못해 돌리와 스티바라도 나와야 이야기가 재미있다. 『안나 카레니나』의 마지막 부분은 완전히 레빈이 어떻게 삶의 의미를 찾는가에 초점이 맞춰져 있다. 도덕적인 인간이 더더욱 도덕적이고자 도덕적인 완성을 향해 나아가는 이야기가 재미있을 턱이 없다.

더욱 큰 문제는 레빈의 도덕적인 완성이 단독으로 진행된다는 것이다. 아내란 그와 일심동체이므로 덩달아 완성에 도달한다는 것이 그의 견해인지 모르지만 좌우간 아내에 관한 이야기는 어디에도 없다. 그저 우리의 우수하고 도덕적이고 훌륭한 레빈의 성찰과 각성만이 대미를 장식할 뿐이다. 그렇다면 뭔가, 결국 아내란, 그리고 결혼이란, 이 훌륭하고 지겨운 남자가 자기완성에 도달하기 위한 하나의 수단이란 뜻이 아닌가.

자식은 속죄양인가

나쁜 결혼의 챔피언인 『크로이체르 소나타』의 주인공이 입에 거품을 물고 자식에 관해 이야기하는 것을 들어보자. 대단히 불쾌하다.

"사람들은 아이들에 대해서도 별의별 거짓말을 다 하고 있죠. 아이들은 신의 축복이자 기쁨이라고 합니다. 다 거짓말입니다. 한때는 그랬어요. 그러나 오늘날은 아닙니다. 자식은 고역입니다. 그 이상도, 그 이하도 아니에요. 대부분의 어머니들이 그렇게 느끼고 있고, 또 가끔 무심코 그렇게 말하기도 합니다. 우리같이 잘 사는 계층의 어머니들에게 물어보면 대부분 아이들이 아프거나 죽을까 봐 겁나서 아이를 가지고 싶지 않다고 대답할 겁니다. 또 아이를 설사 낳았더라도 아이에게 매이거나 아이로 인해 고통받기 싫어서 키우기 싫다고 할 것입니다. (…) 아이로 인해 갖는 기쁨보다 걱정이 더 크니까 아이를 가지는 건 바람직하지 않다는 결론이 나오게 됩니다. 여자들은 드러내놓고 그렇게 말합니다. 그러면서 그런 걱정이나 결론은 아이들에 대한 사랑, 자신들이 자부심을 가지고 있는 좋은 감정에서 비롯된다고 생각합니다. 그런데 여자들이 간과하는 것이 있습니다. 바로 그렇게 생각함으로써 노골적으로 모성애를 거부하고 자기 이기주의만 증명하게 된다는 점이지요. 여자들은 아이의 재롱이 안겨주는 희열이 아이가 안겨주는 두려움보다 작기 때문에 걱정거리일 뿐인 아이를 원하지 않는다는 것입니다. 여자들은 사랑받을 한 생명을 위해 자신을 희생하려 들지 않습니다. 그들이 바라는 건 자기 자신이 사랑받는 존재로 남는 것입니다. (…) 그러니까 아이들의 존재는 우리 삶을 윤택하게 한 것이 아니라 오히려 멍들게 했다고 할 수 있습니다. 아이들은 우리에게 불화의 새로운 동기가 되었습니다. 아이들이 자라남에 따라 아이들 자체가 더욱 자주 불화의 수단이자 대상이 되었으니까요. 이에 그치지 않고 아이들은 부부 싸움의 무기가 되기도 했습니다. 우리는 싸울 때 무기로 삼는 자식이 각자 따로 있었습니다. 나는 큰아들 바샤를, 아내는 리자를 가지고 서로 싸웠습니다. 아이들이 좀 더 커서 나름대로의 개성이 형성되자 우리 부부는 아이들을 서로 자기편으로 끌어들여 동맹군으로 만들기까지 했습니다. 불쌍한 아이들만 엄청나게 시달렸지요."

톨스토이에게 자식은 결혼의 매우 중요한 요소인데, 그 이유는 오로지 자식만이 결혼이라는 제도를 정당화해줄 수 있기 때문이다. 좋은 결혼은 자녀를 낳아 기르는 데 그 목적이 있어야 한다는 것이 그의 지론이다. 이 논리는 물론 결혼이란 오로지 섹스를 의미하며, 섹스는 반드시 죄악이라는 생각을 전제한다. 이를테면 자식은 섹스라는 죄악에 대한 속죄양인 셈이다. 톨스토이는 『인생의 길』에서 이렇게 주장한다.

자녀를 낳아 양육하는 것을 목적으로 하는 참된 결혼은 신을 향한 간접적인 봉사다. 즉 자녀를 통해 신에게 봉사하는 것이 된다. (…) 결혼은 아이가 태어남으로써만 시인되고 축복받는다. 설령 신이 우리에게 바라신 모든 것을 다 해내지 못한다 하더라도 적어도 자손을 통해 우리는 신의 사업에 봉사할 수 있다. 이런 자각에 의해 결혼은 비로소 시인되고 축복받는 것이다. 따라서 부부간에 자녀 낳기를 바라지 않는 결혼은 간음보다도, 아니 모든 방탕보다도 나쁘다.

이제 안나가 어째서 그렇게 큰 죄인인지 독자는 이해할 것이다. 앞에서도 살펴봤듯이 안나는 몸매가 흐트러져 브론스키의 애정을 잡아두지 못할까 봐 피임을 한다. 『전쟁과 평화』에서 피에르의 첫 번째 아내 엘렌도 바람피우는 데 방해가 될까 봐 아이 낳기를 거부한다. 『크로이체르 소나타』의 부인도 피임을 한다. 그녀의 경우 건강이 좋지 않아 의사의 권유로 출산을 중단했지만 그 역시 죄악이다. 톨스토이는 육체의 향락을 위해 피임을 하는 사람들에게 일침을 가한다. "육체적인 애정을 기쁨으로 생각하는 사람들에게 자녀의 출생은 의의를 잃고 말았다. 자녀는 부부 관계의 목적이긴 하지만, 반드시 그렇지는 않게 되었을 뿐만 아니라 유쾌한 향락의 지속을 방해하는 천덕꾸러기로 전락하고 말았다. 그 결과, 부부 관계 이외의 관계에서나 부부 관계에서도 여자에게서 출산의 가능성을 빼앗는 갖가지 방법이 보급됐다. 그런 사람들은 자녀들에게서 받게 되는 유일한 기쁨과 속죄를 상실할 뿐만 아니라 사람으로서의 가치와 체면도 잃는 것이다."

안나도, 엘렌도, 『크로이체르 소나타』의 부인도 피임으로 인해 인간으로서의 가치와 존엄성을 상실한다. 그런 부류의 여자들에게 내리는 톨스토이의 심판은 무자비한 동시에 오해의 여지가 전혀 없다. 안나는 자살하고 엘렌은 급사하고 음악가와 바람피우던 여자는 남편에게 살해당한다.

자식에 대한 톨스토이의 생각은 어딘지 부자연스럽다. 대부분의 부모는 자식에 대해 따지지 않는다. 그냥 사랑한다. 본능이다. 아이가 제공하는 걱정거리와 아이가 제공하는 기쁨의 무게를 달아 비교하지도 않고, 부부 관계는 죄악이므로 자식을 낳아 속죄해야 한다는 생각에 자식을 낳지도 않는다. 삶의 어떤 부분은 파헤치거나 분석하지 않고 그냥 받아들이는 것이 더 나을 때도 있지 않을까.

암소 부인

톨스토이는 아이를 낳아서 젖을 먹여 키우는 것이 좋은 가정의 필수적인 요소임을 여러 번 강조한 바 있다. 아이를 낳는 것도 여자요, 젖을 먹이는 것도 여자이니 무슨 소리인들 못 하겠는가……. 좌우간 그가 모유 수유를 너무나 강조한 나머지 부부가 크게 싸운 적도 있었다. 소피야 부인은 그 많은 아이를 거의 다 젖을 먹여 키웠다. 그런데 언젠가 한번 몸이 너무 안 좋아 유모를 들인 적이 있었다. 그러자 톨스토이는 펄펄 뛰며 화를 냈다. 여자란 언제 어떤 상황에서도 모유 수유를 중단해서는 안 된다는 것이다.

그래서일까, 그는 여자와 암소를 같은 맥락으로 바라보길 즐겼던 듯하다. 「암소」라는 동화에는 한 집안의 아이들이 암소 덕분에, 즉 암소에서 짜내는 우유 덕분에 무럭무럭 자란다는 내용이 나온다. 『안나 카레니나』에서도 암소가 송아지를 낳은 사건은 브론스키가 말을 죽이는 사건과 강력한 대비를 이루면서 레빈의 건전한 가정생활을 상징한다. 레빈은 키티에게 청혼을 거절당한 후 울적한 마음으로 시골 영지에 돌아온다. 그의 우울한 마음에 빛을 던져주는 것은 파바라는 이름의 암소다.

> 그러나 한 가지 중대하고 기쁜 일이 있었다. 값진 우량종인 암소 파바가 송아지를 낳은 일이었다. (…) 레빈은 안으로 들어가 파바를 찬찬히 바라보다가 붉은 점박이 송아지를 일으켜 그 휘청거리는 기다란 다리를 세웠다. 파바는 흥분한 듯 으르렁거리다가 레빈이 송아지를 자신에게로 돌려주자 안심한 듯 무겁게 숨을 쉬고는 꺼끌꺼끌한 혀로 송아지를 핥기 시작했다. 송아지는 젖을 찾아 어미의 배 밑으로 코를 들이밀고는 조그만 꼬리를 흔들어댔다.

아이 낳기와 모유 수유는 톨스토이식의 이상적인 아내가 갖춰야 할 필수 덕목이다. 톨스토이는 여성이 암소가 되는 것을 거부할 때 불같이 진노한다. 그가 긍정적으로 그린 여성은 하나같이 줄줄이 아이를 낳아 젖을 물리는 여성들뿐이다.

『전쟁과 평화』의 발랄한 나타샤를 생각해보자. 연세가 좀 있는 분들은 할리우드 영화 「전쟁과 평화」를 기억할 것이다. 거기에 나타샤로 나오는 오드리 헵번은 정말 환상적이었다. 그 귀여움, 발랄함, 생동감, 살짝 교태 어린 해맑은 미소……. 헵번의 연기도 훌륭하고, 나타샤를 만들어낸 톨스토이의 작가적인 능력도 훌륭하다. 하여간 나타샤라는 인물이 어찌나 인상적이었던지 어느 학자는 자신이 쓴 러시아 문화 연구서에 '나타샤의 춤'이라는 제목을 붙이기까지 했다.

그렇게 생명력으로 넘치는 우리 나타샤에게 톨스토이는 무슨 짓을 했던가…….

물론 나타샤가 아나톨이라는 건달에게 마음을 주고 약혼자 볼콘스키 공작을 배신한 것은 매우 잘못한 일이다. 그러나 그렇다고 해서 그녀를 그토록 암울한 결혼 속으로 몰아갈 것까지는 뭐가 있겠는가. 톨스토이가 한때 실수를 저질렀던 여인을 구원하는 방식은 상당히 잔인하다. 『전쟁과 평화』의 에필로그를 읽어보자.

> 나타샤는 1813년 이른 봄에 결혼하여 1820년에는 벌써 딸 셋과 아들 하나를 두었다.

시작부터가 심상치 않다. 좀 더 읽어보자.

> 전부터 아들을 바라고 있던 그녀는 이번에는 자기 젖을 주기로 했다. 그녀는 꽤 살도 오르고 몸집도 불어, 이 튼튼한 어머니가 이전의 날씬하고 민활한 나타샤이리라고는 도저히 생각할 수 없을 정

도였다. 그녀의 얼굴은 이제 틀이 잡혀버렸으며 부드럽고 밝고 침착한 표정을 하고 있었다. 그 얼굴에는 예전에 그녀의 아름다움을 이루던 것, 끊임없이 타고 있던 발랄한 불꽃이 없었다. 지금은 거의 얼굴과 몸이 보일 뿐이고 마음은 조금도 보이지 않았다. 다만 튼튼하고 아름답고 다산한 암컷으로 보일 뿐이었다.

아! 톨스토이는 그 생기발랄한 아가씨를 암소 부인으로 만들어버린 것이다!

암소 부인의 가정은 나름대로 행복하다. 어딘지 동물적일 정도로 단순하지만 행복하다. 나타샤와 피에르의 가정도 행복하고 키티와 레빈의 가정도 행복하다. 톨스토이에게 이 단순한 가정의 행복은 결혼이 제공할 수 있는 거의 마지막 보루였던 것 같다.

좋은 결혼은 없다

『전쟁과 평화』에서 볼콘스키 공작은 피에르에게 말한다. "이봐, 절대로, 절대로 결혼 같은 것은 하지 말게. 이것이 자네에게 주는 나의 충고야. 자신이 할 수 있는 모든 것을 다 했다고 스스로 단언할 수 있을 때까지는, 그리고 또 자네가 선택한 여자에 대한 사랑이 식어서 그 여자의 참모습을 명백히 꿰뚫을 수 있을 때까지는 결혼하지 말게. 그렇잖으면 돌이킬 수 없는 심한 과오를 범하는 꼴이 되고 만다네. 결혼은 늙어서 아무런 쓸모도 없는 영감이 되었을 때 하게. (…) 나는 지금이라도 다시 한번 독신 시절로 돌아갈 수만 있다면 어떤 희생이라도 감수하겠어!"

볼콘스키 공작의 독신주의는 여성 혐오증과 합쳐지면서 더욱 강력한 울림을 가지게 된다. "일단 여자와 관계를 맺으면 마치 차꼬를 찬 죄수처럼 온갖 자유를 잃어버리게 되고 말지. 그렇게 되면 인간은 자기 내부에 있으면서 희망이기도 했고 힘이기도 했던 모든 것을 그저 무거운 짐처럼 느끼고 회한 때문에 괴로워하게 되는 거야. (…) 이기주의, 허영심, 우매함, 그리고 매사에서 무능함, 이것이 여자란 말이야. 그것들이 있는 그대로의 정체를 드러냈을 때 여자가 되는 거야. 사교계 같은 곳에서 보면 무언가 있기라도 한 것처럼 여겨지기도 하지만 아무것도, 아무것도, 아무것도 없어! 정말, 이봐, 결혼은 할 게 아니야. 제발 결혼은 하지 말게."

대하역사소설 『전쟁과 평화』는 피에르와 나타샤의 목가적이고 행복한 가정생활로 마무리된다. 그리고 그 소설을 쓸 무렵의 톨스토이도 목가적이고 생산적인 결혼 생활을 영위하고 있었다. 그러나 볼콘스키 공작의 말은 이 무렵에도, 아니 그 훨씬 전부터도 톨스토이의 무의식에는 결혼에 대한 거부감이 뿌리 깊이 자리하고 있었으리라는 추측을 가능케 한다. 톨스토이는 '좋은 결혼'에 관한 소설을 쓰면서도 언제나 '최악의 결혼'을 예고한다. 그러다가 중년의 위기를 겪으면서 좋은 결혼에 관한 환상을 완전히 팽개쳐버린다.

만년의 톨스토이는 전 인류를 향해 결혼을 하지 말라고 고래고래 소리를 지른다. 동정童貞과 처녀로 사는 것이 행복의 지름길이라는 것이다. 그의 교훈서 『인생의 길』을 읽어보자.

> 올바른 결혼 생활을 하는 것은 좋다. 그러나 그보다 더욱 좋은 것은 결혼을 하지 않는 것이다. 그렇게 할 수 있는 사람은 아주 드물다. 그러나 그것이 가능한 사람은 참으로 행복하다. 결혼하지 않고 살 수 있는데도 결혼을 하는 사람이 있다면, 그런 사람들은 발이 걸리지 않았는데도 넘어지는 사람과 똑같은 어리석음을 저지르는 것이다. 정말로 돌부리에 걸려 넘어졌다면 어쩔 수 없지만, 걸리지도 않았는데 어째서 일부러 넘어질 필요가 있겠는가. 만약 죄 없이 청정하고 결백하게 살 수 있다면 결혼하지 않는 것보다 나은 것은 없다. 동정, 혹은 처녀로 일관하는 것이 인간 본성에 반하는 것이라는 말은 거짓이다. 동정을 지키고 처녀로 사는 것은 가능하며, 또 그것은 행복한 결혼 생활과 비교되지 않을 정도로 커다란 행복을 준다.

그러니까 육체적인 순결을 지킬 수 없는 사람은 그냥 결혼을 해도 상관없지만 순결할 수 있는 사람은 독신으로 살라는 말이다. 그의 말투는 마치 결혼이란 조금 모자라는 인간들이 어쩔 수 없이 저지르는 우행처럼 들린다.

톨스토이는 일단 결혼했다 하더라도 섹스를 자제하라고 당부한다. "결혼을 현재처럼 육체적인 욕구 만족을 위한 허가로 보지 말고, 가정생활의 여러 의무와 수행에 포함되어 있는 자기 속죄를 촉구하는 죄악으로 봐야 한다."

그다음부터는 점입가경이다. 톨스토이는 계속해서 결혼하지 말고 모두가 순결하게 살아야 완덕完德의 경지에 이른다고 우긴다. 그러나 그의 가르침을 받들어 모두가 독신으로 산다면 인류는 멸종할 것임에 틀림없다. 별로 좋은 생각이 아니다.

톨스토이는 그런 반박을 예상하고는 놀라운 논리로 그것을 일소에 부친다. 즉 인류는 어차피 종말을 맞이하게 되어 있으므로 그런 걸 걱정할 필요는 없다는 것이다. "모든 사람이 순수하고 순결해지면 인류가 멸망해버리는 것이 아닐까 하고 사람들은 생각한다. 그러나 교회의 신앙에 따르면 세상의 종말은 당연히 오지 않겠는가. 또 과학에 따르더라도 지상에 있는 인간의 삶도, 지구 자체도 역시 끝나야만 한다. 그런데 도덕에 따른 선량한 삶이 인류를 종말로 이끈다는 것이 어째서 이렇게도 사람들의 마음을 어지럽히는 것일까?" 이쯤 되면 더 이상 할 말이 없다.

아무튼 자신의 명쾌한 논리가 얼마나 마음에 들었던지 톨스토이는 동일한 구절을 『크로이체르 소나타』에서 반복한다. 모든 인간이 욕정을 자제해야 한다는 주인공의 주장에, 상대방이 그러면 대가 끊어지지 않겠냐고 묻는다. 주인공은 서슴없이 대답한다. "인류의 대가 끊길 거라고요? 세상 돌아가는 모습을 보면서 그런 생각을 안 해본 사람이 있습니까? 의심의 여지가 없습니다. 모든 교회의 가르침에 의하면 세상의 종말은 오게 되어 있습니다. 과학도 그렇게 주장하지요. 그러니 도덕적으로 같은 결론에 도달하는 게 뭐가 이상합니까."

톨스토이의 근본주의적인 주장은 거의 공상과학소설처럼 환상적이다. 한번 상상해보자. 지구상의 모든 사람이 순결 바이러스에 감염되어 결혼도 하지 않고 살아간다. 현재 인구는 계속 늙어간다. 자손의 증식이 단절됐으므로 노인을 대체할 노동력이 없다. 노인들은 앞서거니 뒤서거니 죽어간다. 지구는 노동력 부족으로 초토화된다. 마지막까지 생존한 인류는 먹고살기 위해 참혹한 전쟁에 돌입할지도 모른다. 어찌 됐든 지구는 종말을 맞이한다. 지구의 종말을 다룬 무수한 재난 영화 리스트에 올라가도 좋을 듯하다.

4장

육식과 채식

LEV NIKOLAYEVICH TOLSTOY

톨스토이에게는 '무엇을 먹을 것인가' 못지않게
'어떻게 먹을 것인가'도 중요하다.
'무엇을 먹을 것인가'와 '어떻게 먹을 것인가'는
'어떻게 살 것인가'의 문제에 흡수된다.
즉 궁극적으로는 음식이 문제가 아닌 것이다.
어떻게 하면 올바르고 참되게 살 것인가?
결국 이 문제에 답하기 위해 그는 도축장을 방문했던 것이다.

LEV NIKOLAYEVICH TOLSTOY

육식과 육식성 인간

『안나 카레니나』 앞부분에는 스티바와 레빈이 호텔 레스토랑에서 식사를 하는 장면이 나온다. 이미 이야기했다시피 레빈은 톨스토이 자신을 모델로 하는 성실하고 정직하고 올바른 사내이고, 스티바는 불륜녀 안나의 오빠이자 타고난 외도의 달인이다.

두 사람이 좋아하는 음식은 단지 식성의 문제일 뿐만 아니라 도덕성의 문제이기도 하다. 그렇다, 톨스토이에게 음식은 주린 배를 채워주는 식량이 아니라 인간의 품성을 비추는 거울이다.

처음에 호텔 레스토랑에 들어갈 때부터 두 사람의 식성과 품성은 차이를 보여준다. 스티바는 일단 자리에 앉기 전에 스탠드 쪽으로 걸어가 아페리티프를 한잔한다. "거기서 물고기 안주에 보드카 한 잔을 마신 다음, 리본과 레이스로 치장하고 카운터에 앉아 있는 고수머리의 프랑스 여자에게 무슨 말을 했다. 그러자 그녀는 배를 끌어안고 깔깔 웃었다."

반면 우리의 도덕적인 사내 레빈은 바로 그 여자가 추잡해 보여 아페리티프도 안주도 전부 거절한다. "레빈은 보드카를 마시지 않았다. 그 프랑스 여자가 마음에 거슬렸기 때문이다. 그 여자는 남의 머리털과 쌀가루나 화장수로 만든 것같이 생각됐다. 그는 마치 더러운 장소를 빠져나가듯 그 여자 곁을 떠났다."

그 뒤 두 사람이 자리에 앉자 타타르인 웨이터가 주문을 받는다. 웨이터는 스티바에게 싱싱한 굴이 들어왔다고 말한다. 스티바는 굴이라는 소리에 솔깃해한다. 서양 문화에서 굴은 정욕과 직결되므로 조금 전에 봤던 너저분한 프랑스 여자와 굴의 연상 관계는 매우 자연스럽다. 스티바는 주문하기 전에 웨이터에게 이것저것 물어본다.

"굴은 상등품인가, 괜찮겠나?"

"플렌스부르크에서 온 것입니다, 나리. 오스첸드 것은 없습니다."

"어디서 온 것이건 싱싱한가?"

"어제 들어온 겁니다."

스티바는 굴을 먹기로 한다. 우리의 건전한 레빈은 당연히 굴에 관심이 없다. "나는 아무래도 좋아. 나는 양배추 국과 죽을 제일 좋아하지만, 여기에 그런 것은 없을 테고." 친구가 기껏 고급 레스토랑에 데려와서 한턱 쓰려고 했더니 '나는 밥하고 된장찌개가 제일 좋아' 하는 식이다. 레빈은 친구의 얼굴에 나타난 불만스러운 표정을 눈치채고는 분위기를 망치고 싶지 않아 얼른 자기 말을 바꾼다. "아니야, 농담이야. 자네가 고르는 것으로 하지."

그래서 스티바는 굴과 수프와 온갖 푸짐한 요리를 주문한다. 이 장면에서는 타타르인 웨이터도 한몫한다. 앞에서 우리는 톨스토이가 얼마나 프랑스어를 싫어했는지 살펴봤다. 이 되바라진 웨이터는 손님이 러시아어로 요리 이름을 대면 프랑스어로 또박또박 고쳐 읽는다.

"그러면 말이야, 굴을 스무 개……. 아냐, 그건 적을 테니 한 서른 개가량 가져와. 그리고 근채 수프를……."

"프렝타니예르 말씀이죠?" 타타르인이 말을 받았다.

그러나 스티바는 어쩐지 그에게 프랑스어로 요리 이름을 말하는 만족을 주고 싶지 않았다.

"야채 뿌리가 든 것 말이야, 알겠나? 그다음에는 진한 소스를 친 넙치하고…… 로스트비프. 하지만 모두 좋은 걸로 해야 돼. 그리고 구운 닭도 좋겠지. 또 과일 통조림도."

타타르인은 요리 이름을 프랑스어로 이야기하지 않는 스티바의 말을 다시 생각하곤 되묻지는 못했지만 그 대신 주문된 요리를 전부 메뉴에서 다시 읽어보는 것으로 만족했다.

"수프 프렝타니에르, 보마르셰 소스를 친 넙치, 폴라르드 아레 스트라공, 마세드안 드 프류……." 이렇게 내뱉고는 곧 용수철이 장착된 사람처럼 표지가 붙은 메뉴판을 내려놓은 다음, 이번에는 다른 주류 메뉴판을 집어서 스티바 앞에 내놓았다.

"무엇을 마실까?"

"나는 아무거나 좋아, 아주 조금이면 돼. 샴페인이나 한잔 할까……" 하고 레빈은 대답했다.

"뭐, 처음부터? 하지만 그것도 괜찮겠지. 자네는 백색 봉을 한 것을 좋아하나?"

"카셰 블랑." 타타르인이 말을 가로챘다.

"그럼 그건 굴과 함께 가져오게. 그다음은 그때 다시 주문하기로 하고."

"네, 알겠습니다. 그리고 식탁주는 무엇으로 하시겠습니까?"

"메뉴를 가져오게. 아냐, 역시 늘 마시는 샤블리로 하지."

"네, 알겠습니다. 나리께서 좋아하시는 치즈를 올릴까요?"

"그렇군, 파르메잔 말이지. 가져오게. 그건 그렇고 자네는 뭐 다른 걸 좋아하나?"

"아니야, 나는 아무거나 좋아해." 레빈은 미소를 감추지 못하면서 말했다.

이렇게 야단법석을 떨며 주문한 요리가 나오기 시작한다. 스바는 기쁨에 겨워 음식을 탐닉한다. 너무 맛있게 먹어서 그 모습을 보는 사람조차 즐거워질 정도다.

> "응, 나쁘지 않군." 그는 은제 포크로 진주색 껍질에서 즙이 많은 굴을 떼어 계속 입으로 가져가며 말했다. "나쁘지 않군." 그는 윤기 흐르고 반짝이는 두 눈으로 때론 레빈을, 때론 타타르인을 번갈아 쳐다보며 되뇌었다. 레빈은 굴도 먹었지만 치즈를 얹은 흰 빵 쪽이 더 입맛에 맞았다.

레빈은 왠지 이 모든 것이 눈에 거슬린다. 화려하고 고급스러운 식기며 장식이며 웨이터며 게걸스럽게 먹어대는 손님들이며 하나같이 그의 신경을 자극한다. 그는 굴 따위를 왜 먹어야 하는지 이해하지 못한다. "시골 사람들이 조금이라도 빨리 일하기 위해 가능한 한 빨리 배를 채우려고 하는 데 반해 여기서는 가능한 한 빨리 배를 채우지 않으려고 굴 따위를 먹는 것이 내게는 기괴망측하게 생각된다"는 것이다. 스티바는 그런 레빈에게 면박을 준다. "그러나 거기에 교양의 목적이 있는 거지. 말하자면 모든 것에서 쾌락을 만들어낸다, 이거야." 레빈도 지지 않고 대꾸한다. "음, 만일 그것이 목적이라면 나는 야만인이 되고 싶어."

두 사람의 식사 장면은 이 정도에서 마무리된다. 그러나 이 장면이야말로 음식에 대한 톨스토이의 모든 생각을 함축하고 있다. 굴과 로스트비프와 스테이크, 보드카와 카셰 블랑과 샤블리, 이 군침 돌게 하는 요리와 술은 단지 먹성 좋은 남자의 배 속으로 들어가는 물질일 뿐만 아니라 그 남자의 심성과 인격, 그리고 그 남자의 전 존재를 말해주는 기호다. "사람은 그가 먹는 것으로 그 존재를 정의할 수 있다"는 루트비히 포이에르바흐의 말이 여기에 문자 그대로 적용된다.

우선 스티바가 먹는 육식성 음식은 그의 '육식성' 인성을 말해준다. 육식성 인간은 곧 육체의 인간이다. 그런 인간들은 마음껏 먹고 마음껏 마시고 마음껏 정욕을 발산한다는 데 공통점이 있다. 외도의 고수 스티바가 굴과 로스트비프를 먹기 전에 추잡한 프랑스 여자와 시시덕거리는 것은 우연이 아니다.

또 스티바는 집에서 만찬을 여는 날 '살아 있는' 농어와 아스파라거스를 직접 사 들고 간다. 그런데 이 살아 있는 싱싱한 농어를 사기 전에 스티바는 극장에 들러 '젊고 싱싱한' 댄서에게 산호 목걸이를 선물한다. 그리고 어둠 속에서 그 귀여운 댄서에게 입을 맞춘다. 이 두 가지 에피소드는 나란히 언급되기 때문에 싱싱한 댄서를 '잡아먹는 것'과 싱싱한 농어를 잡아먹는 것을 동일한 맥락에서 이해하지 않기란 대단히 어려운 일이다.

스티바만이 아니다. 톨스토이가 만들어낸 외도 선수들은 전부 육식을 즐긴다. 그들에게는 비프스테이크와 여자가 거의 같은 종류의 '고기'이므로 스테이크든 여자든 모두 '집어삼킬 듯이' 바라본다. 사교계에 새로 등장한 사포 슈톨리츠라는 여인은 "터질 듯 건강이 넘치는 바시카라 불리는 청년을 대동하고 나타난다. 이 청년에게는 피가 뚝뚝 떨어지는 듯한 비프스테이크며 송로며 부르고뉴산 포도주 등의 영양이 충분히 공급되어 있는 것이 분명했다." 그는 사포를 뒤따라 객실로 들어와 "그녀를 집어삼키기라도 하려는 듯이 반짝이는 두 눈을 그녀에게서 떼지 않았다." 리자 메르칼로바라는 여자 역시 사교계의 유명한 유한마담인데 그녀의 뒤에도 숭배자 두 명이 따라붙어 "두 눈으로 그녀를 집어삼키기라도 하듯이" 쫓아다니고 있었다.

『크로이체르 소나타』에서도 주인공은 자기 아내와 바람을 피우는 음악가의 이미지를 쇠고기 커틀릿을 먹는 모습으로 그린다. "그 친구는 결혼도 하지 않았고 아주 건강했지요. 그가 아작아작 소리를 내며 커틀릿을 씹어 먹고 붉은 입술로 게걸스럽게 와인 잔을 비우던 기억이 생생합니다. 게다가 얼굴에 기름기가 잘잘 흘렀습니다. 원칙도 없는 사내였지만 한 가지 원칙은 지켰습니다. 바로 즐길 수 있는 기회가 주어지면 놓치지 않는다는 겁니다."

이제 고기를 먹는다는 것은 단순히 식성의 문제가 아니라 도덕의 문제임이 분명해졌다. 톨스토이는 더 나아가 먹는 데 사치를 부리는 것을 도덕적으로 규탄하기 위해 스티바의 식도락적인 면모를 확대해서 보여준다. 그는 어느 모로 보나 미식가다. 그는 아무리 진수성찬이 차려져 있어도 자기 미각을 만족시킬 다른 음식을 원할 수 있다. "레빈은 일어서서 그와 함께 몇 가지 보드카와 갖가지 안주가 놓여 있는 큰 탁자 옆으로 갔다. 스무 가지나 되는 안주 가운데 뭐든지 입에 맞는 것을 고를 법도 했으나 스티바는 뭔가 특별한 것을 주문했다. 그러자 거기에 서 있던 제복을 입은 급사 한 사람이 곧 주문한 것을 가져왔다."

톨스토이가 인물을 묘사하는 방식은 참으로 놀랍다. 특히 쉰 살 이전에 쓴 문학작품은 대단하다. 그의 설교사적인 면모를 싫어하는 독자라 하더라도 그의 문학적인 위대함은 반드시 인정해주어야 한다.

이제까지 스티바라는 인간은 꽤 부도덕하면서도 어딘지 미워하기 어려운, 심지어 어떤 대목에서는 매력적이기까지 한 인물로 묘사되어 왔다. 그런데 이 대목, 즉 스무 가지도 넘는 안주가 있는데도 굳이 웨이터를 시켜 다른 특별 요리를 준비해오게 하는 이 대목은 혹시라도 이제까지 독자가 그에 대해 품고 있었을지 모르는 긍정적인 느낌을 일거에 없애버린다. 마누라 몰래 바람이나 피우고, 먹고 마시는 데 불필요한 사치를 부리는 이 남자는 뭐랄까, 어쩌면 인생을 즐기는 무골호인처럼 보일 수도 있지만 실제로는 그냥 인간쓰레기인 것이다. 이것이 톨스토이가 말하고자 했던 요지다.

1886년에 쓴 『그러면 우리는 무엇을 할 것인가』에서 톨스토이는 이 점을 아주 노골적으로 극명하게 말한다. 이제 호사스러운 음식을 먹는다는 것은 죄악에 가까운 일이 되고 만다. 그는 멀리 갈 것도 없이 자기 자신의 사치스러운 식생활을 고발한다. 모스크바의 빈민굴을 방문하고 돌아온 그는 왠지 모르게 부끄럽다. 무슨 범죄라도 저지른 듯한 느낌이다. "집에 이르자 나는 계단 전체에 주단을 깐 현관방으로 들어가 구두를 벗고 식탁으로 향했다. 식사는 다섯 가지 요리로 이루어져 있었고 연미복에 하얀 넥타이를 매고 흰 장갑을 낀 시종 두 사람이 심부름을 했다." 톨스토이는 죄책감에 사로잡혀 몸부림친다.

그의 논리는 이렇다. 빈민굴에서 사람들이 굶어 죽어가는 판에 다섯 가지 요리로 이루어진 식사를 맛있게 먹을 수 있는 사람은 이 세상에 아무도 없다는 것이다. 아무리 잔인한 사람일지라도 그렇게는 할 수 없다는 것이다. 뒤집어 말하자면, 타인의 결핍과 빈곤을 조금이라도 배려해주는 사람이라면 절대로 맛있고 기름지고 비싼 식사를 해서는 안 된다는 것이다. 그는 이 생각을 실천하기 위해 채식성 인간으로 거듭난다. 그리고 그의 채식주의는 그렇지 않아도 내리막길을 걷기 시작한 톨스토이 부부의 가정생활을 더욱 암담하게 만드는 데 한몫 단단히 기여한다.

채식과 채식성 인간

톨스토이가 열혈 채식주의자가 된 것은 1885년 이후라고 전기 작가들은 말한다. 1885년 미국인 윌리엄 프레이가 그를 방문하여 미국에서 성행하고 있는 다양한 채식주의의 현황을 가르쳐주자 그는 단박에 채식주의를 택하고 평생 그렇게 산다. 그전에도 이미 간헐적으로 채식 위주의 식사를 하면서 건전한 식생활의 염원을 불태웠지만, 중년의 위기 전에는 그래도 대부분의 음식들을 즐기면서 먹었다. 그러나 1878년에 쓴 『안나 카레니나』는 이미 장래에 그가 고집하게 될 소박한 식사의 미덕에 대해 예고한다.

당연한 일이겠지만 소박한 식사의 주인공은 물론 레빈, 즉 톨스토이의 분신이다. 레빈은 음식에 사치를 부리는 것을 좋아하지 않는다. 그는 빵과 치즈를 산해진미보다 더 좋아한다. 그에게 식도락이니 미식이니 하는 것은 아무런 의미도 없다. 그냥 낭비일 뿐이다. 레빈은 이 소설에서 아직 완벽한 채식주의자는 아니다. 그는 시골 영지에서 러시아식으로 먹으며 행복하게 살아가고 있다. 그가 손님 초대를 위해 차린 식탁의 메뉴는 다음과 같다.

> 버터를 바른 빵, 폴로토크(훈제 생선), 소금에 절인 버섯, 쐐기풀 수프, 흰 소스를 친 닭고기, 약초 술, 크리미아산 백포도주.

술과 육류를 나름대로 갖추고 있지만 스티바가 호텔에서 먹은 프랑스식 풀코스 메뉴와는 비교할 수도 없이 소박하다.

그런데 어느 날 레빈은 농부들과 풀베기를 한 뒤 물과 빵과 소금만으로 식사하면서 미각의 격렬한 변화를 체험한다.

> 영감은 빵을 부수어 컵 속에 집어넣고 숟가락으로 으깨어 양철통의 물을 붓더니 다시 한번 빵을 짓이겨 소금을 뿌리고는 동쪽을 향해 기도를 드리기 시작했다. "자, 나리, 제 빵죽을 드시지요." 그는 컵 앞에 무릎을 꿇어앉으며 이렇게 말했다. 빵죽이 너무나 맛이 좋아 레빈은 집으로 식사하러 가려던 것을 그만두었다.

'빵죽'이란, 말이 죽이지 빵에다 물을 넣고 휘휘 저은 뒤 소금으로 간한 괴상하고 걸쭉한 음식일 것으로 사료된다(별로 입맛이 당기는 음식은 아니다!). 우리 음식으로 치면 물에 만 찬밥 정도가 될 것이다. 이것이 너무나 맛있어 집에서 하는 식사를 포기했다는 것은 레빈이 얼마나 '고매한' 인간인가를 보여준다. 음탕한 육식성 인간 스티바가 즐겨 먹는 굴이니 로스트비프니 하는 것과, 성실한 레빈이 열심히 밭일을 한 뒤 농부들과 같이 먹는 빵죽, 이 두 가지는 이미 음식이 아니라 두 종류의 인간을 평가하는 도덕의 척도가 된다. 음식과 정욕의 함수관계는 톨스토이의 머릿속에 아주 확고하게 각인되어 있었다. 곡물과 야채는 무엇보다도 육체의 불필요한 욕정을 다스릴 수 있는 음식이었다. 그래서 그는 귀족의 음식과 농부의 음식을 꾸준히 비교하면서 육식의 폐해를 지적한다. 『크로이체르 소나타』의 주인공도 숫자까지 동원하면서 귀족 계급의 식사는 불필요한 에너지를 공급하고 있다고 주장한다.

> "사실 별로 일도 하지 않으면서 많은 음식을 먹는 것은 욕정을 체계적으로 자극하는 것과 다를 바 없지요. (…) 올봄에 우리 집 부근에서 농부들이 철로 기반을 다진 적이 있었습니다. 농부들의 보편적인 음식은 흑빵, 크바스, 그리고 양파입니다. 평범하지만 이걸 먹고 농부는 생기를 얻어 민첩하고 건강하게 농사일을 하지요. 철로 일을 하면 죽과 고기 400그램가량을 제공받습니다. 대신 근 500킬로그램이나 나가는 손수레와 열여섯 시간 동안 씨름해야 합니다. 딱 알맞은 양이지요. 그런데 우리는 어떻습니까? 저마다 800그램가량의 쇠고기와 야생의 새고기, 그리고 열량이 풍부한 온갖 음식과 술을 먹어대니 그게 다 어디로 가겠습니까? 정욕이 넘치는 거죠. 그리고 한번 그리로 향하게 되어 안전판이 열리면 만사형통이죠."

『안나 카레니나』와 『크로이체르 소나타』에서 톨스토이가 주장하는 것은 명쾌하다. 적게 먹고 많이 일할 것! 톨스토이는 도덕적인 기준에서 이런 언급을 하고 있지만, 결과적으로 그것은 건강을 위한 소중한 충고가 될 수 있다. 오늘날 각종 성인병에 대한 예방과 치료로 의사들이 권장하는 것도 소식小食과 운동이 아니던가.

식사는 도락이 아니다

음식에 관한 성서의 가르침은 비교적 관대하다. "입으로 들어가는 것은 사람을 더럽히지 않는다. 더럽히는 것은 오히려 입에서 나오는 것이다."(『마태오의 복음』15장 11~12절) 톨스토이는 성서의 이 가르침에 만족하지 않았다.

톨스토이는 먹는 즐거움을 죄악시했다. 그가 지금 살아 있었더라면 온갖 종류의 식도락가들에게 뭇매를 맞았을 것이다. 식도락과 대식大食과 탐식은 별개의 개념이지만 톨스토이에게는 모두 마찬가지였다.

톨스토이는 도락道樂으로서의 식사에 대해 『인생의 길』에서 이렇게 경고한다.

> 세상 사람들이 배고플 때만 음식을 먹고, 단순하고 순수하고 건강한 먹을거리만 먹는다면 어떤 병도 앓지 않을 것이다. 그리고 그들은 갖가지 욕망과 싸우기가 훨씬 쉬워질 것이다. (…) 우리가 건강

하게 활동할 힘을 유지하기 위해 필요한 음식물은 전부 간단하고 값싼 것들이다. 빵, 과일, 야채, 물 등이 모두 그러하다. 이것들은 어디에나 흔히 있다. 여름철 아이스크림처럼 그렇게 손이 가는 음식물을 만드는 것만이 어려운 것이다. (…) 굶어 죽는 사람은 거의 없다. 훌륭한 음식을 지나치게 먹고 움직이지 않아서 병에 걸려 죽는 사람이 훨씬 많다. (…) 입과 배의 욕망에 사로잡힌 노예는 언제나 노예다. 자유의 몸이 되고 싶다면 만사를 제쳐놓고 제일 먼저 입과 배의 욕망에서 벗어나야 한다. 이것과 싸워야 한다. 배고픔을 다스릴 목적으로 식사하되 쾌락을 얻기 위해서는 먹지 말아야 한다.

이렇게 음식과 관련된 과잉을 경계해야 하는 이유는 그것이 다른 모든 것과 마찬가지로 육체의 쾌락을 부추기기 때문이다. 인간의 세 치 혀를 만족시키는 각종 요사스러운 맛 내기는 재원과 노동력의 낭비일 뿐만 아니라 영혼을 갉아먹는 좀 벌레라는 것이다.

톨스토이는 소박한 음식의 도덕적인 우월성을 「첫걸음」(1891)이라는 에세이에서 조목조목 설명한다. 이 글은 채식주의의 고전인 하워드 윌리엄스의 『다이어트의 윤리』를 러시아어로 번역, 소개하기 위해 일종의 서문으로 쓴 것이다. 톨스토이는 완덕에 이르는 길에도 다 단계가 있다고 주장하면서 그 첫 단계는 절제, 즉 모든 사치와 허례허식을 중단하는 일이라고 말한다. 그리고 그 사치와 허위에서 빠져나오는 첫 단계는 음식을 조절하는 일이라고 이야기한다.

절제란 욕망으로부터 인간을 해방한다. 욕망을 합리적인 판단에 종속시킨다. 인간의 욕망이란 여러 가지인데, 인간이 성공적으로 그것들과 투쟁하기 위해서는 가장 근본적인 것들부터 대상으로 삼아야 한다. 그러니까 좀 더 복잡한 욕망을 불러일으키는 일차적인 욕망부터 다스려야지, 그 일차적인 것에서 유발되는 복잡한 것들부터 손대서는 안 된다는 뜻이다. 복잡한 욕망이란 육체를 꾸미는 것, 스포츠, 오락, 쓸데없는 수다 떨기, 호기심 같은 것들이다. 근본적인 욕망이란 식탐, 게으름, 정욕이다. 만일 이런 근본적인 욕망과의 투쟁을 시작하려 한다면 거기에도 순서가 있음을 알아야 한다. 그 순서는 사물의 본질 및 전통적인 인간의 지혜에 의해 결정된다. 지나치게 많이 먹는 인간은 게으름과 투쟁할 수 없고 지나치게 많이 먹으면서 게으르기도 한 인간은 정욕과 싸울 수 없다. 그러므로 일체의 도덕적인 가르침에 따르자면 절제를 향한 몸부림은 탐식이라는 욕망과의 투쟁에서 시작돼야 한다. 즉 절식이야말로 절제의 첫걸음이다.

한마디로 절식節食은 모든 절제의 근원이다. 그러므로 절식을 방해하는 모든 것, 대식, 탐식, 폭식, 미식, 식도락은 모두 도덕의

적이다. 톨스토이는 인간의 가장 근원적인 즐거움은 먹는 즐거움이라 단언한다. 가장 가난한 사람부터 가장 부유한 사람에 이르기까지 모든 사람에게 가장 주된 쾌락은 먹는 쾌락이다. 빈자는 돈이 없어서 잘 먹지 못할 뿐이지 빈자가 돈을 가지게 되면 부자를 본받아 역시 먹는 데 돈과 정력을 기울이게 된다. 톨스토이에 의하면 "부자들은 철학이며 시며 예술이며 부의 분배며 복지며 청년 교육이며 등등에 관해 논하지만 이건 다 협잡이다. 그들의 진짜 관심사는 음식 하나뿐이다. 언제 어디서 무엇을 어떻게 먹을까 하는 궁리뿐이다. 여행 중에도 마찬가지다. '박물관이니 도서관이니 의사당이니 하는 것은 참 멋지군! 그런데 참, 밥은 어디서 먹지? 이 동네에서 제일 맛있게 하는 곳이 어디지?'라고 묻는 것이 일반적이다."

이렇게 먹는다는 것은 인간의 가장 원초적인 쾌락이므로 음식에 대한 사치는 한계를 모른다. 필요를 만족시키는 데는 끝이 있지만 욕망을 만족시키는 데는 끝이 없다. 배고파서 먹는 것은 필요다. 모든 동물은 일단 배가 부르면 먹지 않는다. 오로지 인간만이 배가 불러도 더 먹는다. 우리의 필요를 충족하기 위해서라면 빵과 죽 혹은 밥을 먹는 것으로 충분하다. 그러나 양념을 치고 향신료를 더해 쾌감을 증대하는 일에는 끝이 없다.

빵은 필요하면서도 충분한 음식이다(이는 수백만의 힘세고 활기차고 건강하고 부지런한 사람들이 오로지 귀리 빵만 먹고 산다는 사실에서 입증됐다). 그러나 빵에다 약간의 향미를 더하면 좀 더 맛이 좋다. 고기 국물에다 빵을 적셔 먹어도 참 좋다. 고기 국물에 야채를 한 가지 넣으면 더 좋고, 몇 가지 야채를 넣으면 그보다도 더 좋다. 고기는 좋다. 그러나 국으로 요리하기보다는 굽는 것이 더 맛있다. 그런데 버터를 발라 구우면 더 좋고 약간 덜 익게 구우면 그보다도 더 좋고 특정 부위만 구우면 더더욱 좋다. 여기에 야채와 겨자를 더해보자. 그리고 와인도 좀 마셔보자. 붉은 와인이면 더욱 좋다.

이런 식으로 음식 치장은 끝없이 진행된다. 이 끝없는 미식의 영역에 머무르는 한 인간은 도덕의 완성에 이를 수 없다는 것이 톨스토이의 주장이다. 빵과 물만 먹고 인간이 살아야 한다는 것은 말도 안 되지만, 음식을 절제해야 한다는 톨스토이의 주장에는 일리가 있다. 만약 오늘날 톨스토이가 되살아난다면 얼마나 놀라워할까. 그가 살아 있을 때와는 비교할 수도 없이 다양해진 먹을거리와 레스토랑과 음식 관련 직업을 보며 무슨 생각을 할까.

도축장에서

톨스토이는 궁극적으로 육식의 중단을 득도의 차원으로 연장시킨다. 육식이 정욕을 자극한다는 이야기는 앞에서도 여러 번 언급했지만 단지 그것뿐만이 아니다. 육식은 살아 있는 생명체의 수난과 고통을 수반한다. 그러나 가장 끔찍한 것은 인간이 자기 내부에 있는 최고로 거룩한 정신적 능력, 즉 살아 있는 것들에 대한 연민을 불필요하게 억눌러야 한다는 사실이다. 인간의 내부에는 살생에 대한 거부감이 뿌리박혀 있는데 고기를 먹기 위해 그것을 억눌러야 하는 것은 지극한 모순이다. 한마디로 말해서 육식은 '자연에 거슬리는 행동'인 것이다. 그래서 톨스토이는 인간이 절식을 할 때 가장 먼저 해야 하는 일, 즉 절식의 '첫걸음'은 육식의 중단이어야 한다고 딱 잘라 말한다.

이 점을 독자에게 납득시키기 위해 톨스토이는 「첫걸음」에 도축장 체험을 집어넣었다. 도축 장면을 묘사한 이 부분은 너무도 실감 나게 끔찍하다. 어떤 사람은 이 부분에서 중년의 위기 이후 억눌려 있던 대문호의 천재적인 문체가 일시에 되살아났다고 말하기까지 한다.

> 내가 서 있는 곳에서 정면으로 바라보이는 문을 통해 크고 불그스름하고 살집 좋은 황소 한 마리가 끌려 들어왔다. 두 남자가 황소를 끌어 왔다. 황소가 문으로 들어오기 무섭게 도축업자가 칼로 모가지를 내리쳤다. 황소는 갑자기 사지에 힘이 쭉 빠진 듯 쿵하고 널브러졌다. 그러더니 즉시 한쪽으로 벌렁 뒤집어져 엉덩이와 다

리를 버둥거리기 시작했다. 또 다른 도축업자가 경련을 일으키는 다리 반대편으로 달려들어 뿔을 휘어잡고는 대가리를 바닥에 고정했다. 다른 도축업자가 칼로 그 목을 땄다. 대가리 아래로 검붉은 피가 솟구쳐 흐르자 피를 뒤집어쓴 남자아이가 양철통에 그 피를 받았다. 그동안 내내 황소는 마치 일어나고 싶기라도 한 듯 대가리에 경련을 일으켰고 네 다리를 버둥거렸다. 양철통은 쉽게 가득 찼지만 황소는 아직도 숨이 끊어지지 않았다. 황소의 배가 하도 무겁게 출렁대고 사지가 격렬하게 요동치는 바람에 도축업자들은 물러서 있어야 했다. 양철통이 다 차자 소년은 그걸 머리에 이고 알부민 공장으로 가져갔다. 그동안 다른 소년이 새 통을 가져다 대었다. 새 통 역시 금방 가득 찼다. 그러나 여전히 황소는 숨을 헐떡였고 다리는 경련을 일으키고 있었다. 피가 흐름을 멈추자 도축업자는 대가리를 들어 올려 가죽을 벗기기 시작했다. 황소는 계속 꿈틀거렸다. 가죽이 벗겨진 황소 대가리는 흰색 정맥이 드러난 핏덩이였다. 가죽을 양옆에 드리운 채 대가리는 그대로 있었지만 몸통은 계속 움직였다. 그러자 다른 도축업자가 한쪽 다리를 붙잡고 부러뜨린 후 칼로 잘라냈다. 남아 있는 다리와 몸통에서는 계속 경련이 일고 있었다. 다른 다리들도 잘려 황소의 남은 부분들과 함께 한편으로 던져졌다. 고깃덩어리는 끌려가 매달렸다. 그제야 경련이 그쳤다.

도축의 묘사가 끝나자 톨스토이는 말한다. "우리가 이 사실을 모르는 척 가장할 수는 없다."

이 장면은 물론 살생에 대한 강렬한 거부감을 불러일으킨다. 그러나 톨스토이는 단지 도축이라고 하는 잔인한 행위를 비난하기 위해 이 부분을 「첫걸음」에 집어넣은 것은 아니다. 도축장 체험은 득도의 제1단계에서 이루어져야 하는 결정을 쉽게 해준다는 데 그 의의가 있을 뿐이다. 요컨대 그것은 '무엇을 먹을 것인가. 채소인가, 고기인가'에 대해 독자가 선택을 하는 데 방향을 제시해준다. 그다음 단계에서 제기되는 문제는 '어떻게 먹을 것인가'다. 여기서는 '단순하고 소박하게 먹는다'가 정답이다. 우리가 고기를 안 먹는다 해도 만일 값비싼 채소를 복잡하고 정교하게 조리한 고급 요리로 밥상을 차린다면 그것은 완덕을 향한 길과 거리가 멀다. 톨스토이에게는 '무엇을 먹을 것인가' 못지않게 '어떻게 먹을 것인가'도 중요하다. 마지막으로 '무엇을 먹을 것인가'와 '어떻게 먹을 것인가'는 '어떻게 살 것인가'의 문제에 흡수된다. 즉 궁극적으로는 음식이 문제가 아닌 것이다. 어떻게 하면 올바르고 참되게 살 것인가? 결국 이 문제에 답하기 위해 그는 도축장을 방문했던 것이다.

술을 끊자

톨스토이의 철퇴는 비단 나쁜 음식만을 내려친 것이 아니다. 그는 술과 담배, 그리고 아편, 모르핀 등 모든 종류의 마약을 거세게 비난했다. 그는 마약보다 그의 술과 담배에 관해 더 많은 지면을 할애했는데 아무래도 술과 담배가 더 보편적인 중독성 물질이기 때문인 것 같다. 그는 『인생의 길』에서 음주, 흡연, 육식을 '저주의 삼총사'라 부르기까지 한다.

『크로이체르 소나타』의 주인공은 술, 담배, 마약을 정욕과 동급의 중독으로 설명한다. "오입쟁이란 아편쟁이나 술꾼, 흡연자처럼 하나의 육체적인 현상입니다. 아편쟁이, 술꾼, 흡연자 들이 정상인이 아니듯 자기 쾌락을 위해 여자를 줄줄이 거친 사람은 더 이상 정상인이라 부를 수 없습니다." 술과 담배를 즐기는 사람은 졸지에 '비정상인'이 되어버린 것이다.

술, 담배, 섹스, 여기에 기름진 음식까지 더해지면 이거야말로 톨스토이가 말하는 타락의 절정이다. 톨스토이는 오로지 매춘부 및 매춘부와 놀아나는 남자들만이 이런 삶을 살아간다면서 고개를 설레설레 흔든다. 톨스토이 최후의 장편소설 『부활』은 매춘부 카츄샤의 삶을 술, 담배, 섹스, 기름진 음식의 순환 속에서 보여준다.

거울에 두루두루 몸을 비추어 보고는 뺨에 분을 칠하고 눈썹을 그리고, 그러고 나서는 기름지고 당분이 많은 식사를 한다. 그다음 몸뚱이가 다 비치는 화려한 비단옷으로 몸을 감싼 후 밝고 멋지게 장식된 눈부시게 황홀한 홀로 나간다. 손님이 모여든다. 음악, 춤, 과자, 술, 담배, 그리고 음락. (…) 소리 지르고 농담하고 싸우고 욕지거리하고, 음악과 담배와 술, 다시 술과 담배, 그리고 음악이 저녁부터 밤이 지샐 때까지 계속된다.

그의 에세이 「하느님인가, 재물인가」(1895)와 「사람들은 왜 스스로를 마취시킬까」(1889)는 술과 담배의 해악에 관해 집중적으로 파헤친다. 톨스토이는 한때 대부분의 러시아인들처럼 술도 많이 마시고 담배도 많이 피웠다. 그러나 중년의 위기를 거치면서 두 가지 모두 끊었다. 그래선지 그 두 가지 해악에 관한 그의 지적에는 현실감이 절절이 묻어난다.

우선 그는 어마어마하게 넓은 경작지가 담배와 술을 생산하기 위해 사용된다는 사실에 격분한다. 담배를 위한 담배밭, 마약을 위한 양귀비밭, 포도주를 위한 포도밭, 맥주를 위한 보리밭, 보드카를 위한 감자밭 등이 오로지 인간을 마취하는 '독극물'의 생산을 위해 경작된다는 것은 난센스라는 것이다. 게다가 수백만 농부가 오로지 인류를 마취하기 위해 평생 그 밭에서 땀 흘리며 일해야 한다는 사실에 그는 더욱더 광분한다.

「하느님인가, 재물인가」에서 그는 음주의 해악을 세 가지로 정리한다. 첫째, 음주는 범죄를 유발한다. 그 증거는? 살인자와 강도들은 대부분 범죄를 저지를 때 제정신인 경우가 별로 없다. 또 다른 증거는 미국의 어느 주州에서 주류 판매와 소비를 금지하자 범죄가 싹 사라졌다는 것이다. 둘째, 음주는 건강에 해를 끼친다. 음주와 관련된 여러 가지 질병들이 있지만, 그보다도 술꾼들은 보통 질병에서 회복하는 데도 일반인보다 더 힘들어한다는 사실이 입증된 바 있다. 그래서 생명보험회사는 비음주자를 더 선호한다. 셋째, 이것은 가장 끔찍한 음주의 결과인데, 술은 인간의 지성과 양심을 흐려놓는다. 술을 마신 결과 인간은 더 조잡해지고 더 어리석어지고 더 사악해진다. 술에서 오는 이익은 무엇인가? 없다!

톨스토이는 계속해서 술의 해악을 파헤친다.

보드카, 와인, 맥주의 옹호자들은 이 주류들이 건강과 활력을 증진하고 기분을 북돋우고 몸을 따뜻하게 해준다고 주장한다. 그러나 이제 이런 주장은 거짓임이 더할 나위 없이 명쾌하게 입증됐다. 도취시키는 음료는 건강을 증진하지 않는다. 왜냐하면 그것은 강력한 독(즉 알코올)을 포함하며, 독이란 반드시 해롭기 때문이다. (…) 똑같은 방식으로, 술은 몸을 따뜻하게 하지도 않는다는 것이 입증됐다. 음주 후에 느끼는 훈훈함은 얼마 지속되지 않는다. 그리고 잠시 동안 체온이 높아지는 듯해도 술꾼은 곧 더 많은 체온을 잃게 된다. 술꾼은 지속적인 추위를 견디는 데 비음주자보다 더 힘들어 한다.

「사람들은 왜 스스로를 마취시킬까」도 음주의 해악을 추적한다. 이 에세이에서 톨스토이는 술, 담배, 마약이 전쟁과 전염병보다 더 많은 인명을 파괴했다고 전제하면서 '도대체 사람들은 왜 술을 마실까'라는 문제를 제기한다. 그러고는 이 문제에 대한 술꾼들의 예상 답변을 다음과 같이 정리한다. "왜라니요? 마시면 기분이 좋아지잖아요. 모두들 마시잖아요. 즐겁자고 마시는 거죠." 그러나 톨스토이의 생각은 전혀 다르다. 그는 사람들이 술을 마시는 이유를 오로지 "양심을 뒤덮기 위해서"라고 단언한다. 마음속에 있는 양심을 눈멀게 하기 위해 사람들은 마취 물질을 이용해 뇌를 독살한다는 것이다. "아편과 해시시와 포도주와 담배를 사람들이 보편적으로 사용하는 이유는 취향이나 쾌락이나 방탕이나 유쾌함을 위해서가 아니라 전적으로 양심의 경고로부터 도망치기 위해서다."

예를 들어보자. "맨 정신인 남자는 매춘부를 찾아가거나 도둑질을 하거나 살인을 저지르는 것에 관해 의식적으로 양심의 가책을 느낀다. 술에 취한 남자는 그런 가책을 모른다. 따라서 누군가 자기 양심이 불허하는 일을 저지르길 원한다면 그는 스스로를 마취시킨다." 톨스토이는 이에 대한 증거로 폭력배와 강도와 매춘부 일당치고 술 안 마시는 사람은 없다고 주장한다.

그러면 술과 담배를 절도 있게 조절하는 사람, 즉 적당히 즐기는 사람은 괜찮을까? 이 질문에 대한 답도 무섭도록 단호하다. 톨스토이의 답은 모두 마찬가지라는 것이다. 마취제의 효과는 어느 것이나 다 마찬가지이므로 적게 마시든, 많이 마시든, 매일 마시든, 가끔 마시든 그 결과는 같다는 것이다! 적게 마실 경우에는 물론 살인이나 간음 같은 큰 죄를 피할 수는 있겠지만, 어쨌거나 맨 정신일 때라면 하지 않았을 말을 하고 느끼지 않았을 것을 느끼고 생각하지 않았을 생각을 떠올린다는 것이다. 깡패가 마시든, 고상한 직업의 사람이 마시든, 적당히 반주로 홀짝홀짝 마시든, 두주불사로 벌컥벌컥 마시든, 혼자 마시든, 친구들과 어울려 마시든 음주의 목적은 단 하나, 즉 양심의 요구와 현실 사이의 괴리를 보지 않기 위해 양심의 욕구를 묵살하는 데 있다는 것이다.

술에 대한 톨스토이의 생각은 근본적으로 옳지만, 그의 충고를 좇아 금주를 한 사람은 많지 않았다. 그와 비슷한 생각을 이미 가지고 있었던 사람들이야 물론 문제가 없었다. 그리고 일부 종교적인 성향의 사람들에게 그의 음주 규탄은 상당히 매력적으로 들렸다. 그러나 술을 끊을 마음이 전혀 없었던 영지 농부들에게 그것은 날벼락 같은 소리였다. 그가 영지 농부들에게 금주

각서를 쓰게 하자 농부들은 몰래 술을 마시기 시작했다.

톨스토이의 금주 캠페인은 특히 러시아 같은 나라에서는 성공하기 어려웠을 것이다. 제정러시아 때든, 구소련 때든, 페레스트로이카 이후 시대든 알코올중독은 러시아의 가장 심각한 사회문제 중 하나다. 그토록 강력한 지도자 블라디미르 푸틴 대통령조차 러시아의 알코올중독 문제는 해결하지 못했다고 한다. 그러니 톨스토이가 아무리 금주를 외쳐도 아무도 술을 안 끊었다는 것이 과히 놀라운 일은 아니다.

담배도 끊자

톨스토이에게 금연은 무척 괴로운 일이었다. 그는 1884년 여름에 금연을 대대적으로 선포했지만 단박에 성공하지는 못했다. 몇 년 후 마침내 평생 금연에 성공하기까지 그는 많은 시행착오를 겪었다. 때론 어찌나 담배 생각이 간절했던지 다른 사람이 담배를 피우고 있으면 채신머리없게 코를 벌렁거리며 연기를 들이마시기까지 했다. 1888년에 그는 담배, 고기, 술로부터 완전히 '자유'를 찾았다. 그가 금연을 결심한 것은 건강상 이유 때문이 아니었다. 금연도 도덕적인 이유에서였다. 담배 같은 기호품은 영혼을 마비시키는 향락의 소도구이므로 그런 소도구를 사용하여 육체에 쾌락을 주는 것을 당장 중단하고, 담배밭을 농경지로 전환함으로써 더 많은 곡물을 생산하여 굶주린 사람들을 먹여 살려야 한다는 것이 그의 지론이었다.

톨스토이는 「사람들은 왜 스스로를 마취시킬까」에서 담배를 모든 마취 물질들 중에서 가장 보편적이고 가장 위험한 물질로 규정한다. 담배는 술이나 마약보다 훨씬 간편하게 소지할 수 있고 겉보기에는 그다지 해로워 보이지 않으므로 오히려 더 무서운 적이다. 그는 담배도 술처럼 사람들의 양심을 가리는 역할을 한다고 주장한다. "흡연자들은 담배가 정신을 맑게 해주고 긴장을 풀어준다고 말하지만 그것 역시 거짓말이다. 만일 그것이 사실이라면 담배를 끊느니보다는 차라리 밥을 끊겠다는 사람이 왜 있겠는가. 실제로 밥 먹는 것보다 담배 피우는 것을 더 좋아하는 사람도 있다는 것은 그것이 일종의 중독이라는 뜻이 아니겠는가."

톨스토이는 담배란 인간의 자연스럽고 정상적인 상태를 망가뜨리는 부도덕한 물질임을 증명하기 위해 다음과 같은 논리를 펼친다.

소년이 담배를 피우기 시작하는 것은 언제부터일까? 거의 예외 없이 소년은 유아기의 순수함을 잃는 순간부터 담배를 피우기 시작한다. 어째서 흡연자들은 좀 더 도덕적인 삶을 영위하기 시작할 때

흡연을 중단할까? 그리고 흡연자들은 왜 비정상적인 상황에 처해지자마자 담배를 피우기 시작할까? 어째서 도박꾼들은 하나같이 담배를 피울까? 도덕적인 인생을 살아가는 여성들이야말로 가장 담배를 안 피우는 부류라는 것은 어찌 된 영문일까? 어째서 창녀와 미친놈들은 예외 없이 담배를 피우는 걸까?

이것은 물론 억지다. 담배가 나쁘다는 것을 증명하기 위해 이런 논리를 가져다 붙이는 것 자체가 대단히 문학적이다. 오로지 톨스토이만이 창조할 수 있는 문학이다. 톨스토이는 이런 억지 논리에 힘을 더하기 위해 자기 경험까지 들먹인다. 흔히 작가나 예술가들은 담배를 많이 피운다고 한다. 19세기 러시아 작가들도 그랬던 모양이다. 도스토예프스키는 잘 알려진 골초였다. 20세기 시인 블라디미르 마야코프스키 역시 시인은 자기 머릿속에 정확한 낱말 한 개가 떠오르게 하기 위해 담배 100개비를 피워야 한다고 노래했다.

톨스토이는 이런 식의 생각에 일침을 놓으며 다음과 같이 주장한다. 즉 글을 쓰다가 막혔을 때 담배를 피우면 생각이 떠오르는 것처럼 느껴질 수도 있다. 그러나 이것은 환상이다. 생각들이 떠오르는 것이 아니라 그동안 정리되어 있던 머릿속이 담배 연기로 어수선해지는 바람에 오만 잡생각이 다 떠올라 그렇게 느껴질 뿐이다! (과거의 톨스토이 자신을 포함하여) 많은 작가가 "나는 담배를 피우지 않으면 글을 쓸 수가 없어! 술이 안 들어가면 시작했던 글을 마칠 수가 없어!"라고 말하곤 하지만, 그것은 아무런 근거도 없는 억지 주장이다. 이렇게 말하는 사람들이 술을 안 마시고 담배를 안 피울 경우 훨씬 훌륭하고 훨씬 많은 결과물이 도출된다. 예를 들어 만약 칸트가 심한 골초가 아니었더라면 그의 글은 그토록 괴상하고 지루한 문체로 쓰이지 않았으리라는 것이 톨스토이의 생각이다. 톨스토이의 금연론은 금연 클리닉의 가이드북에 올리면 좋을 것 같다.

행복한 밥상

톨스토이는 『안나 카레니나』에서 아주 간소하면서도 행복한 밥상을 보여준다. 키티에게 거절당한 뒤 시골 영지에 칩거하면서 농지 경영에만 힘써오던 레빈은 어느 날 저녁에 우연히 부유한 농부의 집에 들른다. 그때 그는 온 가족이 모여 식사하는 장면을 목격한다.

그는 온 집안의 남자들이 식탁에 둘러앉아 있는 것을 봤다. 여인네들은 서서 시중을 들고 있었다. 젊고 건장한 아들은 메밀죽을 한입 가득히 넣고 무언가 재미있는 이야기를 하고 있었다. 그래서 모두

들 큰 소리로 웃고 있었는데, 그중에서도 그릇에 국을 퍼주던, 덧신을 신은 젊은 아낙네가 제일 즐겁게 웃었다.

이 장면은 레빈에게 결코 잊을 수 없는 강렬한 인상을 남겼다. 그는 넋을 잃고 정겨운 식사 정경을 바라봤다. 그는 행복한 가정이 몹시 부러웠고 인생의 반려가 그리웠다. 젊은 아낙에게 자꾸만 눈길이 갔던 것도 그 때문이다. 그는 이들처럼 단란한 가정을 꾸리고 오순도순 모여 즐겁게 밥을 먹고 싶었다.

사실 농부 가족의 저녁 밥상은 톨스토이가 『안나 카레니나』 이후 추구하게 될 모든 것을 담고 있다. 하루의 노동이 끝나고 온 가족이 밥상 앞에 둘러앉는다. 구수한 메밀죽 냄새가 방 안에 감돈다. 아버지, 어머니, 아들과 며느리와 손자들까지 다 모여 감사하는 마음으로 소박하지만 정갈한 음식을 웃고 떠들며 먹는다. 그리고 평화로운 마음으로 잠자리에 든다. 노동, 소박한 음식, 마음 맞는 가족. 톨스토이가 원했던 것은 이게 전부였다. 한 사내의 꿈이라고 하기에는 지나치게 소박하다. 어쩌면 지나치게 소박하기 때문에 복잡한 세상에서는 이루기 힘든 꿈인지도 모르겠다.

아무튼 행복한 밥상에 대한 그의 꿈은 이루어지지 않았다. 아무리 노동의 신성함을 외치고 소박한 음식의 우수함을 외쳐도 가족의 공감대가 없다면 행복한 밥상은 차려낼 수 없기 때문이다. 그의 부인과 아이들은 대부분 귀족의 밥상을 하루아침에 포기할 수 없었다. 그들에게는 맛있는 음식이 곧 행복이었다. 게다가 부인은 남편이 '소박한 음식'을 원하는 바람에 늘 식사 메뉴를 이중으로 준비해야 했다. 냉소적인 사람은 톨스토이가 채식을 외친 시점에서 그에게는 이빨이 하나도 남아 있지 않았으므로 어차피 고기를 씹을 수 없었다고 악의에 찬 발언을 하기도 했다. 하여간 톨스토이가 행복한 밥상을 원하면 원할수록 톨스토이 가정의 밥상은 점점 더 썰렁하게 변해갔다. 톨스토이 가정의 식사를 보면 결국 문제는 무엇을 먹느냐가 아닌 듯하다. 고기를 먹든 푸성귀를 먹든, 죽을 먹든 밥을 먹든, 그것은 가장 중요한 게 아니다. 누구와 어떻게 먹느냐가 더 중요한 것이다. 행복한 밥상의 주역은 먹을거리가 아니라 사람이다.

5장

도시와 시골

LEV NIKOLAYEVICH TOLSTOY

톨스토이가 노동의 의미를

레빈의 풀베기 정도에 두는 것으로 만족했다면

그의 여생도 어쩌면 더 평화롭지 않았을까 하는 생각이 든다.

그토록 모든 것을 비판만 하지 말고,

조용히 초야에 파묻혀 땀 흘려 일하고

조물주에게 하루 일과를 감사하며 마무리 짓는 삶을

살았더라면 좀 더 행복하지 않았을까.

도시, 타락의 공간

『가정의 행복』의 여주인공은 시골에서 남편과 함께 오붓하게 사는 삶이야말로 가장 이상적인 삶이라 생각한다. "내가 머릿속에 그리고 있던 것은 외국 여행도 아니고 사교계도 아니며 호화로운 생활도 아니었다. 그런 것과는 전혀 다른, 시골에서의 조용한 가정생활이었다. 그런 생활에는 무한한 자기희생과 서로간의 영원한 애정, 그리고 모든 것에 하느님의 고마운 섭리를 항상 인식하는 마음이 반드시 동반할 것 같았다."

그러나 여주인공이 정작 사랑하는 사람과 결혼하여 시골 영지에 보금자리를 틀자 그 이상적인 삶은 차츰 우울한 권태로 바뀐다.

여주인공은 기분 전환 삼아 남편과 함께 도시로 간다. 남편은 도시의 사교계를 싫어하지만 여주인공은 처음 접하는 화려하고 풍족한 세상에 넋을 잃는다.

도시에서 여주인공의 삶은 아연 활기를 띠기 시작한다. 시골에 있을 때 그녀를 괴롭히던 우울증은 깨끗이 사라졌다. 남편은 사교계라는 것이 역겨운 집단이라 생각하지만 아내가 즐거워하므로 한발 뒤로 물러선다. 여주인공은 사교계 사람들이 보내는 호감 어린 시선에 행복해한다. 많은 남자가 자신을 숭배하듯 바라보는 눈길에 우쭐해진다. 심지어 상트페테르부르크에서 제일 가는 미녀라는 소리까지 듣고 어떤 대공이 반했다는 이야기도 듣게 된다. 그녀의 허영심은 끝을 모르고 높아져 이제 그녀가 환락의 세계에서 빠져나오기란 거의 불가능해 보인다.

남편과 그녀의 관계 또한 돌이킬 수 없이 달라진다. "예전에 그처럼 내 마음을 사로잡기도 하고 기쁨을 주기도 하던 그윽한 시선도, 둘이서 함께 나눈 감격도, 기도까지도, 모든 것이 사라지고 말았다. 우리는 자주 얼굴을 볼 수도 없게 되었다. 남편은 늘 여행을 하느라고 집을 비우기 일쑤였는데, 나를 혼자 놔두고 가면서도 별로 걱정하거나 섭섭하게 생각하는 기색이 없었다. 나는 나대로 줄곧 사교계에 묻혀 살다시피 했기 때문에 남편은 있으나 마나 한 존재였다." 그러나 여주인공은 결국 사교계의 천박함을 깨닫고 시골 생활로 돌아온다. 두 사람 사이에는 아이도 생긴다.

아내가 사교계의 생활을 반성하고 시골로 돌아옴으로써 두 사람 사이에 생겼던 골은 조금씩 메워지기 시작한다. 두 사람은 심리적인 갈등을 대화로 풀어나가는 와중에 아름다운 신혼의 벅찬 행복은 완전히 가버렸음을 인정한다. 그러면서 순수하고 맑기만 한 사랑이 아닌, 좀 더 성숙한 부부의 사랑, 산전수전 다 겪고 이제 서로를 친구처럼 보듬어줄 수 있는 인간적인 사랑의 단계로 들어간다. "그리하여 그날부터 남편과 나의 청춘 시절 로맨스는 끝났다. 생애에서 다시는 경험하지 못할 귀중한 추억의 장으로만 남게 되었다. 대신 자식들과 그 아버지에 대한 새로운 애정이 생겨났다. 그 애정은 전과는 다른 의의를 갖고 행복한 생활의 바탕이 되었다. 그리고 나는 그런 생활에서 벗어나지 않고 언제까지나 계속 살아가리라고 굳게 마음먹었다."

『가정의 행복』은 톨스토이가 서른한 살에 쓴 중편이다. 아직 결혼도 안 한 젊은이가 쓴 소설치고는 부부의 심리적인 줄다리기 같은 것이 무척 정교하게 묘사되어 있다. 특히 여자의 입장에서 느끼는 결혼의 행복과 권태와 회한이 너무나 사실적으로 그려져 톨스토이의 필력에 경의를 표하지 않을 수 없다.

그런데 그보다 더 중요한 것은 이미 이때부터 이후 톨스토이의 모든 소설, 모든 저술에 나타나게 될 도시에 대한 지독한 혐오감이 보인다는 사실이다. 톨스토이에게 도시는 타락의 공간이고 죄악의 공간이다. 『가정의 행복』에서 두 사람의 순수한 사랑은 도시라는 공간에서 완전히 증발해버린다. 그래도 부인이 뒤늦게나마 정신을 차리고 시골로 돌아왔기에 망정이지 그렇지 않았으면 그들 부부는 영원히 이름뿐인 부부 생활을 했을 것이다.

그러니까 톨스토이는 아주 젊은 시절부터 한편으로는 방탕한 생활을 하면서 다른 한편으로는 자신과 같이 방탕한 인간들의 집단인 도시 사교계를 혐오했다는 이야기다. 여자를 원하는 동시에 여자를 미워하고 육체의 쾌락을 좇으면서 육체를 저주한 것과 같은 맥락이다. 따라서 중년의 위기 이전이건 이후건, 거의 모든 톨스토이의 소설에서 발견되는 '도시 대對 농촌'의 대립은 대단히 도덕적인 개념이 된다.

모든 나쁜 것은 도시에서 일어나고 모든 좋은 것은 농촌에서 일어난다. 빈민굴, 매음굴, 카지노, 극장, 레스토랑, 술집, 사치스러운 상점, 이런 것들은 모두 도시에만 있다. 모든 나쁜 인간은 도시에서 살고 모든 좋은 인간은 농촌에서 산다. 모든 좋은 결혼은 농촌에서 일어나고 모든 나쁜 결혼(불륜, 이혼 등)은 도시에서 일어난다. 이런 대립은 지루하다 싶을 만큼 반복된다.

『전쟁과 평화』에서 바람둥이 악당 남녀들은 도시를 배경으로 난잡한 짓거리를 일삼다가 파멸하고 이상적인 결혼 생활의 주역들 은 시골 영지에 정착해서 행복하게 산다. 『크로이체르 소나타』의 끔찍한 살인 사건도 도시를 배경으로 일어난다.

『안나 카레니나』도 예외가 아니다. 여기에 나오는 모든 나쁜 사랑과 나쁜 결혼은 도시를 배경으로 일어난다. 안나와 카레닌이 무미건조한 결혼 생활을 하는 곳도 도시요, 안나와 브론스키가 처음 만나는 곳도 도시요, 스티바가 가정교사니 극장의 댄서니 하는 여자들과 몰래 바람을 피우는 곳도 도시다. 하여간 도시에서는 좋은 일이 없다. 반면 주인공 레빈은 처음부터 시골 영지에서 살았고 결혼 후에도 시골 영지에서 산다. 그의 훌륭한 결혼 생활은 오로지 시골에서만 가능한 것이다.

톨스토이는 도시가 얼마나 나쁜가를 보여주기 위해 레빈같이 훌륭한 인간도 일단 도시에 머물게 될 경우 타락의 소지가 농후하다는 점을 보여준다.

레빈 부부는 키티의 해산 날짜가 다가오자 여러 가지 사정을 고려하여 모스크바에 머문다. 그런데 대도시 모스크바에서 지낸 지 세 달 만에 레빈은 완전히 사람이 달라진다. 키티는 "시골에 살 때의 침착하고 친절하며 호의적이던 남편의 태도를 퍽 좋아했다. 그런데 남편은 도시에 올라온 후로는 뭔가 불안한 듯 줄곧 긴장해 있었으며 마치 누군가 자신을, 아니 누구보다도 아내를 창피하게 만들지나 않을까 하고 오직 그것만을 두려워하고 있는 것 같았다."

레빈은 톨스토이처럼 도시를 혐오하는 편이지만 도시에 머무르다 보니 그도 점점 도시의 환락에 젖어들게 된다. "레빈은 권하는 대로 술을 다 마시고 다시 한 병을 주문했다. 그는 몹시 시장했기 때문에 유쾌하게 마시고 먹었다. (…) 가긴은 목소리를 죽여 상트페테르부르크의 새 소문을 이야기했다. 그 이야기는 추잡스럽고 어리석은 것이었으나, 아무튼 너무나 우스꽝스러웠기 때문에 레빈은 옆에 있던 사람들이 돌아다볼 정도로 크게 소리 내어 웃었다."

레빈은 술도 마시고 음담패설도 즐기고 카드 게임까지 한다. 그리고 스티바가 누이동생 안나를 찾아가보자고 하자 따라나선다. 도시 환락가의 기본 코스인 '술-게임-여자'의 수순을 그도 그대로 밟는 것이다. 다만 이번에는 매춘부가 아니라 친구의 여동생이지만 안나 역시 사교계에서는 '타락한 여자' 취급을 받고 있으므로 여기서는 매춘부와 동급으로 봐도 된다.

그렇기 때문에 레빈은 스티바를 따라가면서도 계속 자신이 무슨 죄라도 짓고 있는 듯한 이상한 기분에 사로잡힌다. 아마 도시였기에 이런 일이 일어났을 것이다. 게다가 그는 술을 거나하게 마신 상태다. 타락의 공간인 도시는 지극히 모범적인 사내까지도 휘청거리게 하는 것이다.

실제로 레빈은 아주 잠시 동안이지만 안나에게 매혹된다. 만삭인 아내를 집에 놔두고 다른 남자의 내연의 처에게 마음을 빼앗긴다는 것은 참으로 흉한 일이다. 그러나 레빈의 잘못은 아니다. 이 모든 것이 도시의 잘못이다.

레빈은 흥미 있는 이야기를 들으면서 한결같이 안나에게 홀려 있었다. 그 미모나 지성이나 교양만이 아니라 그와 동시에 그 솔직성이나 성실성에도. 그는 듣기도 하고 이야기도 하면서 끊임없이 안나의 내면생활에 대해 생각하고 그 감정을 추측하려고 애썼다. 이리하여 이전에는 그토록 냉혹하게 그녀를 비난했던 그가 지금은 뭔가 이상한 생각이 진행되어감에 따라 그녀를 변호하기도 하고, 그뿐만 아니라 그녀를 사랑스럽게 생각하기도 하면서 브론스키가 그녀를 충분히 이해하지 못하고 있는 것이 아닐까 염려하기까지 했다.

그는 나중에 두 가지 상반되는 생각을 한다. 하나는 "야아, 참으로 멋진 여자로구나! 사랑스러우면서도 가엾은 여자야"라는 것이고, 다른 하나는 자신이 "안나에 대해 품은 연민의 정에는 어쩐지 좋지 못한 것이 있었다"라는 것이다. 당연하다. 그것은 단순한 연민이 아니라 그녀의 요염함에 홀린 것이고 바로 '육체의 사랑'과 같은 것이니까. 레빈이 집에 돌아오자 키티는 그의 얼굴에서 수상쩍게 빛나는 눈을 발견한다. 그리고 대부분의 부인이 그러하듯 당장에 모든 것을 간파한다.

"당신은 그런 추잡한 여자에게 반해버리고 말았군요. 그 여자는 당신에게 마술을 부린 거예요. 당신의 눈을 보면 그것을 분명히 알 수 있어요. 정말 그래요! 이제부터 어떻게 될까요. 당신은 클럽에서 술을 실컷 마시고 내기 트럼프를 하고 그런 다음에 찾아갔던 거죠. 그것도 그런 여자한테 말이에요! 이젠 싫어요. 시골로 내려가요. 내일이라도 저는 돌아갈 거예요."

레빈은 아내에게 백배사죄하고 그들은 화해한다. 레빈이 이번 사태와 관련하여 내린 결론은 "이렇게 오랫동안 모스크바 생활을 하면서 단지 잡담하고 마시고 먹기만 하기 때문에 머리가 이상해졌다"는 것이다.

이게 바로 정곡이다. 톨스토이가 증오했던 도시 생활의 핵심이 바로 이것이다. 퍼질러 먹고 마시면서 음담패설이나 지껄이고 여자들과 농탕질이나 치고……. 그러다 보면 누구나 머리가 이상해진단다. 그래서 톨스토이도 결혼과 동시에, 아니 결혼하기 훨씬 전부터 야스나야 폴랴나 영지에 정착했다. 그에게 시골 영지는 구원의 공간이었다. 그가 창조한 많은 주인공들에게 그러했듯이.

물론 이때 톨스토이가 말하는 시골 생활이란 산속으로 들어가 풀만 먹고 사는 생활을 의미하지는 않았다. 그에게 시골에서의 삶이란 무위도식, 허례허식, 도덕적인 타락의 생활과 반대되는 건전하고 건강한 생활을 의미했다. 즉 좀 고급스러운 귀농이었다. 거기에는 가부장적인 일상, 커다란 저택, 순종적인 아내,

올망졸망한 아이들, 하인들, 영지 농부들, 그리고 영지 경영으로 얻는 수익, 집필, 건강한 식사, 맑은 공기, 사냥, 승마 등이 포함되어 있었다. 그러나 얼마 지나지 않아 톨스토이는 이런 식의 귀농을 허위라고 생각하여 땅이고 집이고 뭐고 다 버리고 아예 일자무식 농사꾼처럼 살기로 결심한다.

귀농과 전원생활

키티에게 청혼했다가 거절당한 레빈은 씁쓸한 마음으로 시골 영지에 돌아온다. 그는 언제나 보통 사람들의 빈곤과 비교해서 자신의 윤택한 생활이 어딘지 부덕하다고 느껴왔던 터라 이 참에 좀 더 열심히 일하고 더욱 검소하게 살아야겠다고 마음먹는다. 도시에 대한 그의 혐오감은 이번에 청혼을 거절당한 일로 두 배나 더 강렬해졌을 것이다. 비록 레빈은 여전히 귀족이고 오랜 귀족 가문을 존경하고 귀족의 몇 가지 특권을 누리고 하인과 요리사들을 거느리고 있지만, 그래도 그는 속속들이 건전한 인간이다. 그는 맑은 공기를 마시기 위해 유유자적 시골 생활을 하려는 것이 아니라 진짜로 노동하는 삶을 살고자 하는 것이다.

이런 레빈과 대비되는 인물이 바로 그의 이부異父 형이다. 레빈에게는 세르게이 코즈니셰프라는 이름의 이부 형이 있다. 유명한 저술가이자 학자인 형이 레빈의 시골 영지를 방문한다. 그런데 레빈은 형에 대한 존경과 애정에도 불구하고 형과 함께 시골에서 지내는 것이 거북하다. 그 이유는 형이 시골을 일종의 전원주택, 혹은 주말농장의 개념으로 이해하고 있기 때문이다.

> 레빈에게 시골이란 생활의 무대, 즉 기쁨과 슬픔과 노동의 무대였다. 그러나 세르게이 이바노비치에게 시골이란 한편으로는 노동 뒤의 휴식이었고, 또 다른 한편으로는 그 효과를 믿고 기꺼이 복용하는, 퇴폐에 대한 효력 있는 해독제와 같은 것이었다. 레빈에게 시골은 의심할 여지없이 유익한 노동의 활동 무대라는 점에서 좋은 곳이었다. 그러나 형에게 시골이란 아무 일도 하지 않고 지낼 수 있거나 아무 일도 하지 않고 지내도 된다는 점에서 특별히 좋았다.

농민에 대한 태도도 두 사람은 판이하게 다르다. 상당히 고매한 인격과 학식의 소유자인 형은 농민들과 자주 격의 없는 이야기도 나누고 그들을 사랑한다는 말도 곧잘 한다. 그가 농민을 잘 이해하고 있다는 것은 분명하다. 그런데 이것이 레빈의 마음에는 도통 들지 않는 것이다. 뭐가 문제냐 하면, 레빈은 농민이라고 해서 무조건 사랑하지는 않는다. 농민들의 우직하고 소박한 면을 좋아하지만 그들의 방종과 거짓말과 폭음은 무척 싫어한다. 그는 농민들 중에서 좋은 사람은 좋아하고 나쁜 사람은 싫어한다. 즉 레빈에게 농민은 귀족이나 마찬가지로 '인간'일 뿐이다. 더 사랑해야 할 이유도 없고 더 이해해야 할 대상도 아닌 것이다.

농민을 무엇인가 특수한 대상으로서 사랑한다든지 사랑하지 않는다든지 하는 것은 그로서는 할 수 없었다. 왜냐하면 그는 농민과 함께 생활하고 있었을 뿐만 아니라 그의 모든 이해가 농민과 밀접한 관계를 맺고 있었기 때문이다. 또 그는 자기 자신을 농민의 일부라고 생각했고, 자신과 농민들에게서 아무런 특수한 성질이나 결함을 발견하지 못했으므로 자신을 농민과 대립시켜 생각할 수 없었기 때문이다.

게다가 배운 것 많고 아는 것 많은 형이 자연의 아름다움 운운할 때는 레빈의 속이 부글부글 끓어오른다. 어떤 농부라도 도시에 사는 친척이 농번기 때 찾아와 빈둥거리며 꽃 타령, 새 타령을 하면 정말 짜증 날 것이다. 다음 대목을 읽어보자.

> 세르게이 이바노비치는 그늘진 쪽에 누런 턱잎으로 얼룩져 있는, 이미 꽃을 피우려 하는 보리수를 동생에게 가리켜 보이기도 하고, 에메랄드처럼 반짝이는 금년생 나무들의 새싹을 가리켜 보이기도 하면서 침침하게 우거진 숲의 아름다움에 시종 즐거워했다. 레빈은 자연의 아름다움에 대해 이야기하는 것도, 듣는 것도 좋아하지 않았다. 그에게 말이란 그가 눈으로 본 것에서 그 아름다움을 빼앗

는 것이었다.

레빈은 다음 날 풀베기를 해야 하기 때문에 마음이 몹시 바쁘다. 그런데 철없는 형님은 자꾸만 그를 대화로 끌어들인다. 그 대화라는 것이 온통 예술적이고 시적이고 철학적인 것이다. "아무튼 이 낚시질이라는 것은 자연을 상대로 하고 있다는 그 사실 자체 때문에 좋은 거야. 자, 이 빛나는 금속 같은 빛깔을 띠는 물의 아름다움이 얼마나 좋으냔 말이다! 이렇게 풀밭이 되어버린 냇가는 언제나 내게 수수께끼를 생각해내게 한단 말이야. 알고 있니? 풀이 물에게 말하길 말이야, 난 흔들리고 있다, 흔들리고 있다." 레빈은 침울하게 대답한다. "난 그런 수수께끼는 모릅니다."

톨스토이는 훗날 『그러면 우리는 무엇을 할 것인가』라는 제목의 교훈서에서 전원생활을 만끽하려는 의도로 시골을 찾는 도시인들의 철면피한 행동을 더욱 맹렬히 비난한다.

도회의 겨울이 지나고 성주간도 바야흐로 끝나가려 한다. 하지만 도회에서는 여전히 부호들의 시끄러운 연회가 계속되고 있다. 가로수 거리, 유원지, 공원, 강가 등에서는 음악회며 연극이며 마차 드라이브며 산책이며 불꽃놀이가 한창이다. 하지만 시골은 이보다 훨씬 좋다. 즉 공기는 신선하고, 나무도 초원도 꽃도 싱그럽다. 새싹이 움트고 꽃이 피어나고 있다. 그리하여 타인의 노동력을 이용하는 부호들은 대다수 좀 더 좋은 공기를 마시고, 좀 더 좋은 초원과 숲을 바라보기 위해 제각기 시골로 내려간다. 그리하여 빵과 파로 입에 풀칠하고 하루에 열여덟 시간씩 일하면서 밤에 변변히 잠도 자지 못하고 너절한 옷을 걸치고 있는 회색빛 농부들 틈에서 부유한 사람들의 시골살이가 시작된다.

톨스토이는 거의 이를 갈다시피 하면서 이 대목을 쓴 것 같다. 그는 도시와 도시의 삶과 도시 사교계를 증오했지만, 그보다 더 증오했던 것은 농번기에 맑은 공기와 아름다운 자연을 즐기기 위해 시골에 오는 도시 사람들이었다.

아무튼 중년의 위기 이후 톨스토이의 삶에서도 저술에서도 농촌은 이념이 되었다. 그리고 모든 이념이 과도해지면 흔히 그렇듯이 그것은 이념의 소지자와 주변 사람들을 매우 불행하게 만들었다.

풀베기

『안나 카레니나』에 나오는 레빈의 풀베기 대목은 독자를 매혹한다. 그 독자가 농촌 생활의 진정한 의의를 이해하건 말건 그것과는 상관없다. 그냥 그 대목 자체가 매혹적이다. 아주 도시적인 사람일지라도, 그리고 한평생 육체노동을 해본 적이 없는 사람일지라도 그 대목을 읽다 보면 톨스토이에게 빠져들게 되어 있다. 이 대목은 이후 그가 쓰게 될 모든 비판적인 글보다 훨씬 뛰어나다.

레빈은 손수 풀베기를 하기로 작정했다. 그 이유는 작년에 무심코 한번 해봤는데 그게 무척 마음에 들었기 때문이다. 그는 생각한다. "육체적인 노동이 필요해. 그렇게 하지 않는다면 내 성격이 아주 못쓰게 되어버릴 거야." 레빈의 생각은 톨스토이의 생각과 일치한다.

레빈은 농부들과 함께 풀베기를 한다. 물론 '지주 나리'니까 서툴 것이 뻔하다. 그러나 레빈은 점차 농부들과 호흡을 맞추어 나간다.

> 그의 온몸을 적신 땀은 시원함을 선사해주었고 등과 머리와 팔꿈치까지 소매를 걷어 올린 팔에 내리쬐는 태양은 강인함과 인내심을 노동에 가져다주었다. 그리고 자신이 하고 있는 일을 전혀 생각하지 않게 하는 무의식 상태의 순간이 한층 빈번히 계속됐다. 낫이 저절로 풀을 베었다. 그것은 행복한 순간이었다.

그러다가 휴식 시간이 되었을 때 레빈은 그 휴식의 달콤함에 몸을 떤다. 농부가 양철통에 물을 떠서 그에게 권한다. 레빈은 풀잎이 동동 뜬, 양철통의 녹 냄새가 나는 미지근한 물을 맛있게 들이켠다. 그는 가슴 가득히 공기를 들이마시고 흐르는 땀을 바람에 식히며 주위를 바라본다. 그리고 자유를 체험한다.

레빈은 오랫동안 풀을 베어나감에 따라 더욱더 자주 무아지경의 순간을 느끼게 되었다. 그런 때에는 이미 손이 낫을 휘두르는 것이 아니라 낫 자체가 자기 배후에서 끊임없이 자신을 의식하고 있는, 생명으로 가득 찬 육체를 움직이고 있는 것 같았다. 마치 요술에 걸리기라도 한 것처럼 일에 대해서는 아무 생각도 하지 않는데도 일이 저절로 정확하고 정교하게 되어가는 것이었다. 그런 때가 가장 행복한 순간이었다.

레빈의 풀베기 장면은 19세기 러시아 작가가 쓴, 어떤 문학 작품 속에서도 찾아보기 힘든 강렬한 현실감과 깊은 지혜를 전달해준다. 이런 대목 덕분에 가끔 톨스토이는 심지어 도스토예프스키보다도 한 수 위처럼 여겨진다. 내친김에 농부들과 더불어 고된 일을 하고 난 후 레빈이 체험하는 영혼의 각성까지 읽어보자.

하느님은 하루를 주셨고 또한 힘을 주셨다. 그리고 그 하루도 힘도 노동에 바쳐지고 보수는 노동 자체에 있었다. 누구를 위한 노동인가? 노동의 결과는 어떤 것인가? 이 모든 것은 아무 관계도 없는 쓸데없는 생각에 불과했다. 레빈은 자주 이런 생활에 마음을 빼앗겼고 이런 생활을 누리는 사람들에 대해 선망의 느낌을 경험하곤 했다. 그러나 오늘 처음으로, 특히 이반 파르메노프와 그의 젊은 아내의 관계에서 받은 인상으로 인해, 레빈의 머릿속에는 지금까지 계속해온, 번잡하고 인공적이며 개인적인 생활을 노동적이고 깨끗하고 아름다우며 공동체적인 생활로 바꾸는 것은 자기 의지 하나에 달려 있다는 생각이 명백하게 떠올랐다.

만일 톨스토이가 노동의 의미를 레빈의 풀베기 정도에 두는 것으로 만족했다면 그의 여생도 어쩌면 더 평화롭지 않았을까 하는 생각이 든다. 그토록 모든 것을 비판만 하지 말고, 조용히 초야에 파묻혀 땀 흘려 일하고 조물주에게 하루 일과를 감사하며 마무리 짓는 삶을 살았더라면 좀 더 행복하지 않았을까. 아무튼 레빈의 풀베기를 통해 알 수 있듯이 톨스토이가 이 소설을 쓸 시점에서 육체노동은 거창한 윤리보다는 개인의 자아성찰과 더 밀접하게 관련되어 있었다. 톨스토이가 육체적인 노동에 과도하게 윤리적인 의미를 부여하고, 또 그럼으로써 유산계급과 노동계급 사이의 무서운 격차를 보여주고, 유산계급의 각성을 촉구하는 것은 나중의 일이다.

그러면 우리는 무엇을 할 것인가

언젠가부터 농촌은 톨스토이에게 인간이 살 수 있는 유일한 주거 공간이 되었다. 그는 사람들이 죄다 농촌으로 몰려가버리면 이 세상의 모든 도시는 어떻게 될 것인가 하는 지극히 상식적인 의문은 완전히 묵살한 채 농촌에서 살 것을 촉구했다.

특히 1882년 모스크바에 머무는 동안 빈민굴을 방문한 체험은 그에게 지울 수 없는 인상을 심어놓았다. 이제 도시냐, 농촌이냐의 문제가 아니었다. 선택의 여지가 없었다. 인간이 살 곳은 시골밖에 없었다. 그는 도시 빈민의 처참한 삶을 두 눈으로 똑똑히 봤다. 그런 다음 모스크바 시내에 있는 자기 저택으로 돌아왔다. 으리으리한 저택의 호사스러움이 가슴을 갈기갈기 찢어놓았다. 자신이 이제까지 누려온 생활이 범죄처럼 느껴졌다. 그는 절규했다. "이런 생활을 해서는 안 된다, 이런 생활을 해서는 안 된다, 안 돼!"

이때의 인상을 토대로 1886년에 쓴 『그러면 우리는 무엇을 할 것인가』는 톨스토이의 교훈적인 저술 중에서도 단연 백미로 손꼽힌다. 왜냐하면 가장 고결한 사상과 가장 황당한 생각이 긴밀하게 뒤얽혀 있어 대단히 기이한 데다 분노에 찬 도덕가의 씨근덕거리는 숨소리를 그대로 전달하는 과격한 문체가 독자를 단박에 사로잡기 때문이다. 사실 이와 비슷한 지적은 그동안 다른 비평가들도 많이 했다. 전기 작가 윌슨은 이 책을 가리켜 "가장 감동적이며 또한 가장 잊을 수 없는 책들 중 하나"이자 "톨스토이가 쓴 소설만큼 훌륭한 책"이라고 말했다.[10] 그러면서도 그는 "톨스토이의 가장 훌륭한 사상을 포함하는 동시에 이 세상의 누군가가 쓴 가장 어리석은 난센스를 포함한다"고 지적했다. 톨스토이의 고도의 천재성과 저 믿을 수 없는, 뒤틀린 바보스러움을 도저히 동시에 받아들이기가 어렵다는 것이다.[11]

『그러면 우리는 무엇을 할 것인가』는 자기반성이라는 측면에서 『참회록』과 쌍벽을 이룬다. 톨스토이는 이 책에서 도시 빈민의 끔찍한 삶과 자신이 속한 상류층의 삶을 극렬하게 대비하여 보여주면서 더 이상 이런 식의 부조리가 있어서는 안 된다고 외친다.

> 전부터도 내게 친근미가 없었던 기괴한 도시 생활이 요즘에 와서는 완전히 혐오의 대상이 되었다. 그래서 전에는 삶의 기쁨이라고도 생각했던 호화찬란한 생활이 이젠 고통이 되기 시작했다. 나는 내 마음속에서 우리들의 생활에 대한 일말의 긍정적인 이유를 발견해내려고 노력했지만 나의 집은 물론 다른 집의 응접실, 순 귀족풍으로 만들어진 식탁, 마차, 잘 먹어 살찐 마부와 말, 상점, 주의 주장, 집회, 이런 모든 것을 초조한 마음 없이 볼 수가 없었다. 그런 것과 함께 리야핀 숙박소의 저 허기지고 추위에 떠는 사람들, 저 학대

받는 사람들을 마음의 눈으로 보지 않을 수가 없었다. 그리고 이 두 개의 현상은 서로 결합되어 있는 것이어서 그 하나는 다른 하나 때문에 생기는 것이라는 생각을 아무래도 털어낼 수가 없었다.

딜레마에 빠진 톨스토이는 스스로에게 질문을 던진다. 그리고 남들에게도 질문을 던진다. '그러면 우리는 무엇을 할 것인가?' 그런데 이 어렵고도 심오한 질문에 대한 답은 의외로 너무나 간단하다.

무엇을 할 것인가? 이 물음에 대해 의심할 여지없이 명료한 대답이 나타났다. 우선 첫째로 자기 자신에게 필요한 일체의 일을 스스로 하는 것이다. 나의 차, 나의 난로, 나의 물, 나의 옷 등 내가 스스로 할 수 있는 일을 하는 것이다.

이것이 톨스토이식 평등의 출발점이자 노동의 윤리다. 그는 모두가 자기 일을 자기 손으로 한다면 누구도 다른 누구를 부릴 필요가 없으며 무서운 빈부의 차이도 없어진다고 주장한다. 단순한 논리인데 너무 단순하다 보니 심오한 것이 아닐까 하는 의심마저 든다.

톨스토이는 실제로 모든 것을 자기 손으로 하고자 했다. 당시 귀족계급에 속한 사람이 자기 일을 스스로 한다는 것은 매우 이

례적인 일, 거의 불가능한 일이었다. 귀족 나리가 아궁이에 불을 지피고, 옷을 깁고, 차를 끓이는 모습은 상상하기 어려운 광경이었다. 그러나 그는 가난하고 학대받은 사람과 부유하고 피둥피둥한 사람이 만들어내는 그 격렬한 대비의 올가미에서 벗어날 수 없었다. 자기 아들도 예외가 아니었다. 그는 혐오의 눈으로 친아들을 바라본다.

> 오늘 아침 나는 난로의 아궁이가 있는 낭하로 나갔다. 그랬더니 한 농부가 내 아들의 방에 불을 때고 있었다. 나는 아들의 방으로 들어가봤다. 아들은 자고 있었다. 그때는 벌써 아침 11시였다. 오늘은 일요일이기 때문에 수업이 없다는 것이 구실이었다. 벌써 구레나룻이 생긴 건강한 열여덟 살의 젊은이가 전날 밤 잔뜩 처먹고 아침 11시 30분까지 자고 있는 것이다. 녀석과 동갑인 농부는 아침 일찍 일어나서 벌써 많은 일을 끝낸 후에 지금 열 개째 난로를 때고 있는데, 녀석은 자고 있지 않은가! '이런 기름기 낀 더러운 몸뚱이를 따뜻하게 해주기 위해서라면, 난로 같은 것은 때지 말고 내버려두면 좋은데!' 하고 나는 생각했다.

이런 식으로 톨스토이는 자기 자신의 삶에 대한 반성과 게으른 인간들에 대한 분노로 얼룩진 계단을 하나씩 밟으면서 도덕의 절정을 향해 나아갔다. 그에게 육체노동은 인간다운 삶을 열어주는 만능 키였다.

> 내가 신체적인 노동을 일상생활의 조건으로 하자마자 육체적인 나태를 마음껏 부리고 있었던 무렵의 값비싼 허위의 습관이 대부분 없어져버렸다. 낮을 밤으로 삼고 밤을 낮으로 삼았던 습관이며, 육체노동을 속박하고 불가능케 하는 결벽이나, 잠자리나 옷 같은 것은 말할 것도 없고, 먹을거리에 대한 요구도 음식의 질도 일변해버렸다. 이전에 내가 좋아했던 단것이며 기름진 것이며 세련된 것이며 복잡한 것이며 향기 높은 것 대신 가장 간단한 음식이 필요해지고 무엇보다도 기분이 좋아졌다. 야채, 죽, 흑빵, 그리고 사탕을 깨물면서 마시는 차 등이 내가 원하는 전부였다. (…) 노동하는 생활에 종사하고 있으면 허영심 같은 것이 스며들 여유도 없으며 오락 같은 것도 필요가 없다. 왜냐하면 시간은 유쾌하게 사용되고 있으며 피곤해진 후에 차를 마시고 책을 읽고 친한 사람들과 이야기하는 휴식 방법은 연극이나 카드놀이, 음악회, 사교계 등과는 비교할 수 없을 정도로 유쾌하기 때문이다. 그런 것들은 육체적인 나태에 빠져 있을 때만 필요한 것이며, 더구나 심히 비싼 것이다.

이렇게 반성의 계단을 오르고 또 오르던 톨스토이는 결국 다음과 같은 결론에 봉착한다.

나는 아주 오랜 의혹과 탐구와 사색의 길을 더듬어 다음과 같은 놀라운 진리에 도달했다. 즉 사람이 눈을 가지고 있는 것은 물건을 보기 위해서이며, 귀를 가지고 있는 것은 듣기 위해서이며, 다리를 가지고 있는 것은 걷기 위해서이며, 손과 등을 가지고 있는 것은 일하기 위해서다. 이것을 제각기 용도에 맞추어 사용하지 않으면 그 사람은 제대로 된 인간이 될 수 없다.

정말 놀랍다. 당시 많은 사람도 이 대목을 읽으면서 깜짝 놀랐을 것이다. 놀랍도록 단순하면서도 믿을 수 없이 황당한 이 진리에 대해서는 더 이상 할 말이 없다. 그러나 톨스토이는 이 진리가 너무도 마음에 들었다. 그리고 자신이 이 진리를 발견했다는 것이 너무도 즐거웠다. 그래서 유명한 우화 「바보 이반」에서도 똑같은 진리를 이야기한다. 악마가 바보 이반을 유혹하기 위해 영리한 사람들은 손으로 일하지 않는다고 슬쩍 찔러본다. 그러자 바보 이반은 바보답게 대꾸한다. "바보인 우리가 그걸 어찌 알겠소. 우리는 무슨 일이든지 대부분 손과 등으로 한답니다." 「바보 이반」의 마지막 대목 역시 육체노동을 강조한다. "손에 굳은살이 있는 사람은 식탁에 앉을 수 있지만, 굳은살이 없는 사람은 찌꺼기를 먹어야만 하는 것이오."

그것뿐만이 아니다. 언제나 현실적이었던 톨스토이는 그저 진리를 발견하는 것으로는 만족할 수 없었다. 그래서 당장 깨달음을 행동에 옮기기로 했다. 그는 자기 일은 자신이 한다는 단순한 진리, 손과 등은 일하기 위해 있다는 근본주의식 진리를 몸소 보여주기 위해 신발 만드는 법을 배우기 시작했다. 그는 배우는 데 타의 추종을 불허한 사람이다. 그가 그리스어를 얼마나 짧은 시간에 얼마나 철저하게 습득했는가는 두고두고 사람들의 입에 오르내렸다. 그는 배움을 향한 열정에 입각하여 신발 만드는 법을 습득해나갔다. 그리고 실제로 자기 신발을 만들었다. 매우 뿌듯해하면서…….

그러나 아쉽게도 그의 노동은 더 이상의 단계로는 발전하지 못했다. 여러 사정상 자신이 먹을 밀을 직접 심어서 거두고, 자신이 입을 옷을 직접 만들고, 자기 몸을 덥혀줄 아궁이를 직접 지피고……. 이런 일들은 그의 꿈에 머무르고 말았다. 그가 하기 싫어 안 한 것이 아니라 당시 상황이 너무 복잡했다. 아내와의 갈등, 너무도 많은 자식들, 인세 문제, 유명세, 건강상 이유, 고령 등.

어떤 사람들은 농촌 생활과 노동에 대한 톨스토이의 열정을 가식이라 비난하기도 했다. 그의 부인도 톨스토이가 입으로는 '노동, 노동……' 하면서도 자신은 하인이 만들어주는 밥을 먹고 살고, 또 하루에도 몇 번씩 남의 손으로 준비된 차를 마시니 모든 것이 위선이라 비난했다. 그가 농부처럼 옷을 입고 지나가면 그의 영지에 사는 농부들이 아주 웃긴다는 표정으로 그를 째려봤다는 기록도 심심치 않게 발견된다.

그의 글과 행동이 가식이었는지 아닌지는 내가 판단할 문제는 아니다. 그러나 그가 장화만 만들고 옷은 만들지 않았다고 해서 그를 위선자라고 비난할 필요는 없다. 그는 진정 자연 속에 파묻혀 노동하는 삶을 원했다. 그는 진짜로 귀족의 무위도식하는 삶을 버리고 가난한 농부처럼 살고 싶었다. 아무나 그런 소망을 가지는 것은 아니다. 또 그런 소망이 있다고 해서 아무나 직접 그것을 실행에 옮기려 들지는 않는다. 만민 평등을 외치는 사람은 많지만, 그리고 가난한 사람을 도와야 한다고 외치는 사람은 많지만, 진짜로 자기 재산을 모두 버리고 가난한 사람과 똑같이 살겠다고 나서는 사람은 거의 없다. 하여간 노동하는 삶을 살고 싶다는 톨스토이의 소망까지 의심할 필요는 없다. 그를 정 비난하고 싶다면 그 소망의 진실성을 비난할 것이 아니라 소망의 실천 가능성을 너무도 가벼이 생각한 그의 교만을 비난해야 할 듯하다.

공산주의냐, 톨스토이주의냐

레닌이 톨스토이를 가리켜 '혁명의 거울'이라 부른 것은 유명한 이야기다. 사실 많은 사람이 톨스토이의 사상이 공산주의에 가깝다고, 혹은 공산주의 그 자체라고 생각하는 우를 범했다. 심지어 러시아혁명이 일어났을 때 일부 서구인들은 그것을 '톨스토이 혁명'이라 부르기까지 했다. 앞에서 살펴본 톨스토이의 주장들을 생각해보면 그럴 만도 하다. 빈부의 차이에 대한 격심한 분노, 노동 계급에 대한 애정 어린 시선, 노동 자체에 대한 존경심 등은 자연스럽게 공산주의를 연상시킨다. 톨스토이는 어떤 공산주의 사상가보다도 훨씬 그럴듯하게 기득권 계층과 기존하는 정부와 교회와 체제의 해악을 폭로했다. 그러나 톨스토이는 공산주의도 사회주의도 자본주의도 모두 거부했다. 그는 오로지 '톨스토이주의'만 지지했다. 그래서 결국 처음에는 그를 우호적으로 생각했던 사회 개혁가들도 모두 그에게 짜증을 내고 말았다. 내친김에 이 점을 좀 더 자세히 짚어보자.

톨스토이는 이론적으로나 실천적으로나 공산주의를 인정하지 않았다. 첫째 이유는 공산주의가 추구하는 부의 재분배는 '강제'에 의한 것인데 강제로는 어떤 것도 이룩할 수 없기 때문이다. "역사로부터 그가 배운 것은, 정부 형태를 강제로 교체할 때 고통을 당하는 사람은 민중이라는 것, 그리고 새로운 정부 아래에서 압제는 조금도 줄어들지 않고 어떤 때는 오히려 더 심해지기까지 한다는 것이었다."[12] 톨스토이에게 모든 제도는 폭력이었다. 공산주의든 자본주의든 다 마찬가지였다.

둘째, 톨스토이는 노동을 중요시했지만 공산주의가 말하는 노동의 공유는 또 다른 노예 상태일 뿐이라고 못 박았다. 1896년의 일기를 읽어보자. “마르크스가 말한 것처럼 자본주의가 사회주의로 발전해나가지는 않을 것이다. 어쩌면 사회주의로 이어질지도 모르지만 그것은 무력에 의해 그렇게 될 것이다. 노동자들은 강제로 공동의 노동을 해야만 할 것이다. 그들은 더 적게 일하고 보수는 더 많이 받게 될 것이다. 그러나 그것은 똑같은 노예 상태가 될 것이다. 사람들은 반드시 자유롭게 공동 노동을 해야 한다.”

왜 공산주의가 똑같은 노예 상태를 불러올 것인가 하면, 어떤 식의 제도이건 그것은 지배와 피지배의 관계를 토대로 하기 때문이다. 톨스토이의 관점에서 보자면 농노해방이라는 것도 말뿐이었다. 해방된 농노들은 산업의 노예로 바뀌었을 뿐이었다. 마찬가지로 공산혁명이 일어나면 사람들은 노동의 노예가 될 것이었다. 1898년의 일기를 읽어보자. “사회주의자들은 결코 능력의 불평등에서 오는 불의와 빈곤을 근절하지 못할 것이다. 가장 강하고 가장 똑똑한 자들이 언제나 더 약하고 더 어리석은 자들을 이용할 것이다. (…) 마르크스의 예언이 이루어진다 해도 일어나게 될 유일한 일은 지속적인 폭정뿐이다. 지금은 자본주의자들이 지배하고 있지만 미래에는 노동계급의 지도자들이 지배할 것이다.”

그러면 해결책은 무엇인가? 톨스토이는 사회변혁을 위한 어떤 저항도 거부했다. 폭력은 또 다른 폭력을 부르며 저항은 또 다른 저항을 부른다는 것이었다. 폭력은 사회의 아주 일부만을 바꿀 수 있지만, 비폭력적이고 자발적인 자기 향상은 사회구조 자체를 뿌리부터 바꿀 수 있다는 것이었다. 톨스토이는 오로지 모든 사람이 그리스도의 가르침에 따라 선하게 살고, 타인을 위해 자기 옷을 벗어주고, 또 그렇게 함으로써 도덕적인 자기완성의 경지에 오름으로써만 지상의 낙원이 가능하다고 믿었다. "정의와 평등은 그리스도교 정신 이외의 것으로는 결코 취득될 수 없다. 즉 스스로를 부정하고 타인을 위한 봉사에서 인생의 의미를 찾는 것만이 답이다."

톨스토이는 이렇게 그리스도의 가르침에 따라 사는 길만이 유일하게 사회의 부조리를 뿌리 뽑는 길이라고 끈질기게 강조했다. 그런데 나중에 다시 말하겠지만 이때 그리스도의 가르침이라는 것은 교회에서 가르치는 그리스도의 가르침과 많이 달랐다. 그것은 톨스토이식으로 변경된, 따라서 때론 매우 비그리스도교적인 그리스도의 가르침이었다. 그래서 결국 톨스토이는 제정러시아 정부의 심한 눈총을 받았고, 궁극적으로는 사회혁명 당원들에게도 미움을 받았으며, 러시아 정교회에서도 쫓겨났다.

톨스토이표 실용

톨스토이는 매우 실용적인 사람이었다. 작가로서는 보기 드물게 사색보다 행동을 중시했다. 그는 햄릿처럼 생각하면서 돈키호테처럼 살기로 결심한 사람이었다. 그의 모든 저술은 독자가 어떻게 받아들이든 저자의 입장에서 보자면 실용적인 목적을 위해 쓴 것이었다. 그는 철학이나 형이상학이나 종교가 아닌 실생활의 영역을 위해 글을 썼다. 그는 이 세상에서 어떻게 잘 살 것인가, 어떻게 제대로 살 것인가의 문제에 답하기 위해 글을 썼다. 그야말로 실용의 원조다.

예를 들어보자. 앞에서도 이야기했듯이 톨스토이에게 육체노동은 거의 신앙처럼 되어버렸다. 그러나 오로지 어떤 거룩한 이념이나 이상 때문에만 그렇게 된 것은 아니다. 톨스토이는 건강을 위해 육체노동이 반드시 필요함을 알고 있었던 것이다. 사람은 움직여야 한다. 톨스토이에게 노동은 한편으로는 오늘날의 '헬스'와 같은 개념이었다. 레빈은 말한다. "육체적인 노동이 필요해. 그렇게 하지 않는다면 내 성격이 아주 못쓰게 되어버릴 거야." 그는 형에게도 노동의 이익에 관해 지적하면서 노동을 아예 '요법'이라 부른다. "온갖 쓸데없는 잡념에 그처럼 효력 있는 요법도 없을 거예요. 나는 노동 요법이라는 새로운 용어를 가지고 의학에 공헌할까 합니다." 따지고 보면 운동만이 아니다.

그가 옹호했던 채식, 소식, 금주, 금연은 모두 건강을 위해 무척 좋은 것들이다!

또한 농촌에 대한 그의 선호도 단순히 어떤 철학이나 이념에서만 나온 것은 아니다. 생활비라는 것도 농촌 생활의 필요에 단단히 한몫하는 요인이었다. 『안나 카레니나』에서 레빈은 이 점을 분명하게 보여준다. 레빈과 키티 커플은 시골에 살 때는 돈 이야기를 하지 않았다. 그런데 모스크바에 올라오고 나자 두 사람 사이에 거북한 문제가 생긴다. 돈이 너무 많이 드는 것이다. 키티는 당황한다. "조금도 낭비를 하지 않는데도 돈은 자꾸만 나가버리는 거예요. 우리가 뭔가 잘못하는 게 있나 봐요." 시골에서 살 때는 전혀 문제될 것이 없었던 생활비가 도시에서 살다 보니 아주 큰 문제가 되어버린다. 도시에서는 쓸데없는 곳에 지출을 해야만 체면을 유지할 수 있기 때문이다. 타락의 공간은 타락의 지속을 위해 많은 돈을 요구한다. 레빈은 도시 사람들의 이상한 지출에 의아해하지만 곧 거기에 익숙해진다. 레빈 부부는 결국 시골집으로 귀향하고 나서야 그런 '비실용적인' 소비생활에서 벗어나게 된다.

> 모스크바에 온 레빈은 처음에는 시골에서 사는 사람으로서는 이상하기 짝이 없는 지출이라든지 여기저기에서 요구해 오는, 피할 수 없는 비생산적인 지출에 대해 놀라지 않을 수 없었다. (…) 레빈

은 하인과 문지기의 제복을 구입하기 위해 처음으로 100루블짜리 지폐를 헐었다. (…) 제복은 여름철 노동자 두 명분의 품삯과 맞먹는 액수였다. 요컨대 부활절 주간부터 사순절이 시작될 때까지 약 300일의 노동에 맞먹는 것이었으며, 더구나 매일같이 아침 일찍부터 밤늦도록 중노동을 하는 300일에 해당하는 것이었다. 이렇게 생각하자 그는 이 100루블짜리 지폐가 말뚝처럼 목구멍에 걸리는 것 같았다. 그러나 다음에 친척들을 만찬에 초대하려고 모두 28루블이 든 식료품을 구입하기 위해 100루블짜리 지폐를 헐었을 때는, 그 28루블이라는 금액이 귀리 9체트베르티에 해당하고 그것을 거두기 위해서는 땀을 뻘뻘 흘리고 끙끙 앓으면서 베고 묶고 타작하고 풍구질하고 체로 쳐서 부대에 담지 않으면 안 된다는 생각이 마음속에 떠올랐지만, 그래도 어쨌든 이 100루블짜리 지폐는 이전 지폐보다 쉽게 목구멍으로 넘어갔다. 그리고 요즘에 와서 헐어 쓰는 지폐는 이미 이전의 그런 생각을 불러일으키는 일도 없이 작은 새처럼 자꾸자꾸 날아가버리는 것이었다. (…) 그는 언제나 은행에 예금이 있었다. 그런데 이젠 그 은행 예금도 모조리 없어지고, 어디서 돈을 구해야 할지 그 자신도 알 수가 없었다.

레빈의 생활비 타령은 '톨스토이표' 실용의 좋은 예다. 톨스토이가 실용적인 글을 쓰게 된 것은 중년의 위기 이후이지만, 청년 시절의 일기는 이미 이때부터 그에게 실용 정신이 있었음을 보여준다.

1847년 4월 17일 일기에서 그는 "인생의 목적은 무엇인가?"라고 자문한다. 그리고 덧붙인다. "만일 내 인생의 목적(보편적이며 또한 유용한 목적)을 찾아내지 못한다면 나는 지극히 불행한 인간이 될 것이다." 귀족 청년에게 인생의 목적이 반드시 "유용한" 것이어야 했다는 사실은 의미심장하다.

그가 1847년 6월 14일에 쓴 일기도 상당히 실용적으로 들린다. 그는 일종의 자기 계발 수칙을 정해놓았다. "언제나 대화를 장악하도록 할 것. 크고 침착하고 분명한 목소리로 말할 것. 대화를 시작하고 끝내는 일을 주도할 것. 언제나 나 자신보다 더 훌륭한 사람들과 사귈 것." 이틀 뒤의 일기에서는 모든 외적인 조건으로부터 완전히 독립하는 것이야말로 가장 위대한 자기완성이라고 단언한 뒤 그렇게 되기 위한 몇 가지 규칙을 적어놓았다. 매일 아침 그날 해야 할 일의 스케줄을 짜고 모든 일을 스케줄대로 완수할 것, 가급적 잠을 적게 잘 것, 육체적인 불편함을 감내할 것 등이었다. 그러면서 정서적인 의지를 단련하는 법도 자세히 적어두었는데 그중에는 '여자를 멀리할 것'도 들어 있었다.

청년 시절에 이미 이만큼 현실적인 생각을 가지고 있었다는 것은 놀라운 일이다. 당시 귀족 청년 중 과연 몇 명이나 이런 규칙을 정해놓고 따르려 했을까. 게다가 문학을 한다는 사람이……. 이때의 일기는 장래의 대문호보다는 무슨 혁명가나 군인의 일기 같다. 하여간 훗날 톨스토이가 실용적인 글을 쓰게 된 것은 어느 날 갑자기 마음을 바꿨기 때문은 아니다. 그는 원래 그런 사람이었던 것이 다.

『안나 카레니나』는 이 점에서 더욱 흥미롭다. 톨스토이를 모델로 하는 주인공 레빈의 생각을 읽다 보면 이 소설 이후 톨스토이가 걷게 될 길이 아주 명료하게 보이기 시작한다. 소설 속에서 레빈은 자기 사상을 세 가지로 요약한다.

- 낡은 생활을 부정하기
- 무용한 지식을 부정하기
- 쓸모없는 교양을 부정하기

이 세 가지 원칙은 실제로 톨스토이 자신의 원칙과 정확하게 일치한다. 특히 『안나 카레니나』 이후 톨스토이는 이 원칙들을 아주 철저하게 지켜나갔다. 교양이나 지식이 반드시 지금 당장 실생활과 연결돼야만 하는 것은 아니라는 사실을 톨스토이는 받아들일 수 없었다. 톨스토이에게 지금 당장 유용하게 쓸 수 없는 지식과 교양은 무의미했다. 그리하여 톨스토이는 고상한 지식이니 학문이니 하는 것을 대부분 거부했고, 특히 자신의 위대한 소설을 비롯한 거의 모든 예술을 거부했다. 단지 쓸모가 없다는 이유에서였다. 다음 장에서는 이 점을 상세히 살펴보기로 하자.

6장

예술을 박멸하자

LEV NIKOLAYEVICH TOLSTOY

만일 예술이 좋은 감정이나 느낌을 전염시킨다면 다행이지만,
나쁜 감정이나 부도덕한 망상 같은 것을 전염시킨다면 치명적일 수 있다.
진짜 바이러스처럼 예술 바이러스도 좋은 것보다는 나쁜 것이 훨씬 많다.
톨스토이가 무수한 예술가와 예술 작품에 대해 광분하는 이유는
그들이 아주 나쁜 것을 전염시켰기 때문이다.

LEV NIKOLAYEVICH TOLSTOY

예술과 도덕

톨스토이가 중년의 위기 이후에 썼던 이런저런 글들은 대부분 뭔가를 비난하고 뭔가를 촉구하는 글이다. 불륜을 비난하고, 사교계를 비난하고, 도시의 삶을 비난하고, 육식을 비난하고, 탐식을 비난하고, 흡연과 음주를 비난하는 글을 썼다는 이야기는 앞에서 소상히 밝혔다. 그것들이 인생의 다양한 해악들을 향한 일종의 '집중사격'과도 같은 것이었다면 1897년에 발표한 『예술이란 무엇인가』는 가히 핵폭격이라 할 만하다.

톨스토이는 이 세상에 존재하는 거의 모든 예술과 예술가들을 한 방에 몰살했다. 이 책이 어찌나 과격하고 황당하던지 유럽 일각에서는 '대문호 톨스토이 옹이 치매에 걸렸다'는 소문이 나돌기도 했다. 이 책을 몰두해서 읽다 보면 판단력이 마비될 지경이다. 도대체 말도 안 되는 소리 같으면서도 한편으로는 맞는 말인 것도 같아 도통 갈피를 잡을 수 없다. 그래도 대문호가 이렇게 무자비하게 예술에 대해 폭탄을 퍼부어댄 예는 역사상 없었으므로 한번 훑어볼 가치는 있다.

우선 『예술이란 무엇인가』의 첫 부분을 읽어보자.

어느 것이라도 좋다. 요즘 신문을 보면 어떤 신문에든 연극란이나 음악란이 눈에 띈다. 거의 호마다 무슨 전람회나 그림에 관한 기사가 실리고, 예술에 관한 신간이나 시, 소설을 소개하고 있다. 이러저러한 여배우와 남배우가 이러저러한 비극이나 희극, 또는 오페라에서 어떤 역할을 맡고 어떤 연기를 보였다든지, 신작의 비극이나 희극, 또는 오페라의 내용이 어떻고 결점은 어떤 것이며 어떤 가치가 있다든지 하는 것들이 상연과 동시에 아주 상세하게 기사화되어 나온다. 어느 음악가가 무슨 곡을 어떻게 노래하고 피아노나 바이올린을 어떻게 연주했으며, 그 곡이나 연주의 장단점은 어디에 있는가 하는 것도 자세하게 발표된다. 또 큰 도시에서는 언제나 새로운 미술 전람회가 하나쯤은 틀림없이 열리고 있어, 그 장단점 또한 비평가나 그 방면에 있는 전문가들의 혜안으로 평가된다. 새로 쓴 소설이나 시는 거의 매일 단행본이나 잡지를 통해 발표되고 있으며, 신문은 그런 창작에 대해 소상히 보도하는 것을 의무로 삼는다.

이 대목은 지금부터 백 년도 더 이전의 러시아 상황을 기술하고 있지만, 오늘날 우리나라나 어느 다른 나라의 상황을 기술한 것이라고 해도 조금도 모자람이 없다. 톨스토이는 이렇게 담담하게 운을 뗀 다음에 슬슬 독설의 단계로 들어간다. 이쯤에서는 독자도 톨스토이의 논법에 어지간히 익숙할 터이므로 많이 놀라지는 않을 것이다.

> 전 국민에게 교육의 기회를 주는 데 필요한 액수의 불과 1퍼센트만을 국민 교육에 배당하고 있는 러시아 정부는 미술학교나 음악학교, 또는 극장에는 수백만 루블의 보조금을 지급한다. 프랑스에서는 예술에 800만 루블을 배정하고 있으며 독일과 영국에서도 이것은 마찬가지다. 대도시라면 어디든지 박물관이나 미술학교, 음악학교, 연극학교를 위해, 그리고 예술 작품의 공연이나 연주회를 위해 커다란 건물이 세워져 있다. 수십만 노동자(목수, 석공, 페인트공, 실내 장식가, 재봉사, 이발사, 보석상, 땜장이, 식자공)가 예술의 요구를 충족시켜주기 위해 가혹한 노동 속에서 일생을 보낸다. 아마 모든 인간 활동 가운데 전쟁을 제외하고는 이만한 노력이 기울여지는 것도 없을 것이다.

이어서 톨스토이는 몇 가지 의문을 제기한다. 그토록 많은 돈과 노력이 들어가는 예술이라는 것이 과연 그만한 가치가 있는 것인가? 예술이라 불리는 것이 과연 진정한 예술인가? 예술이란 모두 좋은 것인가?

이런 질문에 대답하기 위해 톨스토이는 재빨리 여러 장르의 예술 및 미학 이론을 훑어본다. 그러고는 분노에 치를 떨며 대부분의 예술이 추잡하고 부도덕한 쓰레기라고 폭로한다. 이때부터는 많은 독자가 매우 놀라기 시작한다. 그는 우리가 위대하다고 알고 있는 대부분의 예술가를 입에 거품을 물고 비난하기 때문이다. 라파엘로 전부, 미켈란젤로 전부, 후기 베토벤, 바그너, 브람스, 베를리오즈, 리하르트 슈트라우스, 고대 그리스의 비극 시인들, 단테, 타소, 밀턴, 괴테, 졸라, 입센, 셰익스피어, 바이런, 당대 프랑스 상징주의 시인들, 이 모든 예술가가 나쁜 예술을 퍼뜨린 주범이라는 것이다!

특히 보들레르, 베를렌 같은 프랑스 시인들에 이르면 톨스토이의 분노는 하늘을 찌를 듯이 높아져 각종 예문과 더불어 그들의 '죄상'을 민망하리만큼 낱낱이 까발린다. 만일 말로써 사람을 죽일 수 있다면 분명 톨스토이는 그들을 죽였을 것이다. 톨스토이는 분노에 객관성을 더하기 위해 자신의 예술도 스스로 가차없이 비판하는데, 단편 「신은 진리를 보나 기다리신다」와 「카프카즈의 포로」를 제외한 자신의 모든 소설은 아주 나쁜 예술이라고 고백한다. 다시 말해 우리가 익히 알고 있는 『전쟁과 평화』, 『안나 카레니나』를 비롯한 많은 소설이, 즉 대문호 톨스토이에게 불후의 명성을 가져다준 모든 작품이 쓰레기이고 하필이면 안 읽어도 아쉬울 것 없는 소품 두 편만이 괜찮은 예술이라는 것이다. 그러니 『예술이란 무엇인가』를 읽다 보면 알쏭달쏭한 생각이 드는 것도 당연하다.

무엇이 이 늙은 소설가의 분노를 자극한 것일까? 도대체 보들레르나 베를렌이나 귀먹은 베토벤이 무슨 죽을죄를 지은 것일까? 자신의 예술 일생을 마무리해야 하는 시점에서 일흔의 대문호가 도대체 왜 이토록 악의에 가득 찬 예술론을 써야 했던 것일까?

약간 시각을 달리하여 톨스토이의 예술론을 바라보면 이런 의문들이 어느 정도 해소되기는 한다. 우선 톨스토이의 예술론은 말이 예술론이지 도덕론이나 다름없다. 그가 던지는 질문은 사실상 '예술이란 무엇인가?'가 아니라 '어떻게 사는 것이 참되게 사는 것인가?'다. 예술은 음식이나 담배나 사교계 같은 것들처럼 참된 삶을 방해하는 요소일 뿐이다. 톨스토이는 예술에 관한 이야기를 하고 싶은 게 아니라 도덕적인 삶에 관한 이야기를 하고 싶은 것이다. 그러니까 중년의 위기 이후 줄기차게 도덕을 외쳐온 대문호에게 이 예술론은 교훈적인 저술들의 속편이므로 이상할 것이 하나도 없는 셈이다.

또 한 가지, 대문호 시절, 그러니까 예술적인 정취가 흘러넘치던 시절에 썼던 소설들에서도 예술에 대한 혐오감이 발견된다는 사실은 톨스토이의 예술 혐오가 어느 정도 타고난 성격이라는 느낌을 준다. 첫 소설 『유년 시절』부터 『전쟁과 평화』, 『안나 카레니나』 등에 이르기까지 그의 훌륭한 소설들에는 대부분 예술에 대한 지독한 혐오감과 경멸이 발견된다. 나중에 다시 이야기하겠지만, 특히 오페라나 발레 같은 공연 예술은 무슨 포르노 영화처럼 다뤄진다. 1860년 10월 17일에 문우文友 아파나시 페트에게 보낸 편지에서 톨스토이는 이렇게 단언한다. "예술은 거짓말입니다. 나는 아름다운 거짓말을 사랑할 수 없습니다."

그러니까 예술이라는 것에 대한 불신은 이미 서른두 살 청년의 뇌리에 눌어붙어 있었다는 이야기다. 예술에 대한 불신을 가슴에 품은 이 청년이 훗날 러시아를 대표하는 대문호로 성장하게 된 것은 진정 아이러니한 일이다. 그러나 이런저런 일들을 고려해보면 『예술이란 무엇인가』는 매우 톨스토이다운 글, 청년 시절부터 그가 가슴에 품어온 생각을 표현한 글이라 할 수 있다. 다시 말해 『예술이란 무엇인가』를 정상적인 미학 서적으로 읽으면 하나도 말이 안 되지만, 톨스토이의 삶과 작품과 사고방식과 결부하여 읽으면 처음부터 끝까지 죄다 말이 된다는 뜻이다.

톨스토이의 예술론은 비판의 대상이 아니다. 그는 옳기도 하고 그르기도 하다. 공감하게 되는 대목도 있고, 짜증스러운 대목도 있고, 어이없는 대목도 있고, 그럴싸한 대목도 있다. 그는 고의로 아무것도 모르는 어린아이의 시각에서 예술을 바라본다. 그러니 그와 싸울 수가 없다. 어린아이를 가장한 사람과 함께 뭔가에 관해 논쟁한다는 것은 무의미하다. 상대방의 주장이 단순, 무식을 가장한 경우에는 따지고 자시고 할 것도 없다. 그런데도 그 주장을 훑어보고 싶어지는 것은 가끔씩 정곡을 찌르는 대목이 눈에 띄기 때문이다.

치명적인 바이러스

톨스토이는 예술을 무슨 바이러스쯤으로 생각한 것 같다. 예술은 바이러스처럼 사람들을 감염시킨다는 이야기인데, 실제로 그는 '전염'이나 '감염'이라는 표현을 매우 자주, 그리고 매우 자연스럽게 사용한다.

> 어떤 사물이나 인물이나 형상에 대한 환희, 존경, 공포의 마음을 나타내면 이것이 다른 사람들에게도 **전염**되어 같은 사물이나 인물이나 형상에 대해 똑같은 감정을 보이게 된다. 진실로 예술 활동의 기초는, 인간이 남의 마음에 **감염**될 수 있는 능력을 지니고 있다는 사실이다.

> (…)
>
> 예술은 사람이 자기가 경험한 감정을 타인에게 옮길 목적으로 재차 이를 자기 속에 불러일으켜 일정한 외면적인 부호로 표현할 때 비롯된다.
>
> (…)
>
> 사람이 실제 또는 공상 속에서 고통의 두려움이나 쾌락의 매력을 경험하여 캔버스나 대리석에 이 느낌을 표현하고 타인이 그 느낌에 **감염**됐을 경우에도 역시 예술이 된다. 또 사람이 명랑, 환희, 우수, 절망, 용맹, 권태 따위의 느낌이나 이들 느낌으로부터 다른 것으로 옮아가는 과정을 경험하든지 상상하든지 해서 그 느낌을 소리로 나타냈을 때 듣는 이가 이에 **감염**되어 그의 경험과 동일한 것을 경험한다고 하면 이 역시 예술이 된다.

이렇게 예술을 바이러스로 보는 입장은 예술에 대한 진지한 사고를 토대로 한다. 톨스토이의 출발점은 사실상 잘못된 것이 아니다. 그는 예술을 오락이나 취미 활동이 아니라 진지한 의사소통의 수단으로 바라본 것이다. 톨스토이에 의하면, 사람들은 대부분 예술의 본질을 미美라고 생각한다. 그러나 그것은 잘못된 생각이다. 그것은 마치 음식의 본질이 인간에게 영양소를 공급해주는 것이 아니라 미각을 충족시키는 것이라고 보는 것과 마찬가지 오류다. "예술을 정확하게 정의하기 위해서는 먼저 그것을 쾌락의 수단으로 바라보는 방식을 버리고 인간 생활의 한 조건으로서 검토해보지 않으면 안 된다. 그리고 이렇게 예술을 검토하면 우리는 예술이 인간의 상호 교류 수단의 하나임을 인정하지 않을 수 없다." 예술은 의사소통이다. 이것이야말로 톨스토이의 바이러스 이론에 깔린 진리라 할 수 있다.

그렇다면 예술은 무엇을 소통시켜야 하는가? 즉 바이러스는 무엇을 전염시켜야 하는가? 바이러스가 반드시 나쁜 것은 아니다. 좋은 바이러스도 있고 나쁜 바이러스도 있다. 물론 나쁜 바이러스가 훨씬 많다. 예술도 마찬가지다. 만일 예술이 좋은 감정이나 느낌을 전염시킨다면 다행이지만, 나쁜 감정이나 부도덕한 망상 같은 것을 전염시킨다면 치명적일 수 있다. 진짜 바이러스처럼 예술 바이러스도 좋은 것보다는 나쁜 것이 훨씬 많다. 톨스토이가 무수한 예술가와 예술 작품에 대해 광분하는 이유는 그들이 아주 나쁜 것을 전염시켰기 때문이다.

좋은 예술은 좋은 감정을 감염시켜야 한다. 좋은 감정을 우리는 선善이라 부른다. 선은 종교적인 것이다. 그런데 많은 사람이 예술의 본질은 미라고 생각한다. 미는 쾌락과 같은 것이다. 선과 미는 공존할 수 없다. 왜냐하면 "선은 정열의 극복과 일치하지만 미는 우리 정열의 모든 기초이기 때문이다. 우리가 미에 골몰하면 할수록 선으로부터 멀어지기 때문이다." 그런데 "선한 감정을 전달하는 좋은 예술과 악한 감정을 전달하는 나쁜 예술의 구별이 온통 사라지고 가장 저급한 예술의 하나인 오직 쾌락을 위한 예술이 최고의 예술로 여겨지기에 이르렀다. (…) 예술은 한가한 사람들의 부질없는 노리개가 되고 말았다." 그래서 톨스토이는 참다못해 이런 현실을 개탄하는 예술론을 쓰게 된 것이다.

또한 좋은 예술은 많은 사람들을 하나로 결합해주어야 한다. 좋은 감정을 많은 사람들에게 감염시켜 사회 발전에 이바지해야 한다는 뜻이다. 그런데 흔히 우리가 예술이라 부르는 것은 일부 특수층만을 상대로 한 것이다. 그러므로 그것은 톨스토이의 분노를 사게 되는 것이다. "부유층에게는 쾌락으로 느껴지는 것도 근로자에게는 쾌락으로 느껴지지 않는다. (…) 그러므로 사려와 성의를 가진 사람들은 상류계급의 예술이 곧 전체 대중의 예술일 수 없다는 데 아무런 의심도 가지지 않을 것이다."

게다가 별로 대단치도 않은 아름다움을 위해 너무나 많은 사람의 노동이 요구된다. 그러나 그 노동을 제공한 사람들은 그 아름다움을 만끽할 여유도 없고 재력도 없다. "예술가가 자기 일을 전부 자기 손으로 한다면 다행이다. 그러나 대부분의 예술 활동에는 노동자의 조력이 필요하다. 그것은 예술품을 제작하기 위해서가 아니라 대부분 자신의 호사스러운 생활을 영위하기 위해서다. 더욱이 그 자금이라는 것을 부자에게서 받는 보수라든지 극장, 음악학교, 미술학교에 엄청나게 지급된 정부 보조금 형태로 손에 넣는다. 그리고 이 돈은 국민에게서 징수되는데도 그 국민이 예술이 제공하는 미의 열락에 참여하는 일이란 절대 없다."

이상 톨스토이가 주장한 것을 종합하면 이렇다. 예술이란 오락이나 취미가 되어서는 절대로 안 된다. 그것은 가장 선한 감정을 가장 많은 사람들에게 감염시킨다는 대단히 거룩한 사명을 띠고 있다. 그러므로 이 기준에 미흡한 예술(그러니까 거의 모든 예술이 여기에 해당된다!)은 죄다 아주 나쁜 예술이 된다. 그는 웬만한 예술은 모두 가짜 예술, 모조 예술, 허위 예술이라고 몰아붙인다. 또 나쁜 예술의 내용이나 나쁜 예술을 초래하는 여러 가지 원인 등에 관해 이 말 저 말 많이 하지만, 그가 비난하는 것은 대체로 두 가지라 할 수 있다. 첫째는 이해하기 어려운 예술이요, 둘째는 외설스러운 예술이다. 그럼 이 두 가지를 차례로 살펴보자.

알 수 없는 예술은 싫다

다른 건 몰라도 톨스토이의 용기만큼은 알아줄 만하다. 그는 자신이 이해할 수 없는 예술에 대해 거리낌 없이 욕설을 퍼부어 댔다. 그는 특히 바그너를 못 잡아먹어 안달했는데 당대에 이미 놀라운 예술 작품으로 평가받고 있던 악극 「니벨룽겐의 반지」에 관해 톨스토이가 쏟아놓은 말을 보면 그저 놀라울 따름이다.

그는 『예술이란 무엇인가』의 한 장 전체를 이 악극에 대한 논평에 할애하는데, 「니벨룽겐의 반지」는 "조잡하고 우스꽝스러운 시"를 토대로 한 악극으로, 등장인물들은 "괴이하게 입을 벌려 뭔지 알쏭달쏭한 노래를 부른다"는 것이다. 바그너는 거짓 예술을 오랫동안 연습해서 온갖 수단을 빈틈없이 이용하여 고안한 전형적인 모조 예술품을 만들어냈다는 것이다. 이만큼의 솜씨와 열정을 가지고서 예술 모조의 갖은 수단을 한데 뭉쳐놓은 것도 없다는 것이다.

톨스토이는 "3천 명 가까운 관객이 이 난센스 극을 얌전히 보고 있을 뿐만 아니라 이에 감탄하는 것을 자기 의무로 여기고 있다"는 사실에 쓴웃음을 금치 못한다. "연극이 맨 처음 막을 올린 바이로이트 극장에는 섬세한 교양을 몸에 지녔다고 자인하는 사람들이 이 상연을 보겠다고 1천 루블 가까운 입장료를 내고 세계의 구석구석에서 몰려와 날마다 여섯 시간씩 나흘 동안 붙박이로 이 난센스의 속임수 장난을 보고 듣기 위해 오갔다."

저 장대한 스케일의 악극이 톨스토이의 펜 아래에서 졸지에 난센스 속임수 장난이 되어버린 것이다! 자기 마음에 안 든다고 해서 이렇게까지 혹평할 필요가 뭐 있겠느냐는 생각이 드는 동시에, 한편으로는 슬그머니 진짜로 바그너의 악극은 속임수 장난질이 아닐까 하는 의심이 생기기도 한다.

좌우간 톨스토이에게 이해할 수 없는 예술이란 먹을 수 없는 음식과 똑같은 것이었다. "대다수의 사람들에게 이해되지 않더라도 훌륭한 예술일 수 있다는 주장은 아무리 생각해도 정당하지 않다. (…) 훌륭한 예술 작품이지만 이해하지 못하겠다는 것은 맛이 좋은 음식이지만 먹을 수 없다는 것과 똑같은 말이다." 톨스토이가 '이해할 수 없는 예술'이라 부르는 것들의 실례를 좀 더 구체적으로 살펴보자.

톨스토이가 가장 매서운 일격을 가한 대상은 프랑스 상징주의 시인들이다. 그는 아주 자세하게 예를 들어가며 그들의 시를 난도질한다. 그들은 "비천한 감정"을 "일부러 혼자만 아는 투로 앞뒤가 맞지 않게 표현하며" 그들의 시는 "잔재주를 부려 말을 비틀어놓은, 뜻을 알 수 없는 시들"이라는 것이다. 그는 폴 베를렌의 시를 예로 든다.

끝없는
들판의 권태 속에서
불확실한 눈雪이
모래처럼 반짝인다.

하늘은 구릿빛,

아무런 빛도 없다.
달이 죽고 사는 것조차도
비쳐서 보이는 듯.

이 구릿빛 하늘에서 달이 살았다 죽었다 한다는 것은 무슨 말인가? 눈이 모래알처럼 반짝인다는 것은 무엇을 말하는가? 이렇게 되면 벌써 불가해할 뿐 아니라 기분을 전한다는 구실 아래 엉터리 비유나 말을 주워 모았다고밖에 할 수 없으리라.

톨스토이는 샤를 보들레르와 베를렌이 졸렬한 형식과 비속한 내용의 시를 쓰고 있는데도 그들이 대시인으로 받아들여지는 것은 그 사회가 그렇기 때문이라고 부르짖는다. 그 사회는 예술을 일종의 오락으로 삼고 있기 때문에 그런 난잡한 시인들을 우대한다는 것이다. 그러면서 자신이 예로 든 것은 극히 일부에 불과하며 몇 백 명이나 되는 시인들의 작품이 하나같이 그 모양이라고 단언한다.

회화 역시 알 수 없기는 마찬가지다. 다음은 1894년 파리의 전람회장을 방문한 어느 그림 애호가의 일기에서 발췌한 것이라고 한다.

황색 바다에 배도 아니고 심장도 아닌 것이 떠 있고, 수평선에는 후광을 인 노란색 머리카락의 옆얼굴이 있다. 그 머리카락은 바다로 변하여 그리로 녹아 들어갔다. (…) 다음 그림은 더 알 수가 없었다. 남자의 옆얼굴이 있고 그 앞에는 불꽃과 검은 줄무늬가 있다. 나중에 들은 바로는 그게 거머리라는 것이다. 마침내 나는 거기 있던 사람에게 이건 대체 뭡니까 하고 물어보고야 말았다. 그러자 그 사람은 내게 설명하기를 (…) 노란 바다에 뜬 심장은 사라져버린 환영이며, 거머리가 붙은 사내는 사악이라고 했다.

'아는 만큼 보인다'라는 만고의 진리도 톨스토이에게는 통하지 않는다. 여기서 톨스토이의 메시지는 명백하다. 이렇게 알 수 없는 그림들이 많은 사람을 좋은 감정으로 감염시킬 수는 없다는 것이다. 톨스토이는 음악도 알 수 없는 소리들의 집합체라고 설명한다.

여러분이 잘 아는 유명한 음악가가 피아노 앞에 나와, 이것은 자기 신작이라느니 새 작곡가의 작품이라느니 하며 여러분에게 연주해 보인다. 여러분은 묘하기도 하고 시끄럽기도 한 소리를 들으면서 숙련된 손가락 운동에 경탄한다. (…) 그러나 여러분에게는 지루하다는 것 말고는 아무런 감정도 느껴지지 않는다. (…) 리스트, 바그너, 베를리오즈, 브람스, 그리고 최근에는 리하르트 슈트라우스 및 그 밖에 오페라나 심포니나 소곡 따위를 속속 쉴 새 없이 만들어내는 무수한 사람들의 작품을 연주하는 음악회는 다 이런 식이다.

이해할 수 없는 예술, 불쾌한 예술에 대한 톨스토이의 혐오는 사실 『예술이란 무엇인가』보다 훨씬 이전에 쓰인 소설들로 거슬러 올라간다. 톨스토이의 소설에서 도덕적인 인물들은 대부분 예술에 대해 비판적이고, 부도덕한 인물들은 속물스럽게 예술을 숭배한다. 예를 들어보자. 『안나 카레니나』에서 불륜에 빠진 부도덕한 두 인물, 즉 안나와 브론스키는 예술에 대해 무비판적이다. 그들에게 예술은 불륜에 식상했을 때 시간을 때워줄 수 있는 일종의 오락이다. 브론스키는 안나와 유럽을 여행하면서 권태를 느낀다. 그녀와 함께 있는 것만으로도 행복할 줄 알았는데 웬걸, 시간이 조금 지나자 그는 말할 수 없이 지겨워진다. 그래서 그는 미술에 손을 댄다. "마치 굶주린 짐승이 뭔가 먹이를 찾아내려고 이것저것 닥치는 대로 아무것에나 손대듯이 브론스키도 무의식적으로 때론 정치에, 때론 신간 서적에, 때론 그림에, 이렇게 여러 가지 일에 손대봤다."

반면 모범적인 주인공 레빈은 무용한 예술을 날카롭게 비판한다. 그는 음악회에 가서 「광야의 리어 왕」이라는 곡을 감상하면서 편견 없이 판단하려고 노력한다.

그는 음악에 조예가 깊은 사람과 요설가를 만나는 걸 피하려고 정면을 향한 채 열심히 듣고 있었다. 그러나 그는 「광야의 리어 왕」의 환상곡을 듣고 있는 동안에 확실한 의견 같은 건 도저히 정리할 수 없을 것만 같은 느낌이 들었다. 음악적인 감정 표현이 우러나기 시작하여 점점 응집되는 듯하더니, 그것은 이내 산산조각으로 허물어져 숱한 음악적 표현의 새로운 형식적 단편 같은 것이 되어버리고 말았다. 아니, 때론 다만 작곡가의 일시적인 기분 이외의 아무것과도 결합되지 않고, 그러면서도 복잡하기 짝이 없는 소리가 되어버리고 마는 것이었다. 이와 같은 음악적 표현의 단편 그 자체도 때론 아름다운 것이었지만 그에게는 불쾌한 것이었다. 그 이유는 그것들은 아무런 준비도 없이 너무나도 당돌하게 나타났기 때문이었다. 그 즐거움도 슬픔도 절망도 다정함도 승리감도 마치 미치광이의 감정처럼 전혀 아무런 필요성도 없이 나타났기 때문이었다. 또한 미치광이의 경우와 마찬가지로 그런 감정들은 불현듯 사라져버리는 것이었다.

한마디로 레빈은 이 곡에서 작곡가의 일시적인 변덕이 만들어내는 이상한 소리들, 미치광이 같은 소리들, 이해할 수 없는 소리들만 감지했고 음악회 내내 불쾌하고 아리송한 감정 이외에 아무것도 느끼지 못했다. 여러 번 되풀이해서 말하지만 레빈은 도덕적인 사내다. 그는 건실하고, 성실하고, 농촌에서 살고,

소박한 음식을 즐기고, 삶의 의미를 찾아 끝없이 노력하는 사람이다. 그러므로 예술에 대한 그의 시각은 올바를 수밖에 없다. 『예술이란 무엇인가』를 쓰기 훨씬 전부터 톨스토이에게 도덕적이라는 것은 곧 예술의 '부도덕성'을 물리칠 수 있는 힘을 의미했던 것이다.

포르노

톨스토이가 예술을 싸잡아 비난한 가장 큰 이유 중 두 번째는 예술이 곧 추잡한 외설과 동의어라는 사실이었다. 톨스토이에게 근본적으로 예술과 외설의 차이는 없다. 그에게 '누드화'라는 것은 모조리 포르노였다. 그는 조금이라도 노출과 관련된 예술은 모두 외설물이라 간주했다. 예를 들어 발레만 해도 그는 "반라의 여자들이 뇌쇄시킬 듯한 동작을 하면서 여러 가지 형태로 육감적인 기교를 보이는 구경거리"라고 했다. 그러니까 발레와 나이트클럽의 스트립쇼 사이에는 아무런 차이가 없다는 이야기다.

그의 편집증적인 주장을 들어보자.

조반니 보카치오부터 마르셀 프레보에 이르기까지 모든 소설과 시에서는 별의별 형태의 성애가 고정적으로 묘사되고 있다. 간통은 모든 소설이 즐겨 다루는 제재일 뿐만 아니라 유일한 주제이기도 하다. 연극도 어떻게든 구실을 만들어 상반신이나 하반신을 드러낸 여자의 나체를 등장시키지 않고서는 극이 되지 않는다. 로맨스나 가요도, 시화詩化된 정도는 다르더라도 요컨대 색욕의 표현이다. (…) 극히 드문 예외를 제외하면 프랑스 소설은 모두가 그러하다. 어느 것이나 다 색정광들의 작품이다. 이런 사람들은 그런 병적인 증세의 결과로 자기 생활이 모조리 성적인 추행을 갈겨쓰는 데 집중되어 있는 것으로 확신하고 있다. 더욱이 유럽이나 미국의 예술계는 모두 이 색광증 환자의 흉내를 내고 있는 것이다. 부유계급의 불신과 터무니없이 난잡한 생활의 결과로, 이들 계급의 예술은 그 내용이 빈약해지고 오직 허영심과 삶의 권태, 그리고 특히 색욕의 감정을 전달하는 것이 되고 말았다.

(…)

극히 드문 예외를 제외하고는 예술은 모조리 진짜도 가짜도 모든 종류의 성애를 상세하게 묘사해서 성욕을 자극하는 일에만 바쳐지고 있다. 참으로 현대사회의 문학에 충만해 있는, 세련된 것부터 가장 조잡한 것에 이르기까지의 정욕을 자극하고 성애를 묘사한 소설, 여자의 나체를 표현한 회화나 소상, 삽화나 광고 따위에 나와 있는 추악한 것들을 생각만 해도, 또한 우리 사회에 가득 찬 많은 오페라, 오페레타, 가요, 유행가를 생각만 해도, 현대 예술이 가지고 있는 단 하나의 확고한 목적은 될 수 있는 대로 음탕한 기분을 만연시키는 데 있는 게 아닌가 하는 의심이 들 정도다.

톨스토이의 소설 속에서도 예술 작품과 성욕은 같이 묶여서 묘사되는 경우가 많다. 『예술이란 무엇인가』를 쓰기 훨씬 전부터 톨스토이에게는 예술이란 거의 모두가 포르노라는 생각이 있었다.

예를 들어 『전쟁과 평화』에서 순진한 소녀 나타샤는 극장에 간다. 거기에서 그녀는 매우 '저질스러운' 오페라를 감상한다. 처음에 그녀의 눈에는 무대 위의 장면이 사뭇 이상하기만 하다.

꼭 끼게 바지를 입은 사내 혼자서 노래를 부르고 나자, 이어서 흰 옷의 처녀가 노래를 불렀다. 그리고 두 사람이 잠시 침묵하자 음악이 시작되고 사내는 흰옷 입은 처녀의 손을 만지기 시작했다. 처녀와 같이 중창을 하기 위해 일정한 박자를 기다리고 있는 것이 분명했다. 이중창이 끝나자 장내의 모든 사람들은 박수갈채를 보내고 환성을 올리기 시작했다. (…) 나타샤에게는 이런 모든 것이 기묘하고 놀랍게만 느껴졌다. 그녀는 가극의 줄거리를 더듬을 수도, 음악을 들을 수도 없었다. 그녀는 다만 번들번들하게 채색된 널빤지며 밝은 빛 속에서 기묘한 몸짓을 하기도 하고, 지껄이기도 하고, 노래를 부르기도 하는 이상야릇한 옷차림의 남녀를 봤을 뿐이었다. 이것이 무엇을 나타내는 것인지는 그녀도 알고 있었지만, 너무도 의식적으로 과장되고 또 부자연스러웠으므로 그녀는 배우들이 가엾어지기도 하고 우스꽝스러워 보이기도 했다.

게다가 오페라를 구경하러 온 관객들도 오페라에 그 이상의 어떤 의미는 부여하지 않는 듯하다. 대부분의 여자들은 어깨와 가슴을 있는 대로 드러낸 야한 드레스를 입고 남자들은 그런 여자들을 음탕한 눈길로 바라본다. 그러니까 오페라는 남녀 사이의 추잡한 짓거리를 위한 배경음악을 제공해줄 따름인 것이다. 특히 오늘 구경하러 온 관객들 중에는 음란한 엘렌도 있다. 엘렌은 "거의 알몸이나 다름없는 몸을" 자랑하며 무대에 눈을 고정하고 있다. 엘렌의 좌석은 "최고 명문가의 총명한 남자들로" 둘러싸여 있다. 이 "총명한" 남자들이 어떤 일에 대해 총명한지는 누구나 다 아는 일이다.

어느덧 순진한 처녀 나타샤는 이런 분위기에 젖어든다. 나타샤는 오페라의 나쁜 영향에 '감염'되어 자신도 모르는 사이에 "밝고 교태 어린 미소"를 띠며 사람들을 대하기 시작한다. 그러다가 결국은 바람둥이 아나톨의 추파에 넘어가 약혼자를 배신하게 된다. 그러니까 오페라극장은 나쁜 사랑을 위한 배경에 불과한 것이다.

『안나 카레니나』에서도 마찬가지다. 오페라극장은 타락의 온상이다. 온갖 타락한 군상들이 모여들어 온갖 타락한 구경거리를 구경하는 곳이 바로 극장이다. 극장은 톨스토이가 그토록 혐오했던 사교계의 축소판이라 할 수 있다.

여기서 잠깐 극장에 대한 톨스토이의 증오심을 좀 더 알아보자. 톨스토이는 워낙 공연 예술을 증오했다. 오페라, 발레, 연극은 유난히도 그의 미움을 받았다. 그는 모든 드라마, 특히 셰익스피어 극을 혐오했고 발레도 혐오했고 오페라나 악극도 혐오했다. 그는 아무도 오페라에서처럼 그런 식으로 화내거나 웃거나 울거나 감격하지 않는다면서 오페라를 비난했다. 셰익스피어의 『햄릿』으로 말할 것 같으면 "극은 작품으로 보나 주연 배우의 연기로 보나 현대 비평가들에 의해 예술의 극치라는 딱지가 붙어 있다. 그러나 나는 극의 내용 자체에서도 연출에서도 모조 예술의 속임수에서 느껴지는 독특한 고통을 줄곧 맛봤다"는 것이다.

톨스토이는 셰익스피어를 집중적으로 비난하기 위해 1907년 『셰익스피어와 드라마에 관해』라는 에세이를 썼다. 러시아에서는 출판되지 못하고 영어로 번역된 것이 먼저 출판됐다. 톨스토이는 몇 년 동안 영어로 된, 혹은 다른 나라 언어로 번역된 셰익스피어의 극들을 읽고서 셰익스피어가 재능은 있지만 이류 문인이라는 결론에 도달했다. 그는 특히 『리어 왕』을 비난했는데 리어 왕이 딸들의 본성을 시험해보는 일 따위는 전혀 개연성이 없어서 그렇다는 것이다. 좌우간 셰익스피어는 이상도 없고 인류에 대한 책임 의식도 없고 도덕성도 없어서 싫다는 것이다.

다시 예술과 외설의 문제로 돌아가자. 톨스토이에게는 음악도 외설과 연결된다. 내가 알기로 클래식 음악을 외설과 연결한 예는 톨스토이 이전에도 이후에도 없다. 그런 발상 자체가 초현실적으로 들린다. 톨스토이는 일부 '나쁜' 고전음악은 인간의 나쁜 감정을 조장하므로 아주 안 좋다고 우긴다. 그 대표적인 예가 베토벤의 「크로이체르 소나타」다. 앞에서 살펴봤듯이 그의 중편 『크로이체르 소나타』의 주인공은 질투 때문에 아내를 죽인 인물이다. 그런데 그는 자신이 살인을 저지른 것은 베토벤의 소나타 때문이라고 하니 이런 질색할 노릇이 또 어디 있단 말인가.

"그들은 베토벤의 「크로이체르 소나타」를 연주했습니다. 처음 나오는 프레스토 아세요? 아십니까?" 그가 큰 소리로 물었다.

"우……! 이 소나타, 끔찍합니다. 특히 이 부분은 더해요. 아니 보편적으로 음악은 무섭습니다. 도대체 뭡니까? 나는 모르겠습니다. 도대체 음악이 뭡니까? 뭐 하는 거지요? 무엇 때문에 음악을 하느냐고요? 사람들은 음악이 예술적 표현을 통해 영혼을 고양하는 기능을 한다고 말하지만 헛소리입니다. 거짓말이라고요! 음악은 무서운 작용을 합니다."

더 나아가 그는 아예 음악이 간통의 매개물이라고 주장한다.

"사람들은 알고 있습니다. 우리 사회에서 음악을 통한 간통이 성행하고 있다는 걸요." 음악을 통한 간통이라…… 글쎄, 어떻게 말해야 하나. 실제로 톨스토이의 부인은 톨스토이가 이 소설을 쓰고 몇 년 안 되어 어느 피아니스트와 사랑에 빠진다. 그 이야기는 앞에서도 했다. 그렇지만 음악을 통한 간통이라는 것은 아무래도 상상이 잘 안 된다.

그림 역시 음탕한 마음을 자극한다. 『안나 카레니나』에서 레빈은 안나의 초상화를 바라보면서 자신도 모르게 나쁜 마음을 품게 된다.

그는 자신이 어디에 있는지도 잊어버리고 서재에서 이야기하는 소리도 듣지 못한 채 오로지 그 멋진 초상화만 정신없이 바라보고 있었다. 그것은 이미 한 폭의 그림이 아니라 살아 있는 미녀였다. 검은 머리가 물결치고, 어깨와 팔은 살이 드러나 있으며, 보들보들한 솜털로 덮인 입가에는 수심에 잠긴 듯한 미소의 그림자가 떠돌고, 상대방을 당황하게 만들 것만 같은 시선이 자랑스러운 듯이 그러면서도 다정하게 레빈을 바라보고 있었다. 그것이 살아 있는 여자가 아니라는 증거는 다만 현실적인 여자로서는 존재할 수 없을 만큼 아름답다는 것뿐이었다.

도덕적인 레빈이 안나의 초상화를 향해 느끼는 감정은 일종의 성적인 끌림이다. 물론 이 그림을 보기 전에 레빈은 술도 한 잔하고 나쁜 친구들과 어울리기도 해서 약간 '고삐가 풀린' 상태이기도 하지만, 그래도 아내가 아닌 다른 여성에게 성적인 감정을 느끼도록 부추긴 것은 여자의 그림이다.

이렇게 예술을 비난하던 톨스토이는 마지막에 가서는 아예 예술이 '매춘부'라는 이상한 논리에 도달한다. "우리 시대 및 우리 사회의 예술은 매춘부가 되어버렸다. 이 비유는 아주 상세한 점까지 들어맞는다. 즉 매춘부와 같이 어떤 일정한 시간의 제한을 받지 않는다는 점에서, 늘 곱게 장식을 하고 있다는 점에서, 언제든지 돈으로 살 수 있다는 점에서, 사람을 유혹해서 파멸시킨다는 점에서 똑같다."

결국 톨스토이에게 음악, 오페라, 그림, 소설을 창작하는 예술가 들은 그의 표현을 빌려 말하자면 모두 '색정광'인 셈이다. 또 예술 작품은 거의 모두가 포르노인 셈이다. 일각에서 사람들이 톨스토이가 치매에 걸렸다고 생각한 것은 다 이유가 있었던 것이다.

예술의 해악

예술에 대한 적개심은 톨스토이의 초기 소설 『유년 시대』에서도 나타난다. 아직 어린아이에 불과한 주인공 '나'는 할머니 생신을 축하하기 위한 시를 써야 한다. 어린아이에게 시를 쓴다는 것은 무척 어려운 일이지만 어른들의 성화에 써야만 한다. 러시아 시는 그냥 쓰는 것이 아니라 반드시 리듬과 운을 맞춰야 해서 매우 어렵다. 아이는 생각이 잘 안 나자 가정교사가 쓴 시도 몰래 훔쳐보고 다른 시인들이 쓴 시도 찾아보며 생각에 잠긴다. 그러다가 마침내 할머니를 위한 시를 쓴다. 그 시의 마지막은 이렇다.

> 당신을 위로하고 사모하리니
> 낳으시고 기르신 어머니처럼…….

아이는 자신이 써놓고도 이 마지막 한 줄 때문에 기분이 나빠진다. "어째서 '낳으시고 기르신 어머니처럼'이라고 적어 넣었을까? 엄마가 여기에 없기 때문일까? 엄마 이야기는 끌어들이지 않는 편이 좋았는데 그랬어. 물론 할머니는 아주 좋으신 분이고 그런 할머니를 존경하지만, 그래도 엄마와는 좀 달라. 그런데 나는 왜 이렇게 적었을까? 왜 거짓말을 했을까? 아무리 시라고 해도 이렇게 쓰지는 말았어야 해."

이 대목은 톨스토이의 미학을 연구하는 학자들이 종종 인용하는 부분이다. 아이가 시의 운을 맞추기 위해 마음에도 없는 거짓말을 한다는 것은 톨스토이의 예술관을 함축한다. 톨스토이는 첫 소설을 쓰는 시점부터 문학이란, 그리고 더 나아가 예술이란 거짓이라는 생각을 가지고 있었던 것이다.

훗날 『예술이란 무엇인가』에서 톨스토이는 이때의 기억을 되살려 나쁜 예술이 철모르는 어린아이들에게 끼치는 영향력을 질타한다.

> 활발하고 선량하며 얼마든지 좋은 일을 할 수 있는 아이들이 어릴 적부터 십 년, 십오 년간이나 매일 여섯 시간, 여덟 시간, 열 시간씩 악기를 연주하거나 도레미파로 노래를 부르고, 온몸을 비틀어 발끝으로 걸어 다니거나 머리보다 높이 발을 치켜들고, 반신상이나 나체 모델을 보고 스케치나 습작을 하며, 짐짓 멋을 내어 시를 낭독하거나 문장법의 규칙에 따라 글을 짓는다. 이처럼 무가치한 일을 때론 어른이 된 뒤에도 오래도록 계속하는 동안에 사람의 몸과 마음은 쇠진하고 인생의 의미는 아주 상실되고 말 것이라는 것을 생각하면 더욱 무서운 생각이 든다. (…) 이런 아이들은 육체적·정신적으로 병신이 되어갈 뿐 아니라 도덕적으로도 불구가 되어 인간에게 실제로 필요한 일에 대해서는 완전히 무능력자가 되어버린다.

톨스토이는 예술을 마치 동심을 짓밟고 오염시키는 마약 같은 것처럼 취급한다. 그는 예술에 오염된 아이들이 자라면 "위조 예술이나 서푼짜리 예술, 아니면 음탕한 예술의 청부업자"가 된다고 주장한다. 그리고 또 이런 예술의 청부업자들이 만들어내는 예술 때문에 부유층은 퇴폐적인 생활을 하며 "세련되고 미적이며, 따라서 좋은 일이라는 확신을 가지고 음악회니 전시회니 쫓아다닌다"고 주장한다.

또한 예술은 아이들의 가치관 자체를 오염한다. 아이들은 예술가라는 작자들이 성자나 용사도 아닌데 존경을 받는 것을 보고는 혼란스러워한다. "아이들은 가수나 작가나 화가나 무용가들이 수백만이라는 돈을 벌고 성자 이상의 존경을 받고 있음을 보고 어리둥절해진다"는 것이다. 톨스토이의 눈에는 푸슈킨 같은 러시아 최고의 시인도 다 마찬가지다. 그는 푸슈킨 기념비를 세우기 위해 전개되는 범국가적인 행사를 믿을 수 없다는 눈으로 바라본다. 민중은 대부분 그가 누구인지도 모르는데 온 나라가 들끓는다는 것이 사뭇 이상하기만 하다는 것이다. 사람들은 "그가 매우 경박한 인물이었다는 사실, 남을 죽이려고 결투를 하다가 오히려 자신이 죽었다는 사실, 업적이라고는 단지 연애시를, 그것도 종종 외설적인 시를 썼을 뿐이라는 사실"을 알고 얼마나 당황하겠느냐는 것이다.

톨스토이는 애초에 이렇게 나쁜 예술을 인류 사회에 퍼뜨린 주범으로 세 가지 요소를 지적한다. 첫째는 예술의 직업화다. 예술가들이 받는 막대한 보수야말로 타락을 조장하는 근본 원인이라는 것이다. 이를 증명하기 위해 그는 좋은 예술의 대표 격인 민화와 전설과 민요는 작가가 없다는 사실을 제시한다.

둘째는 예술비평이다. 톨스토이는 비평가들, 평론가들, 학자들을 증오했다. 그가 증오한 대상이 어디 한둘이랴만, 좌우간 그는 인류를 보통 사람과 학문적인 사람, 두 부류로 나눈 뒤 후자를 가리켜 '부패한 족속'이라 부른다. 후자가 왜 부패한 족속인지에 대한 설명은 없다. 그는 말한다. "보통 사람이나 솔직한 사람이 비평하는 것이 아니고 학문이 있는 사람, 즉 마음이 부패하고 자만심이 강한 사람들이 비평한다. 이게 바로 곤란한 점이다." 톨스토이의 생각에, 비평가가 어떤 작품에 대해 설명을 한다는 것은 어불성설이다. "예술가가 정말 예술가라면 자신이 체험한 감정을 자기 작품 속에서 타인에게 전했을 터인데, 거기에 무슨 설명을 덧붙일 필요가 있을까? 만일 작품이 예술로서 훌륭하다면, 그것이 도덕적이든 비도적적이든 예술가에 의해 나타난 감정은 타인에게 전달된다. 타인에게 전달되면 타인은 이를 체험하기 때문에 설명 따위는 없어도 되는 것이다. 또 만일 작품이 타인을 감염시키지 못한다면, 어떤 설명도 이 작품에 감염력을 지니게 할 수 없으리라. 그러므로 예술가의 작품을 설명한다는 것은 불가능한 일이다. 예술가가 말하고자 하는 것이 말로 설명되는 것이라면 그 자신이 말로 했을 것이다."

나쁜 예술을 유포하는 세 번째 요인은 예술 학교다. 그는 묻는다. “예술이란 예술가가 체험한 특수한 감정을 타인에게 전하는 일이다. 어떻게 이를 학교에서 가르쳐줄 수 있을 것인가?” 그러니까 무릇 예술이란 모든 인간의 가슴속에서 자연스럽게 솟아나는 어떤 것이므로, 누구도 어떤 제도도 예술을 가르칠 수 없다는 뜻이다. 마찬가지 원리에서 누구도 예술을 배우거나 학습할 수 없고 그렇게 해서도 안 된다는 것이다. 이쯤 되면 더 이상 할 말이 없다.

이렇게 톨스토이는 온갖 장르의 예술, 온갖 시대, 온갖 나라의 예술가를 비난하고 예술의 직업화, 예술비평, 예술 학교를 비난했다. 그렇다면 좋은 예술은 어떤 것인가? 누가 좋은 예술가인가? 좋은 예술이 존재하기나 하는 것일까?

예술은 없다

톨스토이는 예술이라는 것 자체를 부정하지는 않았다. 그는 예술이 인간의 삶에서 얼마나 중요한 역할을 하는지 잘 알고 있었다. 적어도 본인은 그렇게 생각하고 있었다.

예술이 만약 좋은 감정, 인간의 행복에 도움이 되는 감정을 수많은 사람에게 감염시킨다면 그것은 굉장한 것이다. 여기서 톨스토이식 실용 정신이 다시 고개를 든다. 공리주의적인 생각이다. 가장 많은 사람에게 가장 좋은 감정을 전파해서 가장 행복하게 만들어줄 수 있다면 그것은 좋은 예술이라는 것이다.

그렇다면 가장 좋은 감정이란 무엇인가? 톨스토이의 답은 간결하다. 인간과 신의 결합 및 인간 상호 간의 결합을 가능하게 해주는 것이 좋은 감정이다. 이것을 좀 더 구체적으로 말하자면, 인간은 누구나 신의 아들이고 똑같은 동포라는 자각에서 흘러나오는 감정, 그리고 기쁨, 감격, 활기, 평안 같은 극히 단순하면도 일상적이며 누구에게든 받아들여지는 감정이 좋은 감정이다. 이렇게 좋은 감정을 많은 사람에게 전파하는 예술의 대표적인 예는 『창세기』의 서사시와 복음서의 우화, 민간 전설, 옛날이야기, 민요 등이다. 그것들을 이해하지 못하는 사람은 아무도 없다. "위대한 예술 작품은 그것이 만인에게 받아들여지고 이해되기 때문에 비로소 위대한 것이다."

그 밖의 예술로 인류에게 도움이 될 만한 것을 굳이 고르자면, 프리드리히 실러의 『군도』, 빅토르 위고의 『가난한 사람들』, 찰스 디킨스의 『두 도시 이야기』, 스토 부인의 『톰 아저씨의 오두막』, 도스토예프스키의 작품들 중 특히 『죽음의 집의 기록』, 밀레의 그림, 음악에서는 행진곡, 춤곡, 민요 등을 제외하면 바흐의 바이올린 협주곡 및 하이든과 모차르트와 쇼팽과 베토벤의 극히 일부 작품들이 여기에 해당한다. 그러니까 이 밖의 예술 작품은 다 나쁘다는 뜻으로 받아들이면 된다.

톨스토이의 이런 주장은 사실 『안나 카레니나』에서 이미 예고된다. 훌륭한 주인공 레빈은 농부 아낙네들이 부르는 노래를 들으며 감격한다. 그것은 톨스토이가 생각하는 바, 만인이 이해하고 만인에게 좋은 감정을 고취하고 많은 사람을 하나의 공동체로 묶어주는 훌륭한 예술 작품인 것이다.

> 아낙네들은 갈퀴를 어깨에 메고 갖가지 선명한 색채를 빛내며 유쾌한 목소리로 목청껏 떠들어대면서 수레의 뒤를 따라갔다. 한 아낙네가 거친 목소리로 노래를 부르기 시작하여 반복해 부르는 대목까지 이르자, 이번에는 뒤이어 굵직한 목소리며 가는 목소리, 그리고 기운찬 목소리 등 오십 가지 남짓한 갖가지 목소리들이 한결같이 이 노래를 처음부터 다시 불러댔다. 아낙네들은 노래를 부르면서 그에게로 다가왔다. 그에게는 마치 환희의 천둥을 동반한 먹구름이 자신에게 다가오는 것처럼 여겨졌다. 먹구름은 밀려들자 단번에 그를 휘감아버리고, 그가 누워 있던 풀 더미와 그 밖의 더미도, 짐수레며 저 멀리 펼쳐져 있는 모든 풀밭도, 모든 것이 외침 소리와 휘파람 소리와 장단을 맞추는 소리 등이 뒤섞인 이 야성적이고도 흥을 돋우는 노랫가락 밑에 가라앉아 흔들리기 시작했다. 레빈은 이 건강한 즐거움이 부러워지고 이런 삶의 환희의 표현 속에 한몫 끼어들고 싶어졌다.

이 대목은 아주 감동적이다. 톨스토이의 천재적인 필력이 다시 한번 확인되는 순간이다. 그렇다, 농부들의 노래도 한 편의 예술 작품이 될 수 있다. 많이 배운 사람도 이런 소박한 정경과 음향 속에서 농부들과 하나가 됨을 체험할 수 있다. 그러나 그것만이 예술 작품인 것은 아니다. 톨스토이의 문제는 그것만이 훌륭한 예술이라고 우기는 데 있다. 그리고 이토록 훌륭한 대목이 삽입된 소설을 쓰고도 자신이 쓴 그 소설이 쓰레기라고 우기는 데 있다.

하지만 가장 안타깝고도 놀라운 것은 『예술이란 무엇인가』의 결론 부분이다. 톨스토이는 좋은 예술의 조건과 사례까지 명시했으면서도 마음이 놓이지 않았나 보다. 어쩌면 좋은 예술과 나쁜 예술을 가르고, 예술 창작의 지침을 마련하는 일이 귀찮아졌는지도 모른다. 아니면 자기주장이 조금 이상하다는 자각심이 생겼는지도 모른다. 그래서 결국은 예술이라는 것을 아예 없애야 한다는 극악무도한 결론으로 나아간다. 어디 한번 갈 때까지 가보자는 생각인 것 같다. 톨스토이에 따르면, 예술은 "우리 인류를 학대하는 가장 잔악한 악 중 하나다." 따라서 "가짜든 훌륭한 것이든 현재 존재하는 예술이라 하는 것은 모두 매장해버리는 것이 우리 그리스도교 세계를 위해서는 오히려 좋지 않을까 하는 생각이 든다"는 것이다!

결국 '예술이란 무엇인가'라는 질문에서 시작한 그의 책은

'예술을 박멸하자'로 끝나는 것이다. 톨스토이는 말한다. "총명하고 윤리적인 사람이라면 당연히 예술 전체가 근절되어버리는 것이 좋다고 할 것이다"라고. 여기서 '총명하고 윤리적인 사람'이 톨스토이 자신을 가리킨다는 것은 두말할 필요도 없다. 그러나 톨스토이는 예술을 완전히 박멸하는 문제에 대해서는 지금 당장 답하기 어렵다고 약간 여유를 둔다. 그러면서 지금 당장 시급한 것은 나쁜 예술에서 빠져나오는 것이라고 덧붙인다. 이 모든 것을 종합해보면, 지금은 일단 나쁜 예술(그러니까 현재 인류 사회에서 예술이라는 이름으로 불리는 거의 모든 것들)을 제거하고, 점진적으로 과거와 현재와 미래를 통틀어 예술이라 불릴 만한 모든 것을 없애자는 것이다. '도덕에 미친 노인'만이 할 수 있는 주장이다.

7장

죽음을 기억하자

LEV NIKOLAYEVICH TOLSTOY

모든 것을 집어삼키는 죽음 앞에서
대문호는 완전한 허무를 체험했다.
그러나 그는 그 허무에도 불구하고 살아야 했다.
살아야 하는 이유, 그리고 살아가는 방식,
이 두 가지 모두를 그는 도덕에서 찾아냈다.

LEV NIKOLAYEVICH TOLSTOY

피할 수 없는 죽음의 공포

톨스토이는 평생을 죽음의 공포에 시달리며 보냈다. 아니, '공포'라는 표현은 조금 부족하다. 그는 죽음을 싫어했고 혐오했다. 아주 젊은 시절부터 죽음은 그의 삶에 어두운 그림자를 드리웠다. 인간은 언젠가 죽게 되어 있다는 그 사실이 건강하고 활기차고 똑똑하고 부유하고 성적인 욕구로 가득한 청년을 몹시 힘들게 했다. 죽음만 아니면 다 좋은데 그만 죽음이라는 것 때문에 청년은 진정으로 행복할 수 없었던 것이다.

죽음은 이 현실적인 청년을 철학적으로 만들어주었다. 톨스토이는 평생 동안 삶과 죽음에 관해 생각했다. 『유년 시대』부터 『전쟁과 평화』, 『안나 카레니나』 그리고 『이반 일리치의 죽음』에 이르기까지 그의 많은 소설은 죽음에 관한 사색을 담고 있다.

『안나 카레니나』에서 톨스토이를 대신하여 죽음을 사색하는 인물은 물론 레빈이다. 먹고 마시고 노는 데 도가 튼 인물인 스티바는 죽음이라는 것을 아예 무시하고 산다. 그는 "이 세상의 생활이 극히 즐거운데 무엇 때문에 저승에 대한 두렵고 과장된 말들이 필요한지 이해할 수 없었다." 이렇게 살 수 있는 이는 나름대로 복받은 사람이다.

반면 톨스토이의 분신인 레빈은 줄기차게, 조금 심하다 싶을 정도로 죽음에 관해 생각한다. 그에게 죽음은 삶을 방해하는 가장 막강한 적이었다. "오늘내일 사이에 죽으면 뒤에는 아무것도 남지 않게 된다는 것을 알게 되면 모든 것이 다 무의미하게 느껴지는 거야! (…) 결국 사람이란 오직 이 죽음이라는 것을 생각하고 싶지 않기 때문에 사냥이나 노동으로 마음을 달래면서 일생을 보내는 거야."

레빈은 형의 임종을 지키면서 더욱더 세차게 죽음의 불가해성을 경험한다. 실제로 톨스토이는 1856년에 셋째 형 드미트리를, 1860년에는 제일 큰형 니콜라이를 여의었다. 두 형의 죽음 앞에서 톨스토이가 보여준 감정은 이상하게 경직된 무감각이었다. 슬픔도 두려움도 아닌, 죽음에 대한 혐오감이었다. 톨스토이는 자기 체험을 문학적으로 각색하여 레빈이라는 허구의 인물 속에 집어넣는다. 레빈은 어리둥절한 채 가장 가까운 형제의 죽음을 바라본다. 그에게는 형을 잃어버린다는 사실에 대한 슬픔보다 죽음이라는 것을 이해할 수 없음에서 오는 공포가 더욱 크게 느껴진다.

> 죽음, 만물의 피할 수 없는 종결은 처음으로 불가항력을 지니고 레빈의 앞에 나타났다. 그리고 이 죽음은, 비몽사몽간에 아무런 의미도 없이 다만 습관적으로 하느님을 부르기도 하고 악마를 부르기도 하면서 신음하고 있는 사랑하는 형의 내부에 있는 이 죽음은, 지금까지 그가 생각했던 것처럼 그렇게 멀리 있는 것은 결코 아니었다. 죽음은 자기 자신 속에도 있었다. 그는 그것을 느꼈다.

레빈에게 가장 두려운 것은 죽는다는 것 자체가 아니다. 보다 두렵고 이상한 것은 죽음이라는 것을 도저히 알 수 없다는 것, 더불어 삶이라는 것 역시 알 수 없다는 것, 바로 그것이었다. 너무 철학적인 듯하지만 소설 속에서 펼쳐지는 레빈의 사색은 이렇게 설명할수밖에 다른 도리가 없다. 형의 죽음을 겪은 후 레빈은 처음으로 새로운 눈으로 생사의 문제를 바라보게 된다.

> 그러자 자신도 모르게 오싹 소름이 끼쳤고, 죽음을 두려워한다기보다는 오히려 생명이 어디에서 태어나고 무엇 때문에 주어졌으며 무슨 이유로 존재하고 원래 무엇이었는가 하는 문제에 대해 별

다른 생각을 가지지 않고도 여전히 그것을 누리고 있는 사람을 두려워하게 되었다.

죽음을 생각하면 모든 일이 그저 허무하게만 느껴진다. 레빈은 생각한다. "나는 일을 하고 있다. 뭔가를 하고 싶어 하고 있다. 그러나 모든 것에는 끝이 있다는 것을, 죽음이 있다는 사실을 망각하고 있었다." 죽음이 오면 모든 것이 끝나버린다는 사실, 어떤 일도 시작할 가치가 없다는 사실, 또 어떤 방법으로도 그것을 구원할 수 없다는 사실을 잊고 있었다는 자각심이 뼈저리게 엄습해온다. 그는 생각한다. "그렇다, 이것은 무서운 일이다. 그러나 이것은 사실인 것이다."

레빈의 고뇌는 톨스토이의 고뇌와 맞물린다. 『안나 카레니나』를 쓰고 난 뒤 톨스토이는 중년의 위기를 맞이하는데, 레빈의 고뇌와 톨스토이가 중년의 위기에 체험한 고뇌는 완벽하게 일치한다. 이제 우리는 톨스토이가 왜 쉰 살 이후 그렇게 과격한 도덕주의자로 거듭나게 되었나 하는 문제의 해답에 가까이 와 있다.

그는 『참회록』에서 문제의 핵심을 건드린다.

그러나 5년 전부터 이상한 생각이 이따금 나의 내부에 일어나고 있었다. '어떻게 살아야 하는가.' '무엇을 해야 하는가.' 도무지 짐작도 되지 않는 회의의 순간이 나를 찾아오게 된 것이다. 그러면 나는 당황하여 근심 속에 깊숙이 가라앉았다. 그런 상태는 곧 지나가고, 나는 다시 종전 같은 생활을 계속했다. 이윽고 그런 회의의 순간이 점점 빈번하게, 또 늘 같은 형태로 되풀이되기 시작했다. 생활이 정지해버린 것 같은 이런 상태에서는 언제나 '무엇 때문에?' '그래서 삶은 어디로 가는가?' 하는 의문이 솟아오르는 것이었다.

이런 상태가 꽤 오래 지속됐다. 그러자 그는 아무 일도 할 수 없게 되었다. 무엇 때문에 그 일을 해야 하는지 규명하기 전에는 할 수가 없었다는 이야기다. 좀 더 쉽게 말하자면, 무엇 때문에 살아야 하는가에 대해 답을 내리지 못하면 살아갈 수가 없었다는 이야기다. 그가 내린 결론은 "인생은 허무한 것이다"였고, 이 결론을 반박할 수 있는 다른 결론을 얻지 못하면 죽을 수밖에 없었다는 이야기다.

자살의 문턱에서

레빈은 아내가 아이를 출산한 뒤에도 지속적으로 고뇌한다. 매우 철학적인 고뇌다. "나는 도대체 무엇인가? 나는 무엇 때문에 내가 이 세상에 존재하는가를 알지 못하고서는 도저히 살아

나갈 수가 없다. 그런데도 나는 그것을 알 수가 없는 것이다. 따라서 살아갈 수가 없는 것이다."

그러다가 그는 자신이 우주의 물거품이라는 아주 비관적인 생각을 하게 된다. "무한한 시간 속에, 무한한 물질 속에, 무한한 공간 속에 물거품 같은 하나의 유기체가 창조된다. 그 물거품은 잠시 동안 그대로 있다가 이윽고 사라져버린다. 그 물거품이 바로 나로구나."

이런 생각은 그를 휘어잡는다. 여기서 벗어날 수 있는 유일한 길은 죽음밖에 없다. "그리하여 행복한 가정의 주인이요, 건강한 인간인 레빈도 몇 번인가 자살의 문턱으로 다가가서 목매달기를 두려워하여 끈 나부랭이를 숨기기도 하고, 총포 자살을 두려워하여 총을 가지고 다니는 것을 무서워하게까지 되었다."

여기서도 레빈은 톨스토이를 모델로 한다. 실제로 톨스토이는 여러 차례 자살을 생각했다. 실행에 옮기지 않은 것은 뭔가 정리를 하기 전에는 죽을 수도 없다는 생각이 앞섰기 때문이다.

> 내가 자살을 급하게 결행하고 싶지 않았던 것은, 그 전에 꼭 온 힘을 기울여 사상적인 혼란을 정리하고 싶었기 때문이다. 그런 사상적인 정리를 하지 못했더라도, 그다음에 자살해도 늦지 않다고 생각했기 때문이다. 그래서 행복한 인간이었던 나는 밤마다 옷을 벗고 혼자 있는 동안 내 방의 선반과 선반 사이 횃대에 목을 매지 않

> 기 위해 내 주변에서 밧줄이나 줄은 모조리 치워버리고, 순간적으로 내 생명을 끊을 수 있는 자살 방법에 지지 않도록 총을 들고 사냥하러 나가는 것도 그만두었다. 내가 무엇을 바라고 있는지 스스로도 알 수 없었다. 나는 생을 무서워했다. 생에서 달아나려고 안간힘을 썼다. 그러면서도 여전히 뭔가를 생에 기대하고 있었다. 더욱이 이와 같은 마음 상태가 일어난 것은 어느 모로 보나 완전한 행복이라고 생각되는 것이 내게 막 주어지고 있던 때였다. 나는 아직 쉰 살 미만이었다. 사랑하고 사랑받는 착한 아내와 귀여운 아이들, 내가 별로 애쓰지 않아도 저절로 늘어가는 막대한 재산이 있었다. (…) 이런 환경 속에서도 나는 살아갈 수 없을 것 같은 기분에 사로잡혔던 것이다.

전형적인 우울증 증세로 보인다. 아니면 복에 겨운 투정처럼 들리기도 한다. 그러나 이것이야말로 그 후 약 30년간 그를 '인류의 스승'이라는 어려운 자리에 올려놓은 가장 직접적인 동인動因이었다. 죽음 앞에서의 허무, 바로 이것이야말로 톨스토이로 하여금 온갖 것을 다 뒤로하고 거대하면서도 기괴한 도덕가로 거듭나게 한 요인이었다.

나는 누구이며, 나는 어디에서 왔으며, 나는 왜 살아야만 하는가에 대한 해답을 찾기 위해 톨스토이는 세상의 모든 종교를 공부했고 철학책과 과학책을 읽었다. 이 문제에 답할 수 없다면 자살할 참이었다. 그러다가 마침내 그는 해답을 찾았다. 그리고 그 해답을 인류에게 전하기 위해 이후 30년 동안 교훈적인 글을 써댔다.

만일 해답을 찾지 못했다면 그는 자살했을지도 모른다. 실제로 그는 『참회록』에서 아무렇게나 살려거든 차라리 자살을 하라고 종용하기까지 한다. "우리가 자살이라는 방법으로 삶을 거부하는 것을 방해할 사람은 아무도 없다. 그러니 자살하라. 그러면 그런 생각에 골머리를 썩일 일도 없을 것이다. 삶이 싫으면 자살하면 된다. 살아서 삶의 의의를 깨달을 수 없다면 삶을 끊어 버리는 것이 좋다."

톨스토이는 실제로 자살 이외에 길이 없다는 것을 확신하면서도 여전히 그것을 단행할 결심이 서지 않는 인간은 가장 유약한 바보라고 단언한다. 그에게는 인생의 의미를 깨닫고 참되게 살든지, 아니면 죽든지 두 가지 길 외에는 선택이 없다는 것이다. 참으로 과격하면서도 무서우면서도 위험한 생각이다. 몇 년 뒤 비폭력과 무저항을 설파하게 될 사람이 한 말이라고는 믿어지지 않는다. 이럴 때 보면 사이비 종단의 교주 같기도 한데, 실제로 그의 사상은 그리스도교에서 멀리 떨어진, 그러면서도 그리스도의 가르침은 일부 포함하는, 대단히 색다른 종교라 해도 좋을 것 같다.

흔히 톨스토이를 위대한 그리스도교 사상가, 혹은 기독교 사상가라고들 말하는데, 그것은 사실과 다른 말이다. 그는 세상의 모든 종교를 열심히 공부하기는 했지만 어느 것 하나 믿을 수가 없었던 사람이다. 그래서 자신만의 종교를 만들어낸 사람이다. 그러니까 그는 정통 그리스도교의 입장에서 보면 오히려 이단에 가까운 사람이다. 그의 종교에 관해 말하자면 책 한 권을 써도 모자란다. 그러므로 여기서는 간단히 그 핵심만 짚어보기로 한다.

믿을 수 없는 종교

『전쟁과 평화』에는 열렬한 그리스도교 신앙인이 등장한다. 안드레이 공작의 누이동생인 마리야인데, 그녀는 겸손과 온유와 사랑의 화신 같은 존재다. 그녀는 말한다. "하느님의 뜻 없이는 한 올의 머리카락도 머리에서 빠지지 않습니다. 그리고 그 하느님의 뜻은 우리에 대한 무한한 사랑에 의해서만 움직이고 있기 때문에 설령 어떤 일이 일어나더라도 모든 것이 우리의 행복이 되는 것입니다."

그러나 정작 이런 인물을 창조한 톨스토이는 도저히 그리스도교가 가르치는 것을 그대로는 믿을 수 없었다. 문제는 그의 성향이다. 그는 대단히 합리적이고 이성적인 사람이었다. 매사에 분석하고 따지는 사람이었다. 그런 사람은 신비주의를 인정하기 어렵다. 그리고 신비주의적인 구석이 전혀 없는 종교는 별로 없다. 어쩌면 이런 그의 성향 때문에 『안나 카레니나』 이후 예술가로서는 한계에 부닥치지 않았나 하는 생각이 들기도 한다.

게다가 톨스토이는 이 세상 모든 것에서 거짓과 위선을 발견하는 데 남다른 재능을 타고난 사람이다. 위선 탐지라는 영역에서 입신의 경지에 오른 사람이다. 그러니 그가 기존 종교에서 위선과 거짓을 찾아낸 것은 당연한 일이다. 아무튼 톨스토이는 그리스도교의 하느님을 믿을 수 없었다. 그러므로 그가 삶과 죽음에 관해 고뇌할 때 종교는 그에게 큰 도움을 줄 수 없었다.

『안나 카레니나』의 레빈은 이 점에서도 역시 톨스토이의 정확한 분신이라 할 수 있다. 레빈은 신앙이 없는 사람이다. 그의 아내인 키티는 레빈이 워낙 훌륭하고 성실한 인간이므로 종교가 없어도 괜찮다고 생각한다. 소설 속에는 신앙은 가지고 있지만 비열한 인물들이 등장하여 훌륭한 무신론자인 레빈을 한층 돋보이게 해준다.

키티가 온천장에서 만난 시탈리 부인과 그녀의 피후견인인 바 렌카는 위선으로 가득 찬 종교인의 면모를 보여준다. 시탈리 부인은 무척이나 거룩해 보이는 귀부인으로 자신이 신앙에 몰입했음을 남들에게 자랑하는 일을 인생의 낙으로 삼고 산다. 바렌카도 봉사하는 삶에 지고의 의미를 부여한 놀라운 신앙인이다. 키티는 처음에 이 여자들에게서 깊은 감화를 받지만, 결국 그들의 신앙이 일종의 위선임을 깨닫고 그들의 영향권에서 재빨리 벗어난다.

또 다른 종교적 위선자로 백작부인 리디야를 들 수 있다. 젊은 시절에 남편에게 버림받은 이 못생긴 중년 여인은 종교로 무장함으로써 남편에게 받은 수모를 치유하려 한다. 말끝마다 '주님의 사랑'을 달고 다니지만 정작 마음속에는 요만큼의 애정도 없는 아주 혐오스러운 여자다. 그녀는 아내에게 버림받은 카레닌에게 접근하여 도움의 손길을 내민다. 그러나 카레닌에게 영적인 기운을 불어넣어주는 그녀의 마음속에는 "자신의 숭고한 감정에 대한 감동"밖에 없다. 더욱이 그녀는 카레닌의 사랑을 얻기 위해 진한 화장으로 그를 유혹하기까지 한다. 거짓 신앙의 표본이다.

카레닌은 카레닌대로 위선적인 종교에 심취해 들어간다. 그는 자신은 완전무결한 신앙을 가지고 있고, 자신이 곧 신앙의 심판관이므로 자기 정신에는 죄라는 것이 있을 수 없다는 망상에 사로잡힌다. 그도 이런 관념이 천박하고 그릇되다는 것은 어렴풋이나마 느끼고 있었다. 그러나 그는 그런 생각이 필요했다. 왜냐하면 "모든 사람에게서 멸시를 당하고 있는 자신이 거꾸로 거기서 다른 사람을 멸시할 수 있을 만큼 높은 발판을 갖는 것이 꼭 필요했기 때문이었다." 그래서 그는 가공의 구원에 매달리게 된다.

이렇게 혐오스러운 신앙인들과 달리, 레빈은 비록 그리스도교와 교회에 대한 믿음은 없으나 올바르고 참되게 살기 위해 진지한 고뇌와 자기 성찰의 길을 걸어간다. 그러다가 결국 그는 자신만의 신을 발견한다. 레빈의 각성은 톨스토이의 각성과 일치하는 것으로, 이 소설을 쓰고 난후 톨스토이가 걸어갈 길을 예고해준다.

교회의 가르침에 대한 레빈의 불신은 기존하는 모든 철학과 사상으로 전파된다. 그는 묻는다. "만일 내가 나 자신의 생명의 문제에 대해 그리스도교에서 제시하는 해답을 인정하지 않고 있다면, 나는 도대체 어떤 해답을 인정하고 있는 걸까?" 그는 자기 사상의 창고를 샅샅이 뒤져봤지만 해답 비슷한 것도 발견할 수 없었다. 그리하여 동서고금의 모든 현인들의 저술을 읽으며 해답을 갈구했다. 플라톤, 쇼펜하우어, 호먀코프 등등. 그러나 어떤 것도 그에게 지속적인 위안이나 해답을 주지 못했다.

그런데 그는 우연히 어떤 농부와 이야기를 주고받던 중 그 해답을 발견한다.

"그야 사람들 중에는 별의별 사람이 다 있지요. 자기 이익만 차리고 살면서 미추하처럼 자기 뱃속을 살찌게 하는 것만 생각하는 놈도 있고, 포카니치처럼 정직한 아저씨도 있지요. 아저씨는 영혼을 위해 살아서 하느님에 대해 알고 있거든요."

"어떻게 하면 영혼을 위해 사는 거지?" 레빈은 거의 외치다시피 말했다.

"어떻게라니요? 뻔한 일 아닙니까. 정직하게 하느님의 율법대로 살아가는 겁니다요. 사람들 중에는 별의별 사람이 다 있지요. 요컨대 주인어른도 남을 못살게 구는 일은 안 하시지요."

여기서 갑자기 레빈은 진리의 섬광을 느낀다. 영혼을 위해 사는 것, 하느님의 율법대로 사는 것! 별것 아닌 이 대화에서 레빈은 단숨에 모든 것을 이해해버린다. 레빈이 이해한 것을 요약하면 이렇다. 왜 사느냐, 어떻게 사느냐 하는 의문은 어떤 사변적인 철학이나 교리로 설명될 수 없다. 생활 자체만이 그 의문에 대한 해답을 줄 수 있다. 무엇이 선이고 무엇이 악인가 하는 것은 신이 인간에게 내린 계시다. 그러므로 인간이 신을 위해 산다는 것은 이미 주어진 순리에 맞게 사는 것, 결국 유일하게 참되게 사는 것을 의미한다. 신을 위해 산다는 것은 자기 욕망을 위해 살지 않는 것, 영혼을 위해 사는 것, 타인을 위해 사는 것, 즉 선하게 사는 것이다. 이것이 답이다. 그렇다면 신은 무엇인가? 신은 누구인가?

레빈은 계속 사색한다. "만일 하느님이 존재한다는 첫 번째 증거가 선의 존재에 대한 주님의 계시라고 한다면 어째서 이 계시는 단순히 그리스도교에만 국한되어 있는가? 마찬가지로 선을 역설하고 선을 실천하고 있는 불교도나 마호메트 교도의 신앙은 이 계시에 대해 어떤 관계를 가지고 있는가?" 그러다가 마침내 레빈은 결론에 도달한다. "그렇다, 하느님의 존재에 관한 명백하고 의심할 여지없이 유일한 표시는…… 전 세계에 계시되어 있는 선의 율법이다. 나는 그것을 내 마음속에서 느끼고 있다." 이 대목부터 두어 쪽 더 레빈의 사색이 계속되다가 소설은 끝이 난다.

간단하게 말해, 레빈은 삶의 의의를 '선'에서 찾은 것이다. 착하게 사는 것. 이것이 인생의 답인 것이다. 착하게 살기만 하면 된다. 레빈에게 신은 그리스도일 수도 있고 마호메트일 수도 있고 붓다일 수도 있다. 그의 하느님은 이 모든 신적인 존재를 포괄한다. 톨스토이의 하느님도 마찬가지다. 하느님을 이렇게 너무 넓게, 자기 생각에 맞게 개념화한 '죄' 때문에 톨스토이는 결국 교회에서 쫓겨나게 된다. 다음 장에서는 톨스토이의 파문에 관해 살펴보자.

파문

『안나 카레니나』에서 레빈은 자아 성찰의 종착역에서 높고 푸른 하늘을 바라보며 궁극의 진리를 발견한다. 그는 인류 모두가 한마음으로 영적인 생활을 구축해 나아가야 한다고 생각하면서 행복을 느낀다. 그리고 생각한다. "이것을 신앙이라 불러도 좋지 않을까."

그렇다, 이것이 톨스토이에게는 곧 신앙이었다. 교회에 나갈 필요도 없고, 미사나 성찬 예배식도 필요 없고, 고해성사도 필요 없고, 다 필요 없다. 영적으로 살기만 하면 된다. 육체의 욕망을 버리고 모두가 형제처럼 영혼을 위해 살면 된다. 이것이 톨스토이가 발견한 신앙이었다. 그러니까 결국 이 책의 앞에서 이야기했던 단순하고 소박한 생활, 즉 채식, 시골살이, 즉각적이고도 전면적인 성생활의 중단, 예술의 박멸 등은 이 신앙의 실천을 위한 세부 항목이었던 것이다.

톨스토이에게 신은 반드시 필요한 존재, 영혼과 영혼의 교류를 위해 있어야만 하는 존재였다. 그의 후기 저술은 신의 관념으로 가득 차 있다. 신앙심이라는 것을 배제하면 그의 저술은 존립 자체가 불가능하다. 「신은 진리를 보나 기다리신다」, 「사랑이 있는 곳에 하느님이 계신다」 같은 우화는 그의 신앙심을 보여주는 좋은 예다. 그리고 많은 사람에게 그가 그리스도교 작가라는 오해를 불러일으킨 대표적인 작품이기도 하다.

그러나 앞에서도 말했지만, 톨스토이를 기독교 사상가니 그리스도교 사상가니 하는 말로 부르는 데는 문제가 있다. 그의 설교가 항상 '하느님'을 포함하고 있으며 많은 점에서 그리스도교의 가르침과 복음서의 대목을 상기시키는 것은 사실이지만, 그의 종교는 그리스도교가 아니라 '톨스토이교'이기 때문이다.

그가 1859년에 쓴 편지를 읽어보자. "저는 불멸이 무엇이고 사랑이 무엇인지, 그리고 영원히 행복하기 위해 타인을 위해 사는 삶이 어떤 것인지 깨달았습니다. 그런데 이런 깨달음이 그리스도교와 유사하다는 것에 저는 놀랐고, 그리하여 스스로 알아내기보다는 복음서를 통해 알아내고자 했습니다만, 거기서 발견한 것은 별로 없습니다. 신도, 인류의 속죄자도, 신비도 저는 발견하지 못했습니다. 그렇지만 저는 정신력을 총동원하여 찾으려 했고 울었고 고뇌했습니다. 저는 진리 외에는 아무것도 원하지 않았습니다."

즉 그리스도교는 그에게 어떻게 살 것인가에 관한 지침을 제공해주는 한 유용한 것은 될 수 있을지 모르지만 그가 전 존재로써 믿을 수 있는 신앙의 대상은 아니라는 뜻이다. 사실 톨스토이처럼 극도로 이성적인 인간이 뭔가를 전적으로 믿기는 어려웠을 것이다. 그는 신앙에서 '신비'라는 부분을 받아들이기 어려웠다. 기적이라는 것도 받아들이기 어려웠다. 내세라는 것도, 그리스도의 부활도 다 믿기가 어려웠다. 그에게 필요한 것은(그리고 그의 생각에 인류에게 필요한 것은) '이 세상'에서 어떻게 하면 잘 살 수 있을까에 대한 가르침이었을 뿐이다. 그래서 그는 이 가르침을 제공해줄 수 있다면 어떤 종교든 마다하지 않았다. 그리하여 그는 온 세상의 종교를 다 공부하고 자신이 필요하다고 생각하는 신을 만들어냈다. 1855년의 일기에서 드러나듯이 "신앙과 신비가 제거된 그리스도의 종교, 인류의 발전에 상응하는 새로운 종교, 미래의 행복을 약속하는 대신 지상의 행복을 제공해주는 실질적인 종교의 창설"이 그의 목표였다.

톨스토이는 자신만의 신을 만들어내는 한편 기존 교회를 비판했다. 그는 교회의 가르침을 조목조목 비난한 『교의 신학 연구』를 썼고, 엄청난 지식을 과시하면서 4대 복음서를 자기 식으로 고쳐 쓰기도 했다. 그 책은 『4대 복음서의 번역과 통합』이라는 장중한 제목을 달고 있다. 또 『내가 믿는 것』이라는 책에서는 그리스도교를 독자적으로 해석하기도 했다.

러시아 정교회는 참다못해 1901년에 마침내 이 무례한 지식인을 파문했다. 결코 놀랄 일은 아니다. 파문은 오히려 톨스토이가 원했던 것이기도 했다. 파문으로 인해 그의 명성은 더욱 높아졌고, 교회와 성직자에 대해 염증을 내고 있던 대중의 인기까지 한 몸에 받을 수 있게 되었다.

톨스토이교

그럼 끝으로 『참회록』과 『인생의 길』에 쓰인 '톨스토이교'의 교리를 요약해보자.

첫째, 항상 죽음을 기억하며 살라. 죽음을 기억하면 누구나 참되게 살 수밖에 없다. "당신이 죽음을 앞두고 있다는 사실을 생생하게 가슴속으로 상상하기만 한다면 교활한 행동을 하는 것도, 남을 속이는 것도, 거짓말을 하는 것도, 비난하는 것도, 욕을 하는 것도, 증오하는 것도, 남의 물건을 빼앗는 것도 하지 않게 될 것이 분명하다. 죽음을 앞두고 행할 수 있는 것은 지극히 단순한 선행뿐이다. 즉 남을 돕거나 위로하거나 애정을 보이거나 하는 것뿐이다. 더구나 이들 행위는 언제나 가장 필요하고 유쾌한 행위다. 이들 행위의 결과는 언제나 좋다. 그러나 특히 마음이 어지러울 때는 죽음을 떠올리는 것이 좋다. 죽음이 다가온 것을 알게 되면 사람들은 깨끗한 영혼으로 신의 곁으로 갈 수 있기 위해 이제껏 자신이 저지른 죄를 참회하고 기도한다. 우리는 날마다 서서히 죽어가고 있다. 그리고 지금 이 순간에 죽어버릴지도 모른다. 따라서 우리는 빈둥빈둥 죽을 때를 기다리지 말고 어느 순간에든 언제든 죽을 수 있는 마음의 준비를 해야 한다."(『인생의 길』)

둘째, 사랑하라. "죽음이 임박했다는 의식은 사람들에게 자기 일을 완성하는 방법을 가르친다. 존재하는 모든 일 가운데서 언제나 완전하게 성취될 수 있는 일은 오직 한 가지다. 현재 사랑하는 것이 그것이다. 죽음을 망각한 삶과 날마다 죽음에 접근해

가고 있다는 의식을 항상 지닌 삶은 전혀 다르다. 전자는 동물의 삶에 가깝고 후자는 신의 삶에 가깝다."(『인생의 길』) 사랑하라는 그의 계명은 '신은 곧 사랑이다'라는 말로 바꿔 말해진다. "신은 사랑이다. 사랑 가운데 있는 자는 신의 품에 안주하는 것이며, 또한 신도 그 자의 가슴에 머문다. 어디에서도 신을 본 사람은 없다. 그렇지만 만약 우리가 서로 사랑한다면 신은 우리의 가슴에 머문다. 그리고 신의 사랑은 우리의 내부에서 완성되는 것이다."(『인생의 길』) 여기서 그가 말하는 사랑은 물론 아가페적인 사랑, 성을 초월하여 인류를 하나로 화합시켜주는 거룩한 사랑이다.

셋째, 착하게 살라. "죽음에 대한 준비는 오직 하나다. 바로 선한 삶을 사는 것이다. 우리 삶이 선량해질수록 그만큼 죽음의 공포는 적어지며 그만큼 죽는 것이 편해진다. 성자에게는 죽음은 존재하지 않는다."(『인생의 길』) 착하게 산다는 것은 '신의 뜻에 따라' 산다는 것을 의미한다. "신의 뜻에 따라 살려면 이 세상의 모든 쾌락을 버리고 부지런히 일하며 처신이 겸손해야 하고 인내의 덕을 기르고 자비로워야 한다."(『참회록』)

결국 '톨스토이교', 혹은 톨스토이즘의 본질은 죽음의 자각과 맞물린다. 톨스토이가 중년의 위기 이후 도덕, 도덕 하며 큰 소리로 외치게 된 것은 모두 죽음 때문이다. 모든 것을 집어삼키는 죽음 앞에서 대문호는 완전한 허무를 체험했다. 그러나 그는 그 허무에도 불구하고 살아야 했다. 살아야 하는 이유, 그리고 살아가는 방식, 이 두 가지 모두를 그는 도덕에서 찾아냈다. 그의 도덕은 지극히 실용적인 정신과 여러 종교에 대한 학습과 죽음에 대한 공포와 육체에 대한 혐오감이 합쳐져 나온 결과물이었다.

나가는 글

어떻게 살 것인가

톨스토이는 실로 매혹적인 작가다. 톨스토이를 읽으면 읽을수록 그 광대무변한 성격의 스펙트럼에 놀라게 된다. 한 인간 안에 그토록 섬세한 예술과 그토록 지겨운 설교가 공존할 수 있다는 것이 놀랍고, 인류 보편에 대한 그토록 거룩한 사랑과 특정 대상에 대한 그토록 매서운 독설이 공존한다는 것이 놀랍고, 그토록 거대한 지성과 그토록 불가사의한 미련함이 공존할 수 있다는 것이 놀랍다. 그러나 무엇보다도 놀라운 것은 그토록 실용적인 사람이 그토록 실천 불가능한 것들에 관해 그토록 끈질기게 설교를 했다는 사실이다.

예술성 짙은 명작 소설 『안나 카레니나』건, 쉽게 읽히는 우화 『바보 이반』이건, 아니면 지루하기 짝이 없는 교훈서 『인생의 길』이건, 이 모든 저술에서 톨스토이가 전하고자 했던 메시지는 한마디로 '잘 살자'였다. 그렇다면 어떻게 사는 것이 '잘' 사는 것인가?

그가 제시하는, 잘 사는 방법을 요약하면 다음과 같다.

- 환락의 도시를 떠나 시골로 가야 한다.
- 자신이 먹을 것은 자기 손으로 해결해야 한다. 즉 육체노동을 해야 한다.
- 결혼은 하지 말아야 한다. 벌써 결혼했다면 부부 생활을 즉시 중단해야 한다.
- 모든 사람을 형제처럼 사랑해야 한다.
- 착하게 살고 남을 위해 살아야 한다.
- 거짓말하지 말아야 한다.
- 곡물과 채소만 먹어야 한다.
- 술과 담배는 끊어야 한다.
- 어렵고 복잡한 예술은 다 버려야 한다.
- 항상 죽음을 생각하며 겸허하게 살아야 한다.

이 중에서 한두 가지라면 모를까, 현실에서 이것들을 전부 지킨다는 것은 불가능한 일이다. 대충 다 옳은 말이고 좋은 생각이지만, 아예 세상을 등지기로 작정하지 않은 이상 지킬 수가 없다. 실천 불가능한 이런 지침을 그는 왜 인류에게 전하려고 했을까? 그토록 똑똑한 사람이, 그토록 합리적이고 실용적인 사람이 왜 이런 꿈같은 이야기를 했을까? 이런 식의 가르침이 오늘날 무슨 의미를 갖는 것일까?

톨스토이의 설교에서 과도한 부분, 과격한 부분, 그리고 실천 불가능한 부분을 다 잘라내고 핵심적인 부분만 간추리면, 그것은 결국 절제와 나눔과 베풂이라 요약할 수 있다. 그것들은 시대를 초월하는 근본적인 가치들이다. 아무것도 예측할 수 없는 혼돈의 시대에 그래도 인간이 계속 생존하려면 근본적인 가치들을 붙잡아야 한다. 역설적이게도 톨스토이는 너무나 비실용적으로 들리는 도덕적인 가치들에서 가장 실용적인 삶의 지혜를 발견한 것이다.

확실히 톨스토이의 주장에는 일리가 있다. 그러나 일리가 있다고 해서 모두 진리는 아니다. 톨스토이의 비극은 여기에 있다. 그는 일리 있는 것을 진리라 믿고 싶어 했다. 부분적인 진실을 진리 그 자체라고 단정했다. 그는 진리를 사랑했고 자신이 진리를 발견했다고 믿었다. 세상을 하직하기 직전에 그가 인류에게 남긴 말 역시 '진리'라는 단어였다.

진리. 어딘지 먼 나라 이야기 같다. 요즘 세상에 이 말을 입에 올리는 사람은 별로 없다. 진리에 관한 담론도 들어보기 어렵다. 진리라는 단어는 일종의 수사처럼 쓰일 따름이다. 그러나 톨스토이를 읽고 나면 진리에 관해 생각하고 싶어진다. 그것이 스쳐 지나가는 한순간일망정…….

참고 문헌

1. 톨스토이 작품

톨스토이의 작품들 중 우리말로 번역된 것들의 인용은 다음 번역서들을 토대로 했다. 고유명사의 한국어 표기는 이 책의 표기 방침에 맞게 수정했다. 가독성 제고를 위해 필요하다고 생각되는 경우 문장도 수정했다.

— 『결혼』(『크로이체르 소나타』 한국어판 제목), 고일 옮김(서울: 작가정신, 1997).
— 『이반일리치의 죽음』, 고일 옮김(서울: 작가정신, 2005).
— 「가정의 행복」, 『사람은 무엇으로 사는가』, 김근식 · 고산 옮김(서울: 동서문화사, 2007), pp. 332~448.
— 「인생의 길」, 『인생이란 무엇인가』, 김근식 · 고산 옮김(서울: 동서문화사, 2004), pp. 90~472.
— 「나의 참회」, 『인생이란 무엇인가』, 김근식 · 고산 옮김(서울: 동서문화사, 2004), pp. 612~688.
— 『유년시대』, 동완 옮김(서울: 신원문화사, 2004).
— 『전쟁과 평화』 전3권, 박형규 옮김(서울: 삼성출판사, 1988).
— 『인생에 대하여』, 박형규 옮김(서울: 삼성이데아, 1988).
— 『악마』. 이나미 옮김(서울: 작가정신, 2000).
— 『그러면 우리들은 무엇을 할 것인가』, 이동현 옮김(서울: 신구문화사, 1980), pp. 203~406.
— 『안나 카레니나』 전2권, 이철 옮김(서울: 범우사, 1999).

— 『예술이란 무엇인가』, 이철 옮김(서울: 범우사, 1998).
— 「하느님의 나라는 너희 가운데에 있다」, 『국가는 폭력이다』, 조윤정 옮김(서울: 달팽이, 2008), pp. 21~47.
— 『바보 이반』, 최현 옮김(서울: 하서, 1999).

2. 톨스토이 관련 서적

— 야코 라브린, 『톨스토이』, 이영 옮김(서울: 한길사, 1997).
— 타티야나 톨스타야, 『딸이 본 톨스토이』, 김서기 옮김(서울: 서당, 1988).
— 올랜도 파이지스, 『나타샤 댄스』. 채계병 옮김(서울: 이카루스미디어, 2005).
— Ivan Bunin, *The Liberation of Tolstoy*(Evanston: Northwestern Univ. Press, 2001).
— Anne Edwards, *Sonya: The Life of Countess Tolstoy*(N.Y.: Simon and Schuster, 1981).
— Maksim Gorky, *L. N. Tolstoi*(Letchworth: Bradda Books Ltd., 1966).
— Dmitry Merezhkovsky, *Tolstoy as Man and Artist, with an Essay on Dostoevski*(Westminster: Archibald Constable & Co., 1902).
— Nikitina, N. *Povsednevnaia zhizn'L'va Tolstogo v Iasnoi poliane*(Moskva: Molodaia gvardiia, 2007).
— Donna Tussing Orwin, "Introduction: Tolstoy as Artist and Public Figure", *The Cambridge Companion to Tolstoy*(Cambridge: Cambridge Univ. Press, 2002).
— Cathy Porter, *The Diaries of Sofia Tolstoy*(N.Y.: Random House, 1988).
— Daniel Rancour-Laferriere, *Tolstoy on the Couch*(N.Y.: N.Y. Univ. Press, 1998).

— William L. Shirer, *Love and Hatred: The Troubled Marriage of Leo and Sonya Tolstoy*(N.Y.: Simon and Schuster, 2007).

— Ernest J. Simmons, *Leo Tolstoy, Volume II: The Years of Maturity 1880-1910*(N.Y.: Vintage Books, 1960).

— Edward Alfred Steiner, *Tolstoy the Man*(Lincoln: Univ. of Nebraska Press, 2005).

— Vladimir Grigorevich Chertkov, *The Last Days of Tolstoy*, trans. by Natalie Duddington(London: William Heinemann, 1922).

— Ilya Lvovich Tolstoy, Tolstoy, *My Father: Reminiscences*, trans. by A. Dunnigan(Chicago: Cowles Book Company, Inc., 1971).

— Henri Troyat, *Tolstoy*(N.Y.: Doubleday & Company, Inc., 1965).

— A. N. Wilson, *Tolstoy: A Biography*(N.Y.: W. W. Norton & Company, 2001).

1 올랜도 파이지스, 『나타샤 댄스』(2005), p.363.

2 Maksim Gorky, *L. N. Tolstoi*(1966), pp.37~38.

3 Daniel Rancour-Laferriere, *Tolstoy on the Couch*(1998), p.178.

4 Maksim Gorky, 앞의 책(1966), p.35.

5 Edward Alfred Steiner, *Tolstoy the Man*(2005), pp.90~91.

6 A. N. Wilson, *Tolstoy*(2001), p.196.

7 Dmitry Merezhkovsky, T*olstoy as Man and Artist, with an Essay on Dostoevski*(1902), p.238.

8 A. N. Wilson, 앞의 책(2001), p.356.

9 야코 라브린, 『톨스토이』(1997), p.138.

10 A. N. Wilson, 앞의 책(2001), p.361.

11 위의 책, p.354.

12 Ernest J. Simmons, *Leo Tolstoy, Volume II*(1960), p.192.

인생의 허무는 어디에서 오는가

초판 1쇄 발행 2008년 3월 28일
개정판 1쇄 발행 2024년 10월 10일

지은이 석영중
펴낸이 최순영

출판1 본부장 한수미
라이프 팀장 곽지희
편집 곽지희
디자인 어나더페이퍼

펴낸곳 ㈜위즈덤하우스 **출판등록** 2000년 5월 23일 제13-1071호
주소 서울특별시 마포구 양화로 19 합정오피스빌딩 17층
전화 02) 2179-5600 **홈페이지** www.wisdomhouse.co.kr

ISBN 979-11-7171-289-2 03800

인생의 허무는 어디에서 오는가